아쿠아마린

백가흠
장편소설

아콰마린

은행나무

차례

악한 자들이 오래 살며 늙을수록
점점 더 건강하니 어찌 된 일인가?
—욥기 21장 7절

누구에게나 망막에 최초로 형성되는,

즉 신생아의 눈에 비치는 첫 색깔은 푸른색이다.

—파스칼 키냐르,《눈물들》

에로스가 활시위를 당긴다. 팽팽한 긴장감이 시위에 서 있다. 장난기 많았던 에로스의 표정이 일순 변하는구나. 그가 시위를 당긴 채 목표물을 바라본다. 애처롭구나, 그대여.

거스를 수 없는 운명은 에로스가 쏜 화살에만 실려 있는 것이 아니네. 그대여, 지나가버린 미래와 아직 도착하지 않은 과거를 착각하지 마라. 그대는 이미 다 보았으나 아무것도 본 적이 없으니, 순응할 수밖에. 언제나 진실은 에로스의 편에서 승리했으니 그럴 수밖에.

에로스여, 다음은 누구에게 화살을 보내려는가. 당신이 쏜 화살로 인해 얼마나 많은 사람들이 인생의 쓴맛을 보았던가. 봄날의 밤하늘과 엉뚱한 곳으로 날아가 꽂힌 화살의 운명.

절망에 빠진 인간의 고통이 고요한 봄밤에 내려앉는다.

아름다워라, 밤하늘의 수많은 푸른 별빛이여. 축복 있으라, 질투와 시기의 빛들아. 울부짖는 절망의 소리가 들리는가. 세상의 반은 이미 지옥이려니.

돌이켜보면 우리는 스스로 만든 비극에 환호하지 않았던 순간이 없었다. 우리는 극장을 세우고 삶의 비참함으로 만든 연극을 쉼 없이 상영했다. 시와 노래로, 소설로 역사 아닌 것이 없으니 우리의 고통을 모두가 모두와 공유했다. 필연적인 운명을 우리 스스로 부여하고 그 많은 우연을 필연으로 바꾼 이들이 우리 자신이었다.

여인과 여인의 여인이 서로를 의지한다. 그녀들의 아들들이 서로를 의지한다. 그리하여 서로는 서로에게 난폭하다. 사람들아, 세상을 위하여, 누구를, 무엇을 위해 원망하는 게 옳을까 생각해보아라. 우리가 만든 세상의 끝이 이보다 더 좋을까 싶어라.

엄마와 아들은 물고기 두 마리가 되어 밤하늘로 튀어 올랐다. 그들 앞에 갑자기 나타난 괴물 티몬 때문이었다. 그들은 보았으니 믿은 것이다.

저 먼 우주의 끝까지 도망친 물고기들은 외로워라. 결국, 봄밤의 저편에 덩그러니 남았으니 슬프구나. 아들은 엄마의 다른 아버지가 될 터이니 더 쓸쓸하게 빛나는구나. 끝내 아들을 놓지 못하여 아들이 인생을 낭비하게 만들고, 사랑한다는 이유로 아들을 고통의 나락으로 밀어 넣은 엄마의 집요함이 외롭게 빛나는구나.

그들이 보았던 티몬은 세상에서 가장 평범하고 볼품없는 남자에 불과했다. 어디에서나 볼 수 있고, 눈에 띄지 않는, 비범함이라고는 찾아볼 수 없는 그저 그런 남성의 하나였다. 그것이 우리가 알고 있는 티몬의 본령이다. 아들들의 아버지, 여인들의 남편, 권력이여, 권위가 지닌 지루함의 다른 이름이여, 그것이야말로 우리가 알고 있는 악의 근원이니, 그리하여 괴물은 악이 아니나 악이니, 그 악령들과 대적하기 위해 물고기들이여, 이제 땅으로 내려오라. 봄이 왔으니, 여름이 오기 전에 어서, 어서 대지의 끝으로 내려오라.

저 너머엔 죽음만이 존재하는구나. 그러하니 하늘의 별로나 남을 수밖에, 비극으로만 남게 된 운명일지니.

물고기로 남은 신들의 운명은 누가 바로 잡을 수 있다는 말인가. 그들은 만들어놓은 인생에 굴복하지 않고, 죽음으로 별이 되지 않고 죽음으로 대지에 남는다. 돌이 되어 땅속에 파묻힌 바다의 빛깔로 남는다.

아콰마린은 모든 빛을 빨아들이는 빛이다. 우리가 알고 있는 물빛이다. 우리가 태어나면서 보았던 맨 처음의 푸른빛이다. 죽음으로 남긴 저 심해의 빛이다. 비극이 남긴 보랏빛이다.

아콰마린석은 어떤 빛이든 담을 수 있고, 어떤 빛깔로도 변할 수 있는 흔한 보석이다. 그러므로 아콰마린석은 보석이 아니다. 다이아몬드처럼 귀하지도 않으며 신비하지도 않은, 자체 발광할 수 없는 돌에 불과하다. 그것은 수동적인 빛이다. 결국 그것은 모든 빛이 빠져 죽은 바다다.

비극의 첫 문단은 그렇게 시작된다. "서울 도심, 청계천에서 여자의 것으로 보이는 잘린 왼쪽 손이 발견됐다. 중국 관광객이 아침 산책길에 발견했다. 경찰과 미스터리사건 전담반은 손의 주인을 찾기 위해 수사에 착수했다." 비극은 되살아나고 다시 죽는다. 비극은 현재에 저항하기 위해 부활한다. 역사의 비극적 결말은 결국 희극적인 사건에 근거한다.

이제 잠잠하고 고요한 아콰마린의 빛으로 함몰되어라. 세상의 모든 여인과 아들은 저항하여라.

1.

케이는 지난밤 마신 술 때문에 늦잠을 잤다. 창밖에서 내리쬐는 봄빛이 눈부셨다. 차 형사로부터 부재중 전화가 열통이나 걸려와 있었다. 그가 부스스 일어나 침대에 걸터앉았다. 좀처럼 정신이 들지 않았다. 멍하니 창밖을 바라보다 환한 방 안을 둘러보았다. 작은 오피스텔 안에는 가구나 생활용품 같은 것이 거의 없었다. 한쪽엔 입고 벗어놓은 옷가지가 아무렇게나 쌓여 있었고, 아일랜드 식탁 위에는 먹은 뒤치우지 못한 인스턴트 음식들이 널브러져 있었다. 방바닥엔 붉고 검은 자국이 넓게 퍼져 있었다. 지난밤 먹다 만 와인이 엎질러져 있었다. 말라붙은 와인이 꼭 검붉은 핏자국 같았다. 와인 자국은 방 한가운데에서 시작해 침대 쪽으로 오며 넓어졌다. 방바닥에 검붉은 큰 홀이 생긴 것 같았다. 그가 지난밤의 일을 더듬으며 와인이 만들어낸 심오해 보이는 자국을 멍하니 쳐다보고 있었다. 그때 열한 번째 전화가 울렸다. 차 형사의 전화였다.

"반장님, 도대체 어디예요? 여기 난리예요. 지금 일어난 거예요?"

케이는 머리가 지끈거려서 한 손으로 관자놀이를 연신 눌러댔다.

"지금 일어나긴, 가고 있어. 거의 도착했어."

케이는 천연덕스럽게 말했다. 통화를 하며 수건을 가져와 방바닥에 쏟아진 와인 자국을 닦기 시작했다. 대충 발로 쓱 밀었는데 이미 말라붙어서 닦이지 않았다. 그는 수건에 물을 적셔 와 바닥에 두고 재차 발로 와인 자국을 닦았다. 와인 색깔이 옅어지더니 선명해졌다. 닦으면 닦을수록 검고 붉은 홀은 점점 사라졌으나 묽어지며 범위가 더 넓어졌다. 점점 와인 자국이 없던 곳에까지 널리 퍼져나갔다.

"거짓말인 거 알아요. 여기 어떡할까요? 그냥 마무리할까요?"

케이가 아무렇게나 화장실 쪽으로 수건을 던졌다.

"강력반 안 왔어?"

"이거 우리보고 맡으래요. 강력반은 철수했어요."

화장지를 풀어 더 넓게 퍼져 묽어진 와인이 만들어낸 홀을 닦기 시작했다. 대충 물기가 사라지자 그는 닦는 것을 멈추었다. 방바닥 전체에 옅은 와인 빛깔이 돌았다.

"아니 왜? ……일단 주변 정리하고 있어. 과수팀은 왔지? 시신 꼼꼼히 좀 살펴보고. 금방 갈 테니깐."

"시신이라뇨? 문자 아직 안 봤어요?"

"문자?"

"과수팀도 철수하려고 반장님 기다리고 있어요. 뭐 건질 게 별로 없어요. 우리 애들은 주변 건물 CCTV 확보하러 보냈고요. 빨리 오세요. 여기, 반장님 집 근처잖아요. 구경꾼들이 많이 몰려들었어요. 시내 한복판이라 너무 복잡하고요."

케이는 전화를 끊고서 문자를 확인했다. '오전 7시, 청계천에서 잘린 손 발견, 여성의 것으로 추정됨.' 문자 내용은 간단했다. 시간은 벌써 9시가 다 되어가고 있었다. 사건 현장은 케이의 오피스텔에서 5분도 걸리지 않는 곳이었다. 케이는 대충 씻고 서둘러 집을 나섰다.

케이는 얼마 전에 겪었던 이상한 일 때문에 내내 심기가 불편하던 차였다. 잊고 있었던 하나의 사건이 떠올랐고 그는 기억을 떨치기 위해 요즘, 평소보다 더 많은 술을 마셨다. 시간이 너무 지나서 돌이킬 수 없는 일이었다. 과거의 지난 일이었고, 이미 잊었고 어쩔 수 없는 일이라 생각했지만, 점점 또렷해지는 기억이 그 일을 현재로 만들어버렸다. 그 시절의 동료들은 뿔뿔이 흩어진 지 오래였고, 지금은 거의 모두가 경찰 생활을 마무리 지은 뒤였다. 아직도 경찰에 남은 케이는 그 사실이 조금 억울했다. 당시에 책임 있던 자들은 모두 은퇴해서 안락한 인생을 살아가고 있었으나, 당시 아무것도 모르는 경찰 초년이었던 그는 엄청난 죄책감에 시달리고 있었다. 그는 모든 것을 잊기 위해 술로 중년의 인생을 망가뜨리고 있었다. 그는 김정민의 아들이 다녀간 직후 당시 동기였던 김필환에게 전화를 걸었다.

김필환은 케이와는 달리 경찰 조직에 적응을 잘했다. 가는 곳마다 승승장구해서 경비국에서 경비국장으로 재직 중이었다. 다음 승진 시기에는 청장도 노려볼 만큼 그는 경찰 조직 내에서 잘나가는 사람이었다.

"경비과가 다시 이렇게 주목받을 줄 몰랐다. 잘 지내?"

"요즘 아주 지긋지긋하다, 야. 시대가 변했잖아. 빨갱이들 때려잡을 때가 좋았지."

첫마디를 듣자마자 케이는 그에게 전화를 괜히 했다는 것을 깨달아서, 씁쓸했다. 그가 승승장구했던 이유를 그새 까먹고 있었다.

"왜, 무슨 일이야?"

케이가 그의 물음에 망설이며 우물쭈물 말을 잇지 못했다.

"김정민이라고 기억하지?"

"누구?"

"……그때 있잖아. 우리 몇 년 차였지? 87년 이후에 말이야. 같이 담당했던 풍천리 슈퍼 강도살인사건."

"……글쎄다. 난 기억이 없는데."

김필환이 뜸을 들이다 한참 만에 대답했다.

"얼마 전에 그의 아들이 찾아왔었어."

"아니, 왜? 어, 그래? 그럼, 너하고 관련이 있나 보네. 난 전혀 기억이 없다."

케이는 화가 불쑥 일어서는 것을 꾹 눌러 참았다.

"김정민이 죽기 전에 자기 아들에게 내 이름을 말해주었대. 내 이름밖에 기억을 못하더란다. 그래서 너한테 부탁 좀 할 게 있어서 전화했다. 네가 그분에게 이 일을 좀……."

"25년 전 일이고 나는 모르는 일이라서 전화 끊어야겠다. 뭐 떠오르는 것 있으면 전화할게."

김필환은 일방적으로 케이의 말을 자르더니 전화를 끊어버렸다.

"개새끼."

케이는 전화기에 대고 소리 질렀다. 케이는 억울했고 화가 났지만, 마음을 가라앉혀야만 했다. 다시 전화했지만 김필환은 그의 전화를 받지 않았다.

봄빛 화려한 날이었다. 서울 도심, 청계천에서 여성의 것으로 보이는 잘린 왼쪽 손이 발견됐다. 관광을 온 중국인이 이른 아침 산책길에서 물속에 잠겨 있던 손을 발견했다. 미담반(미스터리사건 전담반)은 발견된 손의 주인을 찾기 위해 수사에 착수했다. 출근길에 놀란 시민들이 발견된 손을 보기 위해 청계천으로 모여들었다.

케이는 오십대 중반의 베테랑 형사였다. 형사가 된 이후 주로 강력반에서 근무한 이력으로 전담반이 만들어진 뒤 차출됐다. 그가 반장이 된 이유는 뛰어난 형사이기 때문이라기보다는 강력반에서 이제 설 곳이 없기 때문이라는 게 더 합리적인 이유였다. 케이는 오랫동안 서울청 강력반 소속으로 있으며 굵직한 사건을 해결한 전력도 많았고, 경험도 풍부해서 미담반장으로는 제격이었다. 하지만 그것은 표면적인 이유였고, 모두가 기피하는 자리에 승진 욕심 같은 것은 진즉 포기한 지 오래인 케이야말로 가장 필연적인 이유 자체였다. 퇴직을 앞에 둔 현역으로서는 굉장히 이례적이었다.

미스터리사건 전담반장은 해결할 수 없는 사건의 책임을 떠안는 자리였다. 개정된 경찰청 훈령에 의하면 사건이 미궁에 빠졌을 때 강력반은 사건의 이첩을 요청할 수 있었다. 그러니까 해결하는 데 시간이 필요한 사건과 그렇지 않은 사건을 나눈 것이었다. 부서 이름에서도 유추할 수 있듯이 경찰 내부에서 사건 미해결의 책임을 한쪽으로 몰기 위해 만든 곳이나 다름없었다. 주요 강력범죄 검거율이 95% 이상 되는 경찰에서 부서 이름에 '미스터리'를 붙인 것만으로도 사건 해결이 어렵다는 것을 예고하는 것이나 다름없었다. 엄연히 강력반과 미제사건 전담반과는 분리된 부서였지만 실제로는 강력반 밑에 붙어 강력반이 처리하기 힘든 사건의 책임을 떠안는 부서에 가까웠다. 경찰 내에서는 강력반에서 해결이 쉽지 않은 사건 뒤치다꺼리나 하는 부서로 인식되었다.

그가 맡은 사건 대부분은 미제사건이나 강력사건과 분리가 모호했는데, 정황상 증거만 있는 경우, 혹은 시신이 없거나 일부분만 발견되었을 때 강력반에서 넘어오는 경우가 대부분이었다. 증거가 부족하고 용의자를 특정할 수 없어 수년간 수사가 지지부진하다 미제사건으로 넘어가기 전 단계의 사건들을 주로 떠맡았다. 그래서 미스터리사건 전담반이 사건 수사 초기에 사건을 맡는 경우는 극히 드문 일이었다. 아침에 일어난 부산스러움은 이례적인 일이었다.

"도대체 술을 얼마나 먹은 거예요?"

"사는 게 괴로워서 그러지. 차 선수, 아침부터 잔소리하니까 관심받는 것 같고 기분은 좋네."

"이제 철수하라고 할까요?"

차 형사는 케이의 재미없는 농담에는 반응하지 않고 사무적으로 말했다.

"청계천에 펜스를 계속 쳐놓을 수는 없잖아. 사람들 시선 끌지 말고 다 걷으라고 해."

"강력반이 왜 우리한테 떠넘겼는지 알 거 같아요. 시내라서 복잡하고 현장 통제도 쉽지 않아요, 여기."

케이와 차 형사가 주위를 둘러보았다. 구경꾼들은 구경거리가 뭔지도 모른 채 경찰이 쳐놓은 펜스 주변을 기웃거렸다. 도로와 다리 위에서 많은 사람들이 사건 현장을 내려다보고 있었다.

"과수팀 가기 전에 여기 구경하는 사람들 사진 좀 조용히 찍어놓으라고 해."

"이미 말해두었어요. 그 팀 막내가 30분 간격으로 찍고 있어요."

"차 선수, 진짜 내 마누라 하자. 말 안 해도 척, 척, 잘해."

"하나도 재미없어요. 그런 농담. 저기, 반장님, 그거 보실래요?"

"뭐 말이야?"

"손이요."

"됐어. 나중에 자료 넘어올 거 아냐. 그나저나 손 주인 몸통은 어떻게 찾냐. 손만 잘라서 버린 것은 아닐 텐데."

"그러니까요."

케이가 차 형사를 보며 한숨을 내쉬자 지독한 술 냄새가 풍겼다. 차 형사가 움찔하며 한 걸음 멀어졌다.

"아, 더러워. 내장이 다 썩고 있는 거 아녜요? 어디 가서 해장이라도 좀 하고 오세요."

"같이 안 가?"

"저는 과수팀 따라가보려구요."

"밥 먹으러 가자. 배고파, 나."

돌아서는 차 형사를 케이가 불러 세웠지만 차 형사는 들은 체도 하지 않았다.

"저는 아침 먹었어요."

차 형사가 돌아서며 말했다.

"손 모양이 이상해서 과학수사팀장님께 물어볼 게 있어요. 이따가 전화할게요."

"그럼, 애들이라도 불러주고 가. 나, 심심해. 혼자 밥 먹기 싫어."

케이의 부름에도 차 형사는 고개를 절레절레 흔들며 무심하게 멀어져갔다.

케이는 현장 주위를 빙 둘러보았다. 그것은 그의 버릇이기도 했으나 경험이기도 했다. 그는 범인이 멀리 있다고 생각하지 않았다. 사건 현장에 몰려든 사람 중에 꼭 범인이 있을 것만 같았다. 그는 태연한 척 꼼꼼하게 주변 사람들을 바라보았다. 찬찬히 사람들을 관찰하는데, 전화벨이 울렸고 그는 화들짝 놀랐다. 얼마 전에 자신을 찾아왔던 김정민의 아들이었다. 그는 전화를 받지 않았다. 현재 일어난 사건에 집중해야 했으나 어찌 된 일인지 그는 25년 전 사건에 더욱 신경이 쓰였다.

케이는 문자메시지를 남겼다. '나중에 직접 만나서 얘기합시다. 내가 한번 내려갈 테니 기다려요.' 문자를 보내자마자 답장이 왔다. '언제요?' 그는 문자를 뻔히 쳐다보기만 할 뿐 답장하지 않았다.

범인이 되어보는 것만큼 범인에게 쉽게 다가가는 길은 없었다. '나라면 어떡할까.' 생각해보았지만 사건 현장에서 맨 처음의 그 물음은 공허함만 불러왔다. '왜?'에 대한 추측도 현장에서 주는 정보도 전무했기 때문이었다.

반면 사건에 편견이 없을 때는 성과가 좋았지만 그때뿐이었다. 의외로 많은 정보가 사건 현장에 남겨져 있다고 케이는 믿었지만, 이 경우엔 그렇지 않았다. 그는 사건 현장에 구경 나온 사람과 뒤섞여 사람들 사이를 누비며 사람들을 관찰했다. 특별하게 눈에 띄는 사람은 없었다. 자신과 눈이 마주치는 사람도 없었다. 대부분은 새벽에 청계천에서 일어난 일의 내막을 모르고 있었다. 지나가던 사람들도 걸음을 멈추고 무슨 일인가 싶어 호기심 넘치는 몸짓으로 사람들 사이를 비집고 사건 현장을 보기 위해 다가섰지만 실상을 알아챌 수 없었다. 사람들은 금방 볼거리가 없음을 눈치채고 가던 쪽으로 돌아섰다. 구경꾼들은 경찰이 완전히 철수할 때까지도 그 수가 줄지 않았다.

봄빛은 완연했다. 2주 전부터 계절이 완전히 바뀌었다. 3월 중순이 넘어가는데도 한겨울 같은 날씨가 이어지고 있었다. 결국 오지 않을 것만 같았던 봄의 온정이 도시의 숨을 바꾸고 있었다. 4월이 되자 햇빛은 화려해졌고 하늘 색도 달라졌다.

케이는 멀리 떨어져서 손이 발견된 곳을 바라보았다. 손이 발견된 청계천이 범죄 현장이 아닌 것은 분명했다. 범인은 왜 굳이 이렇게 사람들이 많이 찾는 곳에 손을 갖다놓은 것일까, 의문이 들자 그것은 범인이 자기에게 묻고 있는 질문이라는 것을 깨달았다. 범인을 잡기 위해서는 그들이 던지는 질문에 앞서 답을 준비하고, 다음 이어질 질문을 예측해야 했다. 그래야만 사건의 답을 찾을 수 있다는 것을 그는 오랜 경험을 통해 알고 있었다. 그는 이번 사건이 누군가 벌이는 게임의 시작이라는 것을 직감했다.

케이는 때론 '어떻게'라는 과정이 '왜'에 대한 필연적인 대답이 될 때도 있다는 것을 알고 있었다. 그가 처음 경찰이 됐을 때, 선배들은 범죄나 사건의 '왜'에 대한 질문을 생략하고 '어떻게'에 대해서만 일방적인 편견으로 수사를 했다. 하지만 결국 '왜'라는 물음이 해소되지 않는다면 범인을 잡는다고 해도 사건은 여전히 미스터리가 된다는 것을, 그는 몇 건의 사건을 통해 깨달았다.

'어떻게'를 밝히는 것이 '왜'에 대한 답을 찾는 것일 때가 종종 있었다. 범죄에서 '어떻게'라는 것은 디테일이고 '왜'는 목적과 관련이 깊기 마련이었다. 당장 그가 궁금해야 하고 알아내야 하는 게 무엇인지 그는 골똘해졌다. 스스로 묻는 첫 질문이 중요했다. 사건 해결의 방향성과 깊은 관련이 있기 때문이다. 그 물음은 '왜'와 '어떻게'에 대한 문을 열기 마련이었다. 그는 신중하게 그 물음을 찾기 위해 사람들 사이를 누볐으나 별 소득은 없었다. 그저 많은 사람들의 모습을 자신의 무의식에 넣으려 애를 쓸 뿐이었다.

케이는 현장팀이 완전히 철수한 뒤에도 그곳에 남아 있었다. 몰려들었던 사람들이 흩어졌고, 곧 여느 봄날의 한가한 서울 풍경을 되찾았다. 그는 광장이 끝나고 청계천이 시작되는 청계2가 근처에서 팀원들을 기다렸다. 따뜻한 햇살 덕에 지독했던 숙취가 풀리는 기분이었다. 한 무리의 관광객들이 몰려들었다가 사라지는가 싶더니 어느새 새로운 관광객들이 그 자리를 메우며 금세 혼잡해졌다. 서울이 가진 평범한 일상, 풍경이었다. 그는 그런 사실이 조금 섬뜩하게 느껴졌다.

미스터리사건 전담반이 그간 맡았던 20여 건의 사건 중에 그의 팀이 해결한 사건은 아무것도 없었다. 처음부터 어떤 사건이든지 해결이 쉽지 않을 것을 예상은 했지만 2년이 넘도록 단 한 건의 사건 해결도 없을 거라고 예상한 사람도 없었다. 그것은 팀장으로서 굉장히 부담스러운 일이었다. 하지만 경찰 내에서 누구도 그런 케이를 나무라는 사람이 없었다. 본청에서도 그의 팀에게 거는 기대가 없기 때문이었다. 언론에 까이고, 여론에 두들겨 맞으며 시민들로부터 질타를 견뎌내는 일이 케이와 팀원들의 유일한 임무였다. 경찰의 무능함에 대한 책임을 무한히 받아야 하는 것이 그들의 일이었다. 케이를 포함한 팀원들의 바람은 조용히 사건이 잊히는 것이었다. 그러다 보니 팀 이동도 굉장히 잦았다. 케이와 차형사만이 처음부터 자리를 지키는 정도였고, 그간 지나쳐 간 팀원이 10여 명이나 되었다. 어떤 문제를 일으켜 좌천되거나 몸이 아프거나, 이런저런 이유로 경찰 일에 적응하지 못하는 형사들이 케이의 팀에 잠깐 몸담았다가 다른 곳으로 전출 갔다. 케이의 팀에 있어봤자 실적이 좋을 리 없으니 젊은 형사들은 오자마자 전출을 신청하는 사람이 대부분이었다. 경찰 내에서는 미담반이 언제든 사라져도 별문제가 없는 욕받이 같은 존재였다. 그러다 보니 편한 측면도 있었다. 경찰 모두가 아무런 기대를 하지 않았으므로 아무것도 신경 쓰지 않아도 되었다. 케이는 한참을 벤치에 앉아 오가는 사람들을 바라보며 생각에 깊이 잠겨 있었다.

한참 만에 막내인 김세영 형사가 제일 먼저 현장으로 돌아왔다.

"반장님 나오셨네요."

김세영은 서른다섯의 젊은 형사였다. 강력반 소속이었는데 팀원과의 불화가 심해서 지난겨울에 전입되었다.

"넌 어디 다녀오냐?"

"주변 빌딩 CCTV 좀 확인하러 다녀왔어요. 근데 몇 군데는 더럽게 콧대가 세요. 아주, 비협조적이야. 영장 가지고 다시 오래요. 그럼 자료 보내주겠다고. 개인정보가 들어 있어서 쉽게 줄 수 없다네요."

김세영이 담배를 물며 퉁명스럽게 말했다.

"여기 금연일걸?"

"여기가 왜 금연이에요?"

"사람들 많잖아. 공공장소라고 하지. 그보다 네가 피우면 내가 자꾸 피우고 싶어지잖아. 참아주라, 나를 위해서."

케이가 김세영이 입에 문 담배를 홱 뺏더니 자기 귀에 걸었다.

"근데, 웬일이래요. 처음부터 우리한테 사건을 다 맡기고."

김세영이 케이 옆에 앉으며 퉁명스럽게 말을 뱉었다.

"왜, 싫냐?"

케이가 김세영을 바라보며 빙긋이 웃음 지었다. 그는 김세영을 볼 때마다 젊은 날의 자신이 떠올라 감정이 복잡했다.

"싫고 좋고가 어딨어요. 그냥, 사건이죠. 근데, 우리 엿 먹으라고 그런 거 같아서 기분은 좀 그래요."

김세영이 주변을 둘러보며 볼멘소리로 투덜댔다.

"일도 하고 좋잖아. 범인 잡으면 되지."

"범인이 우리한테 잡힐까요? 그나저나 몸통부터 찾아야할 텐데, 걱정이네요. 이렇게 일을 벌인 것을 보면 쉽게 내어주지 않을 것 같은 예감이 들어요."

"어디엔가 있겠지. 그런 의미에서 우리 청계천이나 걸어볼까?"

케이가 천천히 일어섰다. 김세영은 그럴 생각이 없는지 멀뚱히 케이를 바라보았다.

"뭐 있겠어요? 죄송해요, 반장님. 혼자 다녀오세요. 저는 어디 좀 가봐야 해요."

김세영이 벌떡 일어나더니 말했다.

"수사 안 하고 어디 가? 나랑 청계천 좀 돌아보고 밥 먹자."

김세영은 케이의 말을 뒤로하고 이미 돌아섰다.

"수사하러 가는 거예요. 들를 데가 있어요. 오후에 사무실에서 뵈어요."

김세영이 말하더니 성큼성큼 걸어서 멀어졌다. 단단한 몸을 가진 그가 금세 사람들 속으로 사라졌다.

"야, 나랑 밥 먹자니까. ……외로워. 정말 외로운 직업이야. 반장은."

케이는 김세영이 사라진 쪽을 바라보며 혼자서 꽤 큰 소리로 중얼거렸다. 케이가 벤치에 털썩 주저앉았다.

"반장님, 저랑 먹어요. 저도 배고파요."

케이는 뒤에서 갑자기 들려온 말에 깜짝 놀랐다. 한채연 형사가 어느새 그의 뒤에 와 있었고, 두어 걸음 뒤에 정 형사가 멀뚱하게 서 있었다. 한채연은 팀원 중에 유일한 여자 형사였다. 그녀는 김세영과 동갑내기였지만 연차가 몇 해 앞선 선배였고, 정 형사는 케이보다 나이가 다섯 살 많고, 연차도 선배인 최고참 형사였다. 그는 퇴직이 1년도 채 남지 않았다. 한채연은 팀에 합류한 지 반년이 되었고, 정 형사는 지난주에 본청 정보과에서 전입해 왔다. 퇴직을 앞에 두고 이런 한직까지 내몰려 온 것을 보면, 어떤 사연이 있음이 분명했다.

"선배님도 나오셨어요?"

케이가 한채연 형사 뒤에 멀뚱히 서 있는 정 형사에게 꾸벅 인사를 했다.

"아, 네, 네."

정 형사가 어색한 표정으로 말했다. 케이는 정 형사가 미담반에 오게 된 이유를 정확히는 알 수 없었다. 다만 정 형사가 감찰을 받은 뒤, 내용은 비밀에 부쳐졌으며 6개월 정직과 감봉 후에 미담반으로 전입된 사실을 서장이 말해주었다. 퇴직 전 그런 일은 정말 이례적이었다. 그렇게 큰 징계를 내렸다는 것은 그만두라는 의미였지만 어떻게 된 일인지 정 형사는 사직서를 내는 대신 미담반에서 계속 경찰 생활을 이어가는 것을 선택했다. 해직되지 않은 것을 보면 심각한 비리는 아닌 듯했지만, 징계 수위를 보면 무슨 큰일을 저지른 것 같았다. 케이도 개인적으로 정 형사에 대해서 알아보았지만 그를 잘 아는 사람이 별로 없었다. 한채연은 자원해서 케이의 팀원으로 들어온 케이스였다. 그녀는 몇 년째 강력반에 지원했지만, 번번이 받아들여지지 않았다. 결국 여러 번의 시도 끝에 미담반으로 오게 되었는데, 팀원 중에서 가장 열정이 넘쳤다. 그렇기 때문에 미담반에 대한 실망도 컸고, 불만도 가장 큰 사람이었다.

"우리 여기 좀 걷자. 산책 좀 하다가, 밥 먹자."

"뭐예요. 한가하게."

한채연이 볼멘소리를 했다. 정 형사는 뒷짐을 지고 서서 상관없는 사람처럼 두 사람을 바라보고 있었다. 정 형사는 평생을 주로 정보과에서 분석을 담당했던 터라 현장 수사 경험은 그리 많지 않았다.

"아니, 청계천에 뭐가 있나 좀 살펴보자고. 혹시 알아? 뭐가 더 나올지 말이야. 둘은 건너편에서 걸으며 살펴봐. 나는 이쪽에서 걸을 테니. 그럼, 우리 청계8가에서 보자고. 거기서 밥 먹자."

케이가 이미 돌아서 다리를 건너는 두 사람에게 말했다.

"청계천이 8가까지 있어요? 종로는 몇 가까지 있어요? 을지로는?"

한채연은 케이의 말에는 대답하지 않고 다시 정 형사에게 물었지만 정 형사는 별말이 없었다.

"청계천은 8가 넘어서도 마장동까지 주욱 이어져요. 꽤 길어요."

한참 만에 정 형사가 더듬더듬 말했다.

케이는 산책하며 봄의 정경을 즐겼다. 청계천이 집 근처였지만 한가롭게 주변을 산책한 것은 처음이었다. 그가 광화문 근처로 이사를 온 것은 미담반 반장을 맡기 두 해 전이었다. 그의 집은 서울에서도 월세가 비싼 오피스텔 중 한 곳이었다. 잠깐 있으려고 급하게 얻은 곳에서 2년째 눌러살고 있었다.

그는 흐르는 물속을 유심히 들여다보았다. 관광객은 주로 청계2가와 3가 사이에 많았고 3가를 지나자 점점 줄어들더니 동대문시장 근처에서 다시 사람들이 북적였다. 그가 걸음을 멈추고 건너편의 한채연과 정 형사를 찾았지만 보이지 않았다. 전화를 하려고 보니 부재중 전화가 두 통이나 걸려와 있었다. 언제나 휴대폰을 무음으로 해놓으니 전화를 제때 받는 일이 드물었다.

케이는 갑자기 울리는 전화벨에 대한 불길한 느낌과 불안함을 떨치기가 쉽지 않았다. 앓고 있는 공황장애 때문이었다. 공황 증세는 이혼 후 더욱 심해졌고, 불안증을 줄이려고 술에 의존하다 보니 알코올중독을 불러왔다. 한동안 약물 치료는 물론이고 정신과 상담을 받았지만, 상태는 나아지지 않았다. 그는 다시, 근래에 약을 끊고 술로 버티는 중이었다. 몇 년째 반복되고 있었다. 그가 어렵사리 한채연에게 전화를 걸었다.

"어디야? 전화했어?"

"반장님, 이쪽으로 좀 와보세요. 이상한 게 있어요."

"왜, 무슨 일이야, 어디 있는데?"

"여기가 거의 끝인데, 8가? 아니래요, 정 형사님 말로 황학동 지나서 마장동 가기 전이래요."

케이가 전화를 끊고 걸음을 서둘렀다. 걸으면서 청계천이 11킬로미터나 되는 꽤 긴 거리라는 것을 새삼 알게 되었다.

그럴 것이 동대문 너머는 걸어서 간 기억이 없기 때문이었다. 청계천이 복원된 후 이렇게 걸어보는 것도 처음이었으니 그럴 만했다. 청계천이 한강에서 물을 길어 다시 한강으로 물을 흘려보낸다는 것을 알고 있었지만, 생각보다 긴 거리에 그는 조금 놀랐다. 정신없이 걷다 보니 저 멀리 고산자교 근처 버들습지 입구에 두 사람이 서 있는 것이 보였다. 그는 이렇게 많이 뒤쳐져 있을 거란 생각을 못했던 터였다. 그는 그들을 보자 숨을 가라앉히기 위해 잠시 멈추어 섰다. 가라앉았던 숙취가 다시 올라오는 기분이었다. 시간은 이미 점심때가 되어가고 있었다. 잊고 있었던 허기가 몰려왔다.

"도대체 무슨 일인데 그래."

케이가 숨을 고르며 물었다.

"이것 좀 보세요. 무슨 연관이 있겠죠?"

한채연이 손으로 가리키고 있는 것은 바닥에 가지런히 놓여 있는 브래지어와 팬티였다. 그것은 마치 보란 듯이 습지로 들어서는 길 입구 한가운데 펼쳐져 있었다. 마치 길 입구를 속옷이 막아서고 있는 것 같았다. 케이가 손으로 땀을 훔치며 두 사람을 번갈아 쳐다보았다. 정 형사는 시선을 피하며 주변을 한번 둘러보았고, 한채연은 다시 과수팀을 부르기 위해 전화를 걸었다.

"이건 진도가 너무 빠르잖아. 뭐 하자는 거지?"

케이가 혼잣말처럼 말했지만 소리는 지나가는 사람들 모두가 들을 만큼 컸다. 주변에는 운동하는 사람들이 꽤 많았는데 모두 놓인 속옷을 피해 빙 둘러 갔다. 자전거를 타고 지나치던 중년의 남자가 케이 옆에 멈춰 섰다. 자전거에 달린 스피커에서 트로트 가요가 흘러나오고 있었다. 중장년의 남자는 화려한 차림새를 하고 있었다.

"이거 어젯밤에는 분명히 없었어요. 내가 이 길을 하루에 네 번은 오가는데, 정말, 어젯밤엔 없었다니까."

운동 나왔던 사람들이 어느새 몰려들었다. 그들 앞에 가지런히 놓인 여성의 속옷을 구경했다. 그것은 마치 얼굴을 모르는 한 사람의 내면을 바라보는 일과 같았다.

봄빛은 점점 화려해지고 있었고, 세상은 너무 평온하기만 했다.

"한채연이 여기 맡아. 뭐가 더 있는지 더 좀 알아보고. ……정 선배도 채연이 좀 도와주세요."

정 형사가 멀찍이 떨어져서 고개를 끄덕였다. 그런 모습을 보자 케이는 한숨이 나왔다.

차 형사는 과수팀을 따라나선 뒤 퇴근 시간이 가까워졌는데도 연락이 없었다. 케이는 차 형사에게 전화하려다 그만두었다. 차 형사가 반장인 케이에게 일일이 보고하는 스타일도 아니었지만, 말하지 않아도 자기 일을 잘 알아서 하는 그였다. 조용히 기다려주는 게 케이의 일이었다.

차세영은 올해 서른다섯의 해경 출신이었다. 해양경찰은 엄연히 다른 조직인데 어떻게 해서 경기남부청으로 전보되었는지 자세히 아는 사람이 없었다. 주로 경비과에서 근무했다는 것 말고는 그에 대해 알려진 것은 거의 없었다. 케이는 2년 동안 줄곧 차세영 형사와 붙어 지냈지만, 그에 대해 아는 것이라곤 고향이 전주라는 것 정도였다. 차 형사가 어디에 사는지조차 알지 못했다. 케이는 그의 사적인 것을 거의 알지 못했다. 많은 것을 물어도 차 형사는 속 시원하게 말해주는 법이 없었다. 케이도 마찬가지였으므로 집요하게 개인사를 파고드는 법이 서로 드물었다.

케이는 이혼해서 혼자였고 두 아이는 전처가 키우고 있었다. 큰딸이 올해 고3이었다. 몇 년 전까지만 해도 아이들을 드문드문 보았지만, 작은아이가 중학생이 되고 큰아이가 고등학생이 되면서부터는 기껏해야 1년에 한두 번 보는 게 전부였다. 아이들이 성장하자 케이를 피했기 때문이었다. 모두 술 때문이었다. 아이들이 사춘기에 접어들면서부터는 서로가 데면데면해졌다. 케이는 어떻게 관계를 풀어야 하는지 알수 없었다. 미담반을 맡고부터는 치료도 열심히 받고, 술도 끊으며 아이들에게 정성을 쏟았지만 그의 마음과는 반대로 점점 아이들과 멀어지고 있었다. 때마다 다시 술에 의존하게 되면서 아이들과의 관계나 상황은 더 어려워졌다.

"하루 종일 어디를 그렇게 쏘다니는 거야."

사무실로 들어서는 차 형사를 케이가 나무랐다.

"아침에 말씀드렸잖아요. 과수팀 다녀온다고요. 그런데 다른 친구들은 어디 갔어요? 반장님 혼자서 뭐 하고 계셨어요?"

차 형사가 사무실 빈자리를 둘러보며 물었다.

"그러니까, 내 말이 그 말이야. 나만 왕따야, 아주 다들 바빠. 그리고 너, 네가 나를 제일 그렇게 만들어. 하루 종일 거기서 뭘 한 거야. 부검을 네가 한 것도 아닌데."

미담반 사무실은 경찰서 주차장 구석에 있었는데 컨테이너 박스 두 동을 연결해서 만든 것이었다. 현재는 경찰서를 신축 중이라 모든 부서가 가건물에서 업무를 보고 있었다.

"반장님, 제가 손 모양이 이상하다고 했잖아요. 그런데 이건 뭔가 심상치가 않은데요."

"모양이 이상하다니?"

"아침에 제가 말씀드렸었는데. 기억 안 나세요?"

케이가 잠시 생각에 잠겼다.

"글쎄다, 기억이라."

케이는 곰곰 생각해보았지만 처음 듣는 것처럼 생소했다.

"물속에 담가놓아서 많은 정보가 남지는 않았대요. 그런데 이상한 게 있어요. 이렇게 네 번째 손가락을 완전히 부러뜨려서 뒤로 젖혀놓았거든요."

차 형사가 케이에게 여러 장의 사진을 내밀었다. 케이는 아침에 발견된 손을 처음 보았는데, 차 형사의 말대로 그 모양이 기이했다. 그것은 꼭 어떤 메시지를 전달하기 위해 만들어진 조각 같았다.

"이랬던 거야? 왜 말을 안 했어?"

케이가 신기하다는 듯 물었다.

"말씀드렸잖아요. 그래서 과수팀 쫓아간 거고요. 1차 결과 나올 때까지 기다렸다 오는 길이에요."

생각해보니 오전에 차 형사가 그렇게 말을 했던 거 같기도 했다. 그는 술이 덜 깬 채여서 기억이 잘 나지 않았다. 차 형사의 말대로 네 번째 손가락은 완전히 꺾여서 손등 쪽으로 직각을 이루고 있었고 새끼손가락은 둥글게 구부러져 있었다.

"새끼손가락은 꼭 물음표 같아 보이지 않아요?"

"글쎄다……. 그래 보이기도 하고 고리 같기도 하고. 이 손톱은 다 뭐야? 이거 진짜래, 붙인 거래?"

케이는 미간을 잔뜩 찡그린 채 사진 속 손의 손톱을 신기한 듯 바라보았다.

"이게 무슨 색이야? 하늘색? 하얀색 같기도 하고 오묘하다."

"진짜 손톱이래요. 이런 색깔을 아콰마린이라고 한답니다. 엄지, 검지, 중지의 방향은 제각각이에요. 그런데 이걸 일부러 이렇게 만든 것 같답니다. 손이 뻣뻣하게 굳기를 기다렸다가 그런 거 같다고요. 손목을 자른 도구는 무엇인지 확실하지는 않은데, 도끼 같은 것으로 한 번에 내려친 게 확실한 거 같다고 하고요."

케이가 차 형사를 가만히 올려다보았다.

"그런데 오늘 너, 이상하다. 신난 거 같아."

"오래간만에 맡은 사건이잖아요. 반장님은 좀, 활기가 느껴지지 않으세요?"

차 형사가 피식 웃으며 케이를 쳐다보았다. 케이는 이해할 수 없다는 듯 고개를 천천히 가로저었다.

"빨리 얘기나 해봐. 그래서?"

"잘린 단면이 도끼나 뭐 이런 걸로 내려친 것처럼 깔끔하긴 한데, 물론 아직 확실한 것은 아니고요. 잘린 방향이 좀 이상하다고, 빨리 몸통을 찾아오라고 합니다."

"뭐야, 그게. 그런 얘기는 나도 하겠다."

케이는 뭔가 생각났다는 듯이 자리에서 천천히 일어섰다.

"우리가 이런 사건이 오랜만이라 놓친 게 너무 많은 것 같다. 내가, 감이 많이 떨어졌네."

"반장님이 원래 감이 좋다고 말할 수는…… 어디 가시게요?"

차 형사의 농담에도 케이는 웃지 않고, 나갈 채비를 했다.

"청계천에 다시 가봐야겠다. 과수팀에 전화해서 손이 최초 발견됐을 때 손가락이 놓여 있던 방향 좀 알려달라고 해. 손이 어떻게 놓여 있었는지 말이야. 사진 보내오면 거기로 와라. 들렀다 퇴근해도 되지?"

케이가 차 형사에게 말하고는 사무실을 나섰다. 퇴근 시간이 한창이어서 사람들이 거리로 쏟아져 나왔다. 그는 바쁘게 걸음을 움직였다. 청계천까지는 그리 멀지 않았다.

청계천에 도착했을 땐 해가 뉘엿뉘엿 넘어가고 있었다. 조명이 들어왔고 아침보다 더 많은 사람들이 걸어 다니거나, 앉아서 이야기를 나누고 있었다. 어둑어둑해지자 봄밤의 청계천은 다른 풍경을 만들어냈다. 사람들이 봄밤의 정경을 즐기고 있었다. 그윽한 조명이 아름다운 분위기를 만들어내고 있었다.

케이는 인위적으로 만든 청계천에 올 때마다 이상한 느낌이 들었다. 이곳에 천이 흐른다는 것도 그랬다. 청계천 복개를 두고 찬반으로 나뉘어 치열하게 대립하던 때도 떠올랐다. 이제 그런 것을 기억하고 중요하게 생각하는 사람은 없겠지만, 그는 근래 이상하게도 오래전의 풍경이나 기억이 선명하게 되살아났다. 아마도 케이 자신이 서울 출신이어서 그럴 것이었다. 그는 벤치에 앉아 주변 건물들을 바라보았다. 오랫동안 서 있는 상징적인 몇몇 건물은 그도 알고 있었으나 새로 생긴 빌딩은 어떤 회사이고 건물인지 알 수가 없었다.

아침에 발견된 잘린 손은 범인이 보내는 작은 메시지에 불과하다는 것을 케이는 알 수 있었다. 발견된 손의 모양이 앞으로 닥치게 될 큰 사건을 암시하고 있는 것 같았다. 다가올 그것은 무엇이고, 메시지는 누구에게 전하는 것일까, 그는 물론 알 수가 없었다.

저녁 일상을 사는 시민들은 평온하기만 했다. 이른 아침에 누군가 손을 잘라 이곳에 버렸다는 사실이 아주 오래전의 일이거나 다른 곳에서 일어난 일처럼 생소하고 멀게만 느껴졌다. 앞으로 손이나 발, 몸통 등 신체 일부가 하나씩 발견될 것만 같은 불안감이 들자, 이런 일이 아주 전에 이미 일어났었던 일 같은 기시감마저 들었다.

케이는 범인이 되어보려고 애를 썼지만 잘 이입이 되지 않았다. 사건이 너무 많은 물음표만으로 채워져 있어서 그다음을 예측할 수 있는 일이 별로 없었다. 이런저런 생각에 잠겨 있는데 차 형사가 어느새 케이 옆으로 다가와 있었다.

"무슨 생각을 그렇게 골똘하게 하세요?"

케이는 상념에서 빠져나와 현실로 돌아왔다.

"애들은 바로 퇴근한대?"

"글쎄, 잘 모르겠는데요."

"아무리 근본 없는 팀이라고 해도 이건 너무 체계가 없는데. 언제 오고 언제 나가는지는 서로 좀 알자."

"그냥, 잠깐 있다 떠날 생각뿐이니까 그렇기도 하죠."

차 형사가 주위를 둘러보며 한참 만에 말했다.

"그런데 넌 왜 안 떠나?"

"편하고 좋잖아요. 부서 이름도 멋지고. 무엇보다 반장님을 두고 제가 어딜 가요."

차 형사의 말에 케이는 웃지 않았다.

"네 농담도 재미없어. 내일부터 시달릴 거 생각하면 벌써 속이 쓰리다."

차 형사는 자신과는 상관없다는 투로 어깨를 으쓱 추어올렸다.

"속옷은 무슨 관련이 있는 걸까?"

"속옷이요?"

"아, 차 형사한테 아직 얘기 안 했나? 한채연, 정 선배랑 청계천 끝까지 다녀왔거든. 버들습지 입구 한가운데에 여자의 아래위 속옷이 놓여 있었어. 아무 관련 없을 수도 있는데, 좀 찜찜하기도 하고, 한채연하고 정 선배가 맡아서 이것저것 알아보러 나갔는데 소식이 없네. 김세영은 아침에 잠깐 얼굴

보고 못 봤고. 우리 팀은 정말 개성 넘치는 거 같아. 이름도 같은 세영이지만 참 다른 세영이야."

"반장님이 권위적이지 않으신 거죠. 제가 내일 팀원들에게 잘 말해볼게요."

"아니야, 그럴 것까지는 없고. 이 일이 억지로는 되지 않잖아. 좋아야 하고 호기심 있어야 하는 거니깐. 혹시 부담스러워하는 친구 있으면 내게 말해줘. 너도 별일 시키지 말고."

케이는 팀원에 대해 불만이 거의 없었다. 자기야말로 기존에 있던 팀에서 팀원들과 여러 불화를 일으키고 쫓겨나다시피 한 터라, 팀원의 어떤 행동이나 불만도 이해할 준비가 되어 있었다.

"잘해보자는 의미에서 회식이나 한번 할까?"

차 형사는 대답 대신 케이에게 엄지를 치켜세웠다.

겨우 며칠이었다. 수사는 진척이 없었고 청계천 사건이 뉴스에서 사라지자 금세 사람들에게 잊혔다. 잘린 손이 발견되는 일보다 더 흥미로운 사건이 정치면이나 경제면에서 매일 일어나고 있었다. 그새 팀원들도 사건에 시큰둥해졌다. 하릴없이 무의미한 시간이 지나가고 있었다.

케이는 그런 팀원들을 나무라지 않았다. 거의 매일 김세영은 잠깐 출근한 뒤 외근을 나갔고, 한채연과 정 형사는 여성의 속옷과 잘린 손을 연결해보려 애썼지만, 두 사건 간의 교차점을 찾는 게 쉽지 않았다. 그럼에도 한채연은 포기하지 않고 속옷 사건에 매달렸다. 수사 지원이 없자 직접 버들습지 인근 이곳저곳을 탐침봉을 들고 수색하기도 했다. 그녀는 그동안 몇몇 옷가지와 여성과 남성의 속옷, 신발 등을 버들습지 인근에서 발견했다. 증거나 연관된 자료라고 보기 어려운 것이었지만 한채연은 포기하지 않았다. 정 형사는 한동안 한채연과 함께 현장 수색 등 수사에 매달렸지만 얼마 전부터 외근을 나가지 않고 사무실에서 꼼짝도 하지 않았다. 컴퓨터를 붙잡고 종일 뭔가를 했다. 케이는 정 형사에게 아무것도 묻지 않았고, 일을 시키지도 않았다.

케이는 매일 청계천에 나가는 것이 일상이 되었다. 사건을 해결하라고 독촉하는 이도 없었고 사람들의 관심에서도 멀어졌으나, 그는 여전히 청계천에서 뭔가를 기다리고 있었다. 퇴근하면 바로 집으로 가지 않고 청계천에 들러 한참을 앉아 있다 집으로 향하곤 했다.

"여기서 맨날 뭐 하세요."

차 형사가 케이 옆에 앉으며 말했다.

"뭐 하긴, 손 주인을 기다리는 중이지."

케이는 점점 길어지는 해가 덕수궁 너머로 떨어지는 것을 멍하니 바라보고 있었다.

"집에 가기 전에 산책도 할 겸, 좋잖아. 그런데 너는 여기 웬일이야?"

"보여드릴 게 있는데 사무실에 안 계셔서 여기로 와봤죠."

케이가 신기한 듯 차 형사를 바라보았다.

"집 근처니까. 넌 나랑 얼마나 됐지? 2년? 그런데 네가 나를 제일 잘 아는 사람이 됐네."

"저야 그전부터 반장님께 관심이 많았죠. 이것 좀 보세요."

차 형사가 케이에게 사진 한 뭉치를 내밀었다. 케이는 차 형사가 가지고 온 사진을 빠르게 넘겨보다 시선을 멈추고 한 사진을 유심히 보았다. 한참 생각에 잠기더니 고개를 들어 주위의 건물을 바라보았다.

"꼭 뭔가를 알아차리길 바라고 있는 것 같지?"

"요즘 손가락 시그니처가 유행이잖아요. 사진 같은 거 찍을 때 이런 손 모양을 해서 소속감을 표현해요."

"알아, 나도. 일베나 신천지 같은 종교에서도 그렇다며. 그런데 그런 모양하고는 좀 다르잖아. 시그니처를 위해서 손가락을 부러뜨리거나 손목을 자를 일은 없을 테고."

사진 속 손은 독특한 모양이었다. 손가락마다 독특한 매니큐어가 짙게 칠해져 있었다. 엄지는 흔히 최고를 뜻할 때 표현하는 것처럼 흔한 모양새였다. 검지와 중지는 가위 모양을 하고 있었는데 두 손가락의 각도가 직각으로 최대한 벌어져 있어서 엄지와 검지가 수직으로 직각을 이루고 있었다. 검지와 중지는 수평으로 직각을 이룬 모양새였다. 네 번째 손가락은 뒤로 완전히 젖혀져 중지와 정반대 방향을 향하고 있었다. 새끼손가락은 최대한 둥그렇게 구부러져 원을 그리고 있었다. 케이는 사진과 빌딩들을 번갈아 바라보았지만 점점 더 알 수 없는 미로에 빠져드는 것만 같았다.

"차 선수, 내일 일단 이 손가락들이 가리키고 있는 방향에 무엇이 있는지, 빌딩들을 좀 조사해보자."

"전부 다요? 그건 너무 무모한 일 같은데. 그게 무슨 상관이 있을까요?"

차 형사가 사진을 정리하며 무심하게 말을 뱉었다.

"뭐라도 해봐야지. 일단 손가락이 가리키는 방향에 있는 빌딩이라도 돌아보자."

차 형사가 난감한 듯 한숨을 내쉬었다.

"제가 좀 생각을 해봤는데요. 사진을 보는 각도에 따라 방향이 좀 달라지기도 하는 것 같아요. 일단 검지가 향하는 쪽이 ㄷ일보, ㅈ일보 쪽인 거 같기도 해요. 주욱 선을 이어보면 S일보도 이 라인 안에 걸리는 것 같고, 그렇게 되면 중지는 대학로 쪽을 가리키게 되고요. 젖혀진 네 번째를 따라가보면 J일보가 있어요. 다 보수신문들이죠. 제가 너무 한쪽으로 몰고 있죠? 편견을 가지면 안 되는데."

케이가 차 형사의 말에 곰곰 생각에 잠겼다.

"아냐, 방향성 좋아. 신선해. 그러다 보면 합리적인 생각이 떠오르겠지. 계속해봐."

케이는 차 형사의 말을 들으면서 다양한 각도에서 찍은 사진을 계속해서 들여다보았다.

"또 다른 측면에서 검지를 중심으로 방향을 보자면, 손가락이 가리키는 방향에 영국이나 러시아대사관, 미국대사관도 그쪽에 있고요. 손이 발견된 근처에 이스라엘대사관도 있고요……. 중지가 가리키는 쪽엔 청와대도……."

"잠깐."

케이가 차 형사의 말을 가로막고 사진 한 장을 들어 올리더니 뚫어지게 쳐다보았다.

"이거 무슨 글자처럼 보이지 않아?"

"……."

차 형사가 손을 비스듬하게 찍은 사진을 유심히 바라보았다.

"엄지, 검지, 중지를 봐."

"……K?"

"그렇지? 그렇게 보이지 않아? 뭘까? K는?"

"……K는 반장님이잖아요?"

차 형사의 말을 듣고선 케이의 심장이 마구 뛰기 시작했다.

"설마……."

케이는 그럴 리 없다고 생각했지만 차 형사의 말에 당황스러웠다. 혹시 누군가 자신에게 메시지를 보내고 있다 생각하니 섬뜩한 생각이 들었다. 아직은 확실한 것이 하나도 없었지만 차 형사의 말이 맞을지도 모를 일이었다. 케이는 겁이 나거나 그런 것은 아니었고, 오랫동안 잊고 있었던 긴장감이 찾아왔다.

"혹시 마음에 걸리는 일이나 떠오르는 일 없어요?"

"그런 게 어디 있어, 내가."

케이는 말은 그렇게 했지만 이미 망각 속에 침몰된 지난 시간과 기억이 두려워졌다. 반면에 살짝 흥분되고 들뜨기 시작했다. 답보 상태에 머물러 있던 사건 이후 지난했던 시간이 순식간에 사라지는 것 같았다. 범인이 자기를 노린다고 생각하니 짜릿한 느낌마저 들었다.

"차라리 그랬으면 좋겠다. 인생이 무료하던 참이었는데, 제대로 한판 붙어봐야겠다. 지루한 인생이 다이내믹해지겠는데?"

케이는 마치 자신이 사건의 중심이 된 것처럼 말했다.

"무슨 말씀이세요? 아직 확실한 건 아니잖아요."

차 형사가 그런 케이를 제지하고 나섰다.

"누굴까? 내 무엇과 연관이 있는 걸까?"

케이는 이미 아무 말도 들리지 않는 사람 같았다. 케이는 이미 자신과 이 사건이 관계 있다고 단정 내리고 있었다. 그것은 그가 오랫동안 앓아온 공황장애 때문일지도 몰랐다. 그런 그를 잘 알고 있는 차 형사가 재차 무슨 말을 하려다가 그만두었다.

며칠 후, 한채연이 끝내 습지에서 시신 한 구를 찾아냈다. 여행 가방 안에 들어 있는 시체는 남성이었고, 이미 많이 부패되어 있었다. 그것은 발견된 여성 속옷과는 별개의 사건임을 의미했다. 사건이 발생한 지 열흘이 다 되어가고 있었지만 그사이 물속에 잠긴 채로 시신이 이렇게 빠르게 부패하는 경우는 확률적으로 극히 드물기 때문이었다. 시신 발견 몇 시간 만에 시신의 신원이 밝혀졌고, 용의자가 특정되었다. 해결 가능하고 풀 수 있는 사건은 미담반이 맡을 수 없었다. 한채연은 받아들이지 못했지만 어쩔 수 없는 일이었다. 사건은 곧바로 강력반 소관으로 넘어갔고 강력반은 하루 만에 범인을 잡는 쾌거를 이루었다. 버들습지 속옷 사건은 미담반의 미궁 속에 그대로 남게 되었다. 매스컴에서는 뒤늦게 두 사건을 비중 있게 다루었는데, 논점은 해결된 사건과 해결하지 못한 사건에 대해 비판적인 시각이 주를 이루었다. 보름 만에 한채연이 찾아낸 시신 때문에 진척 없는 청계천 사건이 뉴스에 다시 소환되었다. 미궁에 빠진 청계천 사건만 다시 부각되었다.

"어쩔 수 없는 일이잖아. 기운 내자."

케이가 애써 한채연을 비롯하여 팀원들을 위로했지만, 아무도 괜찮은 사람이 없었다. 이런 일이 있을 때마다 팀원 모두 상실감과 허무함이 컸다.

"오늘 회식이나 하자."

케이가 말했지만, 팀원들은 이런저런 핑계를 대며 사라졌다. 정 형사는 아무 말 없이 사무실을 빠져나갔고 다른 일에 빠져 있는 김세영은 이미 퇴근 후였다. 한채연은 분을 삭이지 못해서 혼자 있고 싶다고 사무실을 나가버렸다. 결국 케이와 차 형사 둘만 남게 되었다.

두 사람은 술잔을 놓고 마주 앉았다.

"팀이 맨날 이 모양 이 꼴이니 누가 여기 남고 싶겠어."

감정을 잘 드러내지 않는 케이가 서운한 듯 말했다.

"우리가 하는 일은 다른 일이잖아요. 반장님까지 왜 그러세요."

"나야 괜찮은데, 애들은 아니지. 너도 그렇고 말이야. 너도 생각 잘 해. 여기 있다가 신세 망친다. 무능의 아이콘이 되어 가는 것 같아."

케이는 연신 술잔을 기울였다. 맞은편에 앉은 차 형사가 측은하게 그를 바라보았다. 사건이 발생한 뒤 케이는 술을 겨우 참고 있었는데 결국 허물어져버렸다. 케이는 예전 여느 때와 마찬가지로 엉망으로 취했다. 밤이 다 깊어지지 않았는데 그는 이미 블랙아웃이 됐다. 차 형사가 그를 부축해서 집까지 바래다주었다.

며칠이 흘렀다. 봄은 점점 더 완연하게 익어가고 있었다. 케이가 배를 쓸며 인상을 찌푸렸다.

"반장님 어제도 술 드셨어요?"

차 형사가 물었지만 케이는 그의 말을 알아듣지 못했다. 연일 청계천에서는 극우단체의 격렬한 시위가 열리고 있었다. 성조기와 태극기를 든 노인들이 차마 입에 담을 수 없는 분노를 밤낮으로 표출하고 있었다.

"이런 시위를 보면 음모론이 꼭 다 허무맹랑한 일만도 아닌 것 같아."

케이가 말했다. 하지만 주변이 너무 시끄러워서 케이와 차 형사는 서로의 말소리가 들리지 않았다. 두 사람은 입을 다문 채 한참 시위를 구경했다.

케이는 그날 이후 손가락이 전하는 메시지가 자기를 향하고 있다고 믿었다. 김정민의 아들, 김현원이 다녀간 이후라 더욱 그런 확신이 들었다. 하지만 그들과는 어떤 연관성도 찾지 못했다.

김정민이 강도살인 혐의로 무기징역을 선고받고 수감되었을 때 김현원은 갓 돌이 지난 갓난아이였다. 김정민의 부인은 베트남 출신이었는데 남편이 수감되자 김현원을 놓고 본국으로 돌아간 모양이었다. 이후 김현원은 할머니 손에 맡겨졌는데, 할머니마저 죽은 뒤 보육원에서 청소년기를 보냈다. 그는 아버지 김정민이 교도소에서 간암으로 죽을 때까지 유일한 핏줄을 놓지 않고 옥바라지했다. 서로에게 아무도 없었으니 그럴 만했다. 어린 김현원은 교도소에 갇힌 아버지를 의지했고 억울하게 옥에 갇힌 아버지도 마찬가지였다.

　　"아버지가 죽으면 반장님을 찾아가보라고 했습니다."

　　김현원이 찾아와서 케이에게 말했다. 올해 스물여섯의 김현원은 잘 커주었다. 그 사실에 케이는 너무 미안한 마음이 들었다. 미안했지만 미안하다고 그에게 말할 수가 없었다.

　　"글쎄, 왜 아버지가 그랬을까. 나는 짐작 가는 일이 없어요."

　　케이는 조금 당황했다. 김정민에 대한 아무 준비도 없었고 어떤 계획도 없었다.

　　"어떤 도움이나 동정을 받으려고 찾아온 것은 아닙니다. 그저 그런 사실을 알리려고 한 것뿐이에요."

　　케이가 잠자코 김현원의 말을 들었다.

　　"뭐 하고 살아요?"

　　"주로 배달을 합니다."

케이가 가만히 고개를 끄덕였다. 그러더니 지갑에서 현금을 꺼내 그에게 건넸다. 김현원이 손사래를 치며 뒤로 물러섰다.

"아니에요, 이러려고 찾아온 게 정말 아닙니다."

"아버지 친구라고 생각하고 받아요. 차비라도 해요."

김현원이 멀찍이 물러섰다. 슬금슬금 멀어지더니 그대로 돌아서 갔다. 다시 찾아오겠다는 말도 굳이 서울까지 찾아온 이유도 말하지 않고 그는 돌아섰다. 아니, 정말 그런 목적이 없었을지도 모른다고 케이는 생각했다. 김현원의 말대로 아버지의 죽음을 알리려고 온 것이 전부였을지도 몰랐다.

극우단체 시위는 밤으로 갈수록 점점 더 격렬해지며 과격해졌다. 도대체 무엇이 이토록 노인들의 울분을 만들어낸 것인지 그저 신기할 따름이었다.

"아, 차 형사, 간단히 얘기해봐. 뭔데 그렇게 뜸을 들이는 거야?"

확성기 소리에서 조금 멀어지자 케이가 차 형사에게 말했다. 케이와 차 형사가 시위대에게서 멀찍이 떨어졌다. 그런데도 소란스러움은 자꾸 두 사람의 뒤를 따라왔다.

"반장님은 성격이 너무 급하세요. 차근차근 들어보세요, 좀. 손목이 잘린 면이 좀 이해가 안 간답니다."

"그게 무슨 말이지?"

케이가 여러 사진 중에서 잘린 손목 부분이 클로즈업되어 있는 사진을 유심히 살펴보았다.

"보이시죠? 잘린 부분이, 사선으로 되어 있는 게, 이상하다고 합니다."

케이의 눈이 번쩍 커졌다.

"뭐야? 그럼, 자기가 잘랐다는 거야?"

"그러니까 이상하답니다. 손 하나를 스스로 잘랐다면 발견된 손이 이해 가지 않는 거죠. 손가락을 부러뜨리고, 이상한 모양으로 만들어놓은 게. 한 손으로는 할 수 없는 일 같으니까요."

케이는 차 형사의 얘기를 들을수록 점점 알 수 없는 물음표만 늘어났다.

"그러면 스스로 손을 잘라서 누군가에게 줬다는 말이잖아."

"그렇죠. 살아 있을 때 손이 잘린 거죠. 누군가 자르게 했을 수도 있고요. 혹은, 자기가 자기 손을 잘라서 누군가에게 뭔가를 부탁했을 수도 있고요."

케이는 깊은 고민에 빠졌다. 손이 발견된 것이 사건의 시작이라는 것을 직감했지만 사건의 진행은 점점 더 짐작조차 할 수 없는 쪽으로 질문을 던지고 있었다.

"다음은 뭘까?"

"다음이라니요?"

"꼭 이건 시작에 불과하고 더 큰일이 기다리고 있는 것 같아. 어떤 일이고 우리에게 남은 시간은 얼마나 될까?"

"반장님 요즘 매사에 너무 심각하세요. 재미없는 농담도 이제 안 하시고. 조금 여유를 가지고 접근해야지 큰 그림이 보이잖아요. 너무 가까이서 한쪽을 바라보면 함몰되고 나중에 빠져나오지 못할 수도 있어요. 한 발 떨어져서 바라봐야지 뭔가 희미한 문양 같은 게 보이지요."

열정적으로 말하는 차 형사를 케이가 넋을 놓고 쳐다보았다.

"네가 꼭 이 사건의 시험 출제자 같다."

케이가 차 형사를 보며 쓴웃음을 지었고 차 형사는 멋쩍어했다.

"그러니 네 역할이 중요한 거야. 일단 팀원들 좀 모으자. 모여서 얘기라도 해보자. 내일은 어디 나가지 말고 모두 사무실에 있으라고 전해줘, 차 형사."

차 형사가 고개를 끄덕였다. 시위대의 행렬이 시작되었고 케이는 천천히 시위대를 따라 움직였다. 차 형사는 점점 멀어지는 시위대와 케이를 번갈아 쳐다보았다. 케이가 바쁘게 걸음을 옮기며 군중 속으로 사라졌다. 그제야 차 형사가 케이를 불렀다. 하지만 차 형사가 아무리 불러도 케이는 듣지 못했다.

케이는 아무리 객관적으로 사건을 바라보려고 해도 정보

가 너무 없으니 자꾸 본인과 사건을 연결 지었다. 잘린 손이 주는 메시지가 자기를 향하고 있다고 생각하니 사건 해결에 대한 무게감이 더 커졌다. 근래 케이의 몰골은 말이 아니었다. 원래도 훤칠한 키에 비쩍 말랐는데 청계천 사건이 일어나고 3주가 지나는 동안 더 핼쑥하고 초췌해졌다. 술을 다시 마시기 시작하면서 그의 생활도 엉망이 되고 있었다. 케이는 젊은 시절 누구보다 열정 넘치는 젊은 경찰이었지만 이제는 모든 일에 심드렁한 중년 아저씨가 되어 있었다. 무엇보다 술에 빠져 지낸 지난 10년 동안 몸이 많이 상했다.

차 형사는 큰 키의 케이가 허우적대며 걷는 뒷모습을 오랫동안 바라보고 서 있었다. 그는 케이의 모습이 완전히 사라지고 보이지 않자 어딘가로 전화했다. 사뭇 심각하면서도 케이와 있을 때와는 다르게 오묘한 표정이었다.

통화는 짤막했고 단호했다. 그가 천천히 케이가 사라진 반대쪽으로 걷기 시작했다.

봄밤은 완전하게 무르익었고 아무것도 하지 않아도 좋을 만큼 선선하고 따뜻한 바람이 불어왔다. 차 형사는 청계천을 따라 한참을 걸었다. 많았던 사람들이 점점 줄어들며 뜸해졌다. 동대문시장 근처에 다다르자 사람들이 다시 많아졌다가 그곳을 지나자 다시 한적해졌다. 그는 청계천 물이 흐르는 속도와 보조라도 맞추는 듯, 버들습지까지 아주 천천히 걸었다. 습지 입구에 다다르자 그는 걸음을 멈추고 누군가를 기다렸다. 곧 중랑천 방향 쪽에서 한 남자가 걸어 나왔다. 남자는 성큼성큼 다가오더니 차 형사를 와락 껴안았다.

"잘 지내셨지요?"

차 형사가 사내를 토닥이며 말했다. 사위는 어두웠지만 남자 눈에 맺힌 눈물이 반짝였다.

이른 아침, 미담반 팀원들이 모여 회의 준비를 했다. 그 풍경은 굉장히 이례적인 일이었다. 서로가 낯설어서 전에 없이 서로의 근황을 묻고 길게 답하며 회의가 시작하길 기다렸다.

사건에 대해 이렇게 정식으로 모여서 수사 내용을 공유하는 것도 처음 있는 일이었다. 해결할 수 없는 일을 주로 다루다 보니 서둘러야 할 일이 없었거니와 단서가 없고 부족한 정보 때문에 사방 벽으로 가로막힌 사건이 대부분이었으므로, 그들은 머리를 맞대고 살펴야 할 문제가 별로 없던 터였다.

"김세영은 왜 안 나타나는 거야?"

"전화를 받지 않는데요."

차 형사가 뒤돌아선 채 말했다. 김세영을 뺀 정 형사, 한채연과 케이가 각자의 책상에 앉은 채 차 형사 쪽으로 돌아앉았다. 정 형사가 제일 늦게 자리에 앉았다. 차 형사는 보드에 지금까지 취합한 자료들을 붙이고 있었다.

"차 형사, 그냥 시작하자. 나중에 김세영에게 내용 좀 알려주고."

"아침 일찍 새로 들어온 소식이 있습니다. 먼저 얘기할까요, 아니면 브리핑 끝나고 말할까요?"

케이가 차 형사에게 눈으로 무슨 일인지 물었지만 차 형사는 시선을 한채연과 정 형사 쪽으로 돌렸다.

"중요한 일이야?"

"그렇다고 볼 수도 있고, 아닐 수도 있어요."

차 형사가 대수롭지 않게 말했다.

"차세영, 왜 그렇게 뜸을 들이는 거야? 그럼 나중에 듣자. 차 형사 얘기 듣기 전에 한채연, 정 선배는 할 얘기 없어요? 속옷 건은 어떻게 돼가?"

"습지 일대를 샅샅이 뒤졌는데 아무것도 나온 게 없어요. 모두 알다시피 죽은 지 꽤 된 시체를 하나 찾았죠. 그래서 수색 지대를 중랑천까지 넓히려고 해요."

한채연이 무덤덤하게 얘기했다.

"너무 무모한 거 아니야? 자꾸 그 손하고 연결하려고 하니까, 이상한 쪽으로 빠져드는 거 아니냐구. 이제 그만하고 철수해. 할 일 많으니까. 정 선배는요?"

케이가 빠르게 단념시키고 화제를 전환했다. 한채연은 무슨 말을 하려다가 입을 다물었고, 정 형사도 머뭇대며 말을 잇지 않았다. 머리를 긁적이며 콧등에 걸친 안경을 밀어 올렸다.

"뭘 하고 있긴 한데, 아직 말할 단계는 아닌 거 같기도 하고……."

"뭘 하고 있는데요?"

정 형사는 멋쩍게 웃으며 대답은 하지 않았다. 케이가 길게 한숨을 쉬었다.

"선배님 나무라는 거 아니니까 마음 상해하지 마세요."

정 형사가 고개를 끄덕였다.

"이 팀을 맡으며 뭘 하려고 한 적이 한 번도 없었는데, 요즘 내 마음이 좀 다르다는 것을 느껴. 젊을 적 넘쳤던 열정 같은 것이 그립다고 할까? 나도 한때는 꽤 괜찮은 형사였는데 말이야. 우리 할 수 없는 것은 하지 말고, 할 수 있는 것은 열심히 해보자."

모두 고개를 끄덕였고, 차 형사는 시작해도 되겠냐는 듯 케이를 바라보았다. 케이가 살짝 고개를 끄덕였다.

"반장님께도 아직 말씀 못 드린 소식, 그것 먼저 얘기하는 게 좋을 거 같아요. 좀 아까 과수팀에서 연락이 왔는데…… 손의 주인은 여성이 아니랍니다."

"뭐, 뭐라고?"

케이는 너무 놀라서 순간 의자에서 떨어질 뻔했다. 한채연과 정 형사도 당황하긴 마찬가지였다.

"손톱에 매니큐어가 칠해져 있고, 인조 손톱을 붙인 것도 아니라서 여자라고 알고 있었는데, 남자라고 합니다. 손 주인을 찾는 데 수사력을 모아야 할 거 같아요. 알다시피 손이 가리키는 시그니처를 'K'로 볼 수 있어서 그와 관련해서도 생각을 모아야 하겠고요."

"아니, 손 주인이 남자라면 뭐, 트랜스젠더나, 여장 남자 같은, 뭐 그런 거야?"

"아직은 알 수 없죠."

미담반 사무실 안에 낯선 침묵이 흘렀다. 어려운 수학 문제를 풀지 못해 끙끙대는데, 문제의 뜻도 읽어낼 수 없는 더 어려운 문제가 그들 앞을 가로막고 선 것 같았다. 그들이 맞이한 특별한 봄은 그렇게 시작되었고, 아무것도 궁금증을 풀지 못한 채 시간은 흘러가고 있었다. 여름은 그들 모르게 어느새 성큼성큼 큰 발걸음으로 다가오고 있었다.

    가끔 봄비가 내렸지만, 5월은 내내 화창한 날씨가 이어졌다. 봄에 들뜬 사람들의 발걸음이 가볍기만 했다. 계절이 어떻게 지나갔는지 모르게 시간이 흘렀다. 케이를 비롯한 미담반원들은 봄이 시작되면서 일어난 사건 수사에 매진하고 있었으나 이렇다 할 성과는 없었다. 사건에 대한 단서는 찾을수 없었고 수사를 진행할수록 점점 사건의 실체와 멀어지는듯 보였다. 그렇게 천천히 사람들의 관심에서도 멀어졌다.

    여름이 일찍 찾아왔다. 이른 장마가 시작됐다. 6월이 되자마자 한여름 같은 날씨가 한동안 계속되더니 갑자기 장마였다. 아직 봄에 머물러 있던 사람들에게 그렇게 큰비는 너무낯설었다. 여름은 한복판을 향해 순항하고 있었으나 지난봄에 일어난 '청계천 잘린 손' 사건은 답보 상태로 여전히 머물러 있었다. 성과 없고 의미 없는 시간이 훌쩍 지나가버렸다.

미담반의 막내인 김세영은 지난겨울과 이른 봄 사이, 그러니까 겨울의 끝에 이상한 메시지를 받은 적이 있었다. 그가 사는 곳은 다세대주택이었는데, 우편함에 빨간 봉투의 크리스마스카드가 꽂혀 있었다. 이미 크리스마스가 두 달 넘게 지난 뒤였다. 그에게 온 철 지난 크리스마스카드에는 다음과 같은 구절이 적혀 있었다.

'이는 그의 발이 그물에 빠지고 올가미에 걸려들며 그의 발뒤꿈치는 덫에 치이고 그의 몸은 올무에 얽힐 것이며'

그것은 성경의 한 구절 같아 보였다. 어린아이가 쓴 것 같은 글씨체였다. 당시 김세영은 대수롭지 않게 누군가 장난을 친 것이라고만 여겼다. 행운의 편지 같은 것으로 여겼다. 그렇게 시간이 지나고 그런 일이 있었다는 것이 완전히 기억에서 사라질 무렵 그에게 두 번째 메시지가 도착했다. 그가 한동안 잊고 있었던 크리스마스카드를 떠올리게 된 것은 두 번째 메시지를 받은 뒤였다. 다행히 그는 첫 번째 카드를 버리지 않고 가지고 있었다. 완전히 그것의 존재를 잊었기 때문에 그 카드는 집에 남아 있었다. 카드는 밀린 세금 고지서들과 함께 신발장 안에 가지런히 놓여 있었다.

김세영은 지난봄부터 크리스마스카드에 대한 단서를 쫓

고 있었다. 그 일이 잘린 손 사건과 꼭 연관이 있을 거라 믿었다. 어쩌면 청계천 사건과는 상관없는 일일지도 모를 일이었다. 하지만 이 모든 일이 하나의 사건으로 일어나고 있고 청계천 사건과 크리스마스카드 메시지는 사건의 부분이라고 믿었다. 비슷한 시기부터 자기 주변에 일어나고 있는 미세한 변화가 그를 그런 믿음으로 이끌었다.

김세영은 2월에 받은 크리스마스카드는 누가 보낸 것이고 무슨 의미가 있는 것일까, 골똘했으나 아무것도 떠오르지 않았다. 출입 현관 CCTV에는 시간이 많이 지난 뒤라 아무것도 남은 게 없었다. 겨우 한 달 정도 기간의 녹화된 영상만이 저장되어 있었다. 그럼에도 불구하고 그는 CCTV를 돌려보기를 반복했다. 지루하고 지난한 작업이었으나 그는 포기하지 않았다. 그나마 다행인 것은 탐문 중 그의 집 우편함에 크리스마스카드를 넣은 사람이 옆집 여자라는 사실을 알게 된 것이었다.

"제 우편함에 잘못 꽂혀 있었어요. 봉투에 그 집 호수가 적혀 있어서 그 집 우편함에 넣어준 것뿐이에요."

여자는 잔뜩 겁을 먹은 채 작은 목소리로 말했다.

"카드가 언제 온 건지 혹시 기억해요?"

"물론 그야, 모르죠. 1월인가, 2월인가 그랬죠, 아마. 제가 자주 우편함을 확인하는 편이 아니라서."

여자가 의심스러운 눈으로 그를 훑어보았다. 그가 완전히 그것을 잊었던 데 반해 옆집 여자가 그 카드의 존재를 기억하는 것만으로도 다행이라고 생각했다.

"그런데 무슨 일 있어요?"

여자는 불안한 눈빛으로 그에게 물었다.

"아니에요, 별일 아니에요."

여자는 마치 그에게 붙은 불운이 자기에게 옮겨붙기라도 한 것처럼 몸을 움츠렸다.

"그게, 저도 이상하다고 생각했거든요. 우편으로 부친 것도 아니고, 봉투 색깔도 그렇고, 그래서 좀 찜찜했었던 기억이 나네요."

그녀는 생각에 잠긴 채 고개만 끄덕이는 그를 의심스러운 눈으로 쳐다보았다.

"저기, 저는 그럼, 이만……."

여자가 문을 붙잡고 있는 김세영의 손을 떼어내며 황급히 문을 닫으려고 했다.

"아, 죄송합니다. 저기 혹시 뭔가 떠오르거나, 기억나거나, 이상했거나, 어떤 작은 것도 좋으니 생각나면 제게 말해주시겠어요?"

여자는 김세영이 채 말을 다 마치기 전에 문을 닫았다. 뭔가를 뒤쫓기에는 너무 늦은 감이 있었다.

청계천 사건이 있고 얼마 후, 두 번째 카드가 SNS 메신저로 그에게 전해졌다. 그것은 조금 겁이 나는 일이었다. 어디선가, 누군가가 자기를 지켜보고 있는 것처럼 느껴졌기 때문이다. 그런 생각이 들자 어딘지 모르게 자기 집이 낯설게 느껴졌고, 너무 사소해서 기억할 수 없는 부분이 달라져 있음을 알게 되었다. 집을 나설 때와 집에 돌아왔을 때 조금씩 집 안이 미세하게 달라져 있는 것 같았다. 예를 들면 아침에 양치를 하며 치약 뚜껑을 열어놓았는데, 밤에는 뚜껑이 닫혀 있는 것 같다거나, 실내 슬리퍼를 아무렇게나 벗고 나간 것 같은데 집에 돌아오니 가지런히 놓여 있는 것 같은, 정확히는 기억나지 않는 일들이었다. 그것이 그의 감정을 건드렸다.

그는 자기가 느끼는 미세한 변화를 확인하기 위해 여러 표식을 일부러 남겨두고 집을 나섰다. 그렇게 일주일이 지났을 때 그는 확실한 변화를 확인할 수 있었다. 그는 작은 물건의 위치나 본인의 습관을 기억하기 위해 애썼는데 몇 개나 달라져 있음을 알아차렸다. 그가 이에 수사를 시작한 계기였고 청계천 사건과 연관이 있을 거란 확신을 갖기 시작한 이유였다.

여름 앞에 서서 지난겨울의 끝과 봄의 시작을 복기한다는 것이 무리였다. 그는 막막한 마음을 떨치기 어려웠다. 그가 가진 단서는 성경 구절 두 문장뿐이었다. 그가 받은 성경 구절이 무엇을 의미하는지 알고자 했으나 알 수가 없었다. 그 문장은 너무 모호하고 이해할 수 없는 은어 같았다. 답답한 마음에 목사나 신부를 찾아가 구절을 무작정 들이밀었으나 정확히 그 구절이 어디에 있는 것인지 아는 사람이 없었다.

"구약성서의 한 부분 같은데 시간을 내서 찬찬히 읽어보는 게 어떨까요."

한 신부는 그에게 조언했다.

"하느님께서 형제님을 사랑하셔서 보낸 메시지가 아니겠습니까."

한채연 형사에게 소개받은 신부가 그에게 말했다. 김세영은 신부의 표정이 너무 온화해서 신부의 말처럼 그럴 수도 있겠다고 생각했다. 그는 한동안 성당에 나가 미사를 드리기도 했다. 카드를 보낸 사람이 그것을 원한 것이라면 거기에도 뭔가를 풀 수 있는 단서가 있을까 싶어서였다.

김세영은 경찰이 된 지 5년이 된 젊은 형사였는데, 성격이 다혈질이고 불의한 일을 참지 못해서 동료들과 마찰이 심했다. 벌써 세 번째 팀을 옮긴 터였다. 미담반에서 경찰 생활은 그나마 그전과 달랐다. 다른 팀원들 모두 사연이 있었고, 반장인 케이도 그에게 어떤 책무를 요구하지 않았기 때문에 비교적 적응을 잘하고 있었다. 출근을 며칠씩 안 해도 그에게 나무라는 사람도 없었다.

김세영의 아버지는 경찰이었는데, 오래전에 실종됐다. 다만 김세영은 이제는 아버지가 죽었다고 믿었다. 죽음은 삶의 포기가 아니라 삶의 시작이라는 것을, 그는 성인이 된 후에야 깨닫게 되었다. 그러면 그럴수록 더 강렬하게 아버지를 찾고 싶은 열망이 일곤 했다. 90년대 중반 그가 열 살 때, 그의 아버지는 실종된 후 집으로 돌아오지 않고 있었다. 벌써 30여 년이 지난 일이었다. 그것이 그가 경찰이 된 이유였다. 경찰이 사라졌지만 어떤 수사를 한 흔적도 찾을 수 없었다. 그것이 더 의심스럽고 기이한 일이었다. 어쨌든 갑자기 사라진 아버지에 대한 의문을 풀기 위해서 그는 경찰이 되었지만 실종된 아버지에 다가갈수록 아버지의 실체와는 멀어지는 중이었다.

그는 경찰이 되자마자 아버지를 찾는 데 온 힘을 쏟았지만 별다른 단서를 찾을 수 없었다. 경찰 내에 아버지와 관련된 자료가 전혀 남아 있지 않았다. 그의 아버지와 함께 근무했다는 몇몇 동료들을 수소문해보기도 했으나 특이한 사항을 발견할 수는 없었다. 그들은 대부분 그의 아버지가 실종된 것도 모르고 있었다. 기억을 더듬다가 놀란 눈을 하고 아버지가 왜 사라졌는지를 도리어 묻곤 했다. 그는 그럴 때마다 허탈한 마음밖에 돌려받지 못했다. 어떻게 한 사람의 부재가 이렇게 완벽하게 비밀스럽게 지켜졌는지 그는 그 이유를 알아내야만 했다.

그렇다 보니 본업에는 집중하기 힘들었다. 동료들과의 불화가 끊임없었던 이유였다. 그는 어떤 사건에도 몰입하지 못했으며 동료들을 불신했다. 모두가 사라진 아버지 때문이었다. 다행히 미담반으로 전입되면서 마음의 여유가 생겨났다.

지난겨울 끝에 그에게 메시지가 오지 않았다면, 그는 청계천 사건에도 별다른 흥미를 느끼지 않았을 것이다. 그는 아무것도 아닌 것을 중요하게 만들고 있는 것은 아닌지 생각하다가도, 어느새 자신이 받은 메시지를 중얼거리며 카드를 들여다보고 있는 자기를 발견하기 일쑤였다.

미담반원들은 사건을 해결하기 위해 열의에 넘쳤지만, 그가 가진 성경 구절만큼이나 모호한 것들을 쫓고 있었다.

"너 요즘 교회, 성당 다니느라 회사도 못 나오는 거라며."

어느 날, 케이가 그를 부르더니 말했다. 김세영은 아무 말도 하지 못했다.

"형사 접고 신앙생활 시작하려고 그런 거냐? 뭐라도 좋으니 뭘 하고 다니는지 얘기 좀 해봐."

"그냥, 이것저것 알아보는 중이에요. 뭐가 좀 생기면 말씀드릴게요."

김세영은 케이의 눈길을 피했다. 그에게 크리스마스카드 얘기를 할 수는 없었다.

"난 너 믿지. 너도 내 마음 알지? 그러니, 서는 좀 나오고 그래. 출근 꼬박꼬박 잘하는 다른 팀원들 눈치도 보이잖아."

케이가 김세영을 다독였고 김세영은 슬그머니 케이의 손길을 피했다.

"보면 볼수록 너는 참 네 아버지하고 다르단 말이야."

"제 아버지 잘 모르시잖아요."

"왜 몰라. 그래도 반년 동안 같이 있었는데."

케이가 말끝을 흐렸다.

"모른다고 하셨잖아요."

케이도 실종된 김세영의 아버지 과거 동료였다. 친분은 깊지 않았으나 잠깐 같이 일했던 것은 사실이었다. 김세영이 아는 것은 그것이 전부였다. 케이는 그의 아버지에 대해 일절 아무 얘기도 하지 않았다.

"그러면 뭐라도 좋으니 얘기 좀 해주세요. 아시면 아버지가 지금 어디 있는지도 좀 알려주시고요."

"왜 나한테 그래, 인마. 무서워서 말도 못 걸겠다. 나, 아무것도 몰라."

케이는 김세영을 바라보며 웃었고, 김세영은 그를 바라보며 웃지 않았다.

김세영은 아버지의 실종이 과거 동료들과 관련 있다고 의심하고 있었다. 70~80년대에 같이 일했고, 20년 넘게 근무한 자신의 아버지에 대해 이렇게까지 아무런 정보가 남아 있지 않은 것이 더 큰 의문이었다. 아무리 케이가 당시 막내였고, 자기의 아버지와는 연배 차이가 나서 교류가 없었다지만 아무 기억이 없다는 말을 그는 쉽게 받아들이기 힘들었다. 케이뿐만 아니라 당시 아버지의 동료 대부분이 비슷한 반응이었다.

김세영은 점점 지쳐갔다. 아버지의 실종사건을 단념하려던 차였다. 세상에는 풀어낼 수 없는 일이 너무 많았다. 그가 속한 미스터리사건 전담반이 존재하는 이유처럼 말이다.

6월이 시작되자마자 벌써 장마였다. 연일 큰비가 내렸다. 김세영은 케이의 충고가 마음에 걸려 이튿날부터 사무실로 성실하게 출근했다. 하루의 일상이 지루하기 그지없었다. 다른 팀원들은 대부분 밖으로 외근을 나갔기 때문에 케이와 정 형사와 함께 사무실에서 업무를 보는 날이 많았다. 무엇을 알아보는지는 알 수 없었지만 정 형사는 종일 컴퓨터를 바라보고 있었고, 케이는 오전 느지막이 출근해서 오후 일찍 사라지곤 했다.

김세영은 사무실을 지키고 앉아서 심드렁한 나날을 보내고 있었다. 그러던 하루, 지루한 일상이 깨진 어느 오후였다. 지난번 만났던 신부로부터 메시지가 도착했다. 김세영의 눈이 번쩍 뜨였다.

"욥기?"

김세영이 의자에서 벌떡 일어났다. 혼잣말이 너무 컸던지 정 형사가 고개를 들고 멀뚱히 그를 바라보았다.

"성경에 욥기라는 게 있어요?"

정 형사와 눈이 마주치자 김세영이 물었다.

"있죠, 욥기. 성경 안에서 특이한 구성이지, 아마."

"정 형사님, 성경 잘 아세요?"

"저도 잘은 몰라요. 신앙인이 아니라서."

정 형사가 끼고 싶지 않다는 듯 무심히 말하더니 모니터로 시선을 옮겼다.

"성경이 어디 있더라."

김세영이 허둥대며 주위를 두리번거렸다. 성경 구절에 대한 궁금함이 풀리는 통에 그는 살짝 흥분되었다.

"성경이 여기 어디 있겠어요. 인터넷에 쳐봐요."

정 형사가 모니터에서 시선을 떼지 않은 채 말했다.

"인터넷이요?"

정 형사가 껄껄 웃었다.

"김 형사, 젊은데 생각보다 아날로그적이에요."

김세영은 그간 쩔쩔매며 성경을 뒤적이고 다녔던 자신이 바보스러웠다. 알아보니 성경 구절을 단어로 검색해서 찾을 수 있는 사이트까지 있었다. 그는 천천히 욥기에 대한 설명을 읽어나가기 시작했다. 인터넷 백과사전 속 욥기에 대한 설명 첫 줄은 이렇게 시작되고 있었다.

'욥이란 이름은 박해받는 자 혹은 미움받는 자를 뜻한다.'

그는 그 한 줄에 시선이 오랫동안 멈추어서 더 나아가지 못한 채 오후를 보냈다.

케이는 청계천을 따라 걷는 동안에도 오로지 김정민 생각 뿐이었다. 어제도 그의 아들인 김현원에게 전화가 왔지만, 케이는 받지 않았다. 김현원은 계속해서 할 말이 있다고 했는데, 전화로는 말을 할 수 없는 내용이라고 했다. 케이는 그를 만나는 것이 께름칙했다. 젊은 날 악행에 동조했던 기억이 작금의 현실을 지배하는 것 같아 마음이 편치 않았다. 케이는 이런저런 핑계로 그를 피하고 있었고, 얼마 전부터는 전화나 메시지도 거부하고 있었다. 그러면 그럴수록 김현원은 더욱 집요하게 그에게 연락을 해왔다. 지난번 만났을 때 김현원도 큰 용건이 있던 것이 아니어서 케이는 대수롭지 않게 넘기고 있었지만, 신경이 쓰이는 것은 어쩔 수 없었다. 케이는 그를 만나게 되면 우려했던 일이 현실이 될 것만 같아 불안했다.

며칠 내내 큰비가 내리고 있었기 때문에 서울의 공기도 모처럼 상쾌했다. 그는 우산을 들고 걷다가 가끔 서서 숨을 크게 들이마시곤 했다. 이른 장맛비는 기세 좋게 내리고 있었다. 숨을 들이쉴 때마다 습한 기운이 폐를 타고 온몸으로 퍼져나갔다. 이미 그의 몸은 비로 흠뻑 젖었다. 그럴 때면 그는 꼭 자신이 식물이 된 것 같았다. 큰비가 내리고 있어 주변에는 아무도 없었다. 늦은 오후였지만 이미 사위는 어둑했다. 가끔 이런 정경에 취할 때면 어린 시절이 생각나고는 했다. 몇 해 전, 그의 부모님은 한 해 차이를 두고 죽었다. 남동생과 누나는 부모님 기일이 아니면 만나기 힘들었다. 어린 시절이 떠오르자 간만에 형제들이 보고 싶었으나 전화해서 안부를 묻지는 않았다. 케이가 숨을 깊게 들이쉬자 습한 공기와 함께 여러 냄새가 풍겨왔다. 동대문시장 근처를 지나고 있었다. 근래에 이런 산책이 그에게는 더할 수 없는 즐거움 중 하나였다. 이제는 사건에 대한 긴장감이 많이 줄어든 상황이었으므로 그에게는 풀리지 않는 의문에 더 이상 열의나 열정으로 파고들 에너지가 남아 있지 않았다. 그로서는 도저히 풀어낼 수 없는 사건이었다. 그는 여유로운 시간이 생길 때마다 이제, 그만 직장을 그만두어야겠다고 다짐했다.

우산에 빗방울이 부딪치는 소리가 듣기 좋았다. 바짓단이 흠뻑 젖었지만 신경 쓰지 않고 천천히 산책을 즐겼다. 자신이 무능한 형사가 되어가는 것 같아서 다행이었다. 그는 미련 없이 은퇴를 고민 중이었다. 퇴직하기에 아직은 이른 나이였으나 그는 심중을 굳혀가고 있었다. 형사에게 있어야만 하는 어떤 촉이나 호기심 같은 것이 모두 고갈된 것 같았다. 퇴직을 준비 중인 이유 중에는 전처에게 더 이상 아이들 양육비를 보내지 않아도 되기 때문이기도 했다.

두 해 전 아내는 재혼했다. 아이들은 이제 케이보다 새아빠를 더 따랐다. 경제적으로도 풍요로워서 별걱정이 없었다. 케이는 딱 한 번 아내와 재혼한 남편과 아이들과 식사를 한 적이 있었다. 케이도 아이들에게는 좋은 아버지로 남고 싶어서 그는 못내 쿨한 척 초대받은 자리에 나갔다. 아이들은 새아버지와 함께하는 케이를 어색해했지만, 그는 아이들을 이해할 수 있었다. 전처의 남편은 나이가 많은 것을 빼고는 흠 없이 좋은 사람 같았다. 동갑내기였던 아내와 자신의 관계와는 달라 보였다. 그래서였던가, 그는 마음이 조금 상했었다.

시간이 지날수록 생각했던 것과 달랐다. 어색함이 밀려들어 케이는 서둘러 일어섰다. 전처의 남편이 혼자서 케이를 배웅하러 나왔다. 그 잠깐의 시간이 케이에겐 몇 광년이나 떨어져 있는 별에 나아가는 것처럼 가늠할 수 없이 길게 느껴졌다. 케이를 식사에 초대한 이유는 비교적 간단했다.

"마음 상하실까 봐 말씀을 드리기 어려웠어요. 민망해서 많이 망설였는데, 이제 양육비는 사양하겠습니다. 그간 고생이 너무 많으셨고, 많은 애를 쓰신 것을 잘 알고 있습니다.

이제는 저도 아이들에게 아버지 역할을 제대로 해보고 싶으니 제게도 기회를 남겨주시면 감사하겠습니다. 술 많이 하신다고 들었습니다. 몸이 너무 상하지 않게, 아이들을 위해서 이제 술도 좀 줄이시고요."

전처의 남편은 케이의 마음이 상하지 않게 정중하게 양육비 지원을 거절했다. 그러면서 케이의 건강도 염려했다. 케이는 그 점잖은 꼴에 기분이 상했지만, 태도가 너무 겸손해서 짧게 알겠다, 대답하고 말았다. 하지만 그로 인해 아이들과의 관계가 완전히 끊어진 것 같아서 섭섭한 마음이 가시질 않았다.

케이는 청계천을 걸으며 자기가 이젠 쓸모없는 구식의 산물이라는 것을 깨달았다. 시대가 변했으니 많은 것이 바뀌기 마련이었다. 그는 이번 사건이 미제사건으로 남게 되면 망설임 없이 은퇴해야겠다고 마음먹었다. 그렇게 생각하니 복잡했던 심정이 빗물에 씻겨 내려가는 듯 마음이 홀가분해졌다. 그는 퇴직하게 되면 지중해 주변을 어슬렁거리며 남은 인생을 허비할 생각이었다.

그는 버들습지 입구까지 걸어가서 한참을 그곳에 서 있었다. 멍하니 땅을 내려다보았다. 그날, 여자의 속옷이 놓여 있던 자리였다. 우산으로 얼굴을 가리고 비에 젖은 땅만 한동안 내려다보며 서 있었다. 속옷이 놓여 있던 자리를 내려다

보고 있자니 얼굴 모르는 한 여인이 젖은 땅 위에 누워 있는 것처럼 느껴졌다. 한 여자의 내면을 들여다보는 일 같았다. 그것을 누군가 보아주길 바란 사람도 떠올려보았다. 그가 이제까지 만나보았던 수많은 범죄자의 얼굴이 마음속에서 지나쳐갔다. 마음이 졸아드는 것 같았다. 그가 고개를 들어 주위를 둘러보았다. 답답한 마음이 몰려왔다. 그는 주머니에서 약을 꺼내 입안에 털어 넣었다. 사위가 어둑어둑했고 주위에는 여전히 아무도 없었다. 그는 가만히 서서 빗소리를 듣고 있었다. 굵은 빗줄기가 나뭇잎을 때리는 소리가 경쾌했다. 숲으로 들어가는 산책로를 바라보고 있는데 불쑥 안쪽에서 사내 둘이 나타났다. 케이는 전혀 예상치 못했던 터라 움찔했다. 그리고 깜짝 놀라서 한 걸음 뒤로 물러섰다. 차 형사가 한 사내와 함께 그 앞으로 걸어오고 있었다. 차 형사는 우산을 쓰고 있었고 한 사내는 비옷을 입고 있었다.

"차 형사, 거기서 뭐 해?"

케이는 생각지도 않았는데 말이 먼저 튀어나왔다. 갑작스럽게 일어난 일이어서 그는 많이 놀랐다. 쏟아지는 빗소리를 뚫고 케이의 목소리가 튀어 올랐다. 두 사내도 놀란 듯 케이를 바라보았다. 비옷을 입은 사내는 케이를 보자 스윽, 뒤돌아 멀어졌다. 차 형사가 황급히 케이에게 다가왔다.

"어쩐 일이세요? 반장님."

"누구야?"

케이가 숲 안쪽으로 들어가는 사내의 뒷모습을 쳐다보며 말했지만 차 형사는 뒤돌아보지 않았다.

"아, 아무도, 아니에요. 그냥, 정보원이에요."

"정보원 누구? 어떤 사건?"

케이는 사내가 사라진 쪽을 여전히 바라보며 말했다.

"옛날 사건이요. 80년대에 있었던 미제사건이요."

"미제사건? 미스터리가 아니고?"

"나중에 정리되면 말씀드릴게요. 자꾸 찾아와서 부탁하는데, 거절하기가 힘들어서 한번 만나줬어요."

차 형사가 말하더니 케이의 팔을 슬쩍 잡아끌고 앞장서 걷기 시작했다. 케이는 남자가 사라진 쪽을 가만히 쳐다보고 있었다. 비는 더욱 거세져서 폭우가 되었다. 앞서는 차 형사의 뒷모습을 바라보며 케이도 천천히 따라 걸어왔던 길을 되돌아 걷기 시작했다.

차 형사는 한참 앞서더니 멈춰 서서 케이가 오기를 기다렸다.

"너, 나한테 숨기는 거 있지?"

케이가 빗소리를 뚫고 고함치듯이 말했다.

"제가 반장님한테 그럴 게 뭐가 있어요."

차 형사의 목소리가 비에 잠겼다.

"아냐, 너 이상해."

이번에는 케이가 차 형사를 지나쳐 앞서 걷기 시작했다. 차 형사가 앞서 걷는 케이의 뒷모습을 바라보았다. 빗줄기가 너무 거세어서 시야가 금세 뿌예지며 케이의 뒷모습이 흐릿해졌다. 케이가 걸음을 멈추더니 휙 돌아섰다.

"차 형사, 비도 오는데 소주 한잔하자. 너, 도망갈 생각 하지 마. 그리고 다 얘기해줘야 해. 숨김없이, 남김없이 말이야."

차 형사는 아무 대답도 하지 않고 케이를 바라보며 그저 고개를 가만히 끄덕였다.

"뭐 드실 건데요?"

"닭한마리 어때? 동대문 골목에 있는 거기."

"취향 좀 바꾸세요. 구려요. 오래된 골목 좀 그만 다녀요."

"남아 있을 때 부지런히 다녀야지, 다 없어지고 이제 몇 군데 남지도 않았어. 비도 시원하게 오는데 애들도 부를까?"

"팀원들 귀찮게 좀 하지 마세요. 바빠요, 다들."

"나만 모르는 바쁜 일이 있는 거냐? 지들만 형사인 척해, 맨날."

두 사람은 빗줄기 사이로 바쁘게 걸음을 옮겼다. 둘은 술에 허기진 사람처럼 좁은 골목으로 재빠르게 몸을 숨겼다.

한채연은 정 형사와 함께 버들습지에서 발견된 여성의 속옷과 청계천 사건과의 관련성을 찾아보았지만, 특이점을 알아내진 못했다. 정 형사는 두 사건을 일찍 별개의 사건으로 파악했으므로, 여성 속옷에 집착하는 한채연과 보폭을 달리할 수밖에 없었다. 한채연은 계속해서 실종된 여성을 찾고 있었지만, 시기적으로 맞는 단서를 찾을 수 없었다. 그런데도 포기하지 않고 그녀 나름대로 혼자서 청계천 사건 수사를 이어가고 있었다.

"한 형사님, 너무 가까운 데서 사물을 바라보면 한 면밖에는 볼 수 없잖아요. 조금 떨어져서 바라보면 다른 면도 볼 수 있고……."

"분명히 여기에 뭔가 큰 사건이 숨어 있어요. 제가 아직 많이 모자라서 피해자를 찾지 못하고 있는 거라구요."

한채연은 자신이 무능해서 여성 피해자를 찾지 못하고 있고, 가해자를 잡을 수도 없는 것이라 여기며 자책하고 있었다. 정 형사가 차분히 타일러봤지만, 시간이 지날수록 그녀의 열의는 줄어들기는커녕 더 큰 투쟁심만 솟아났다.

"잘린 손도 남자 것이라니, 버들습지 속옷은 관련이 없을 가능성이 큽니다."

"아니에요, 분명 관련 있어요. 같은 날 청계천에서 발견된 것도 그렇고. 사건을 헷갈리게 하려고 의도한 것이 맞아요."

"한 형사 탓이 아니에요. 아무 일이 아닐 거예요. 그러지 말고 저랑 함께 웹상에서 정보를 수집해보면 어때요?"

"정 선배님, 죄송해요. 저는 제 방식으로 해볼게요. 신경 써주셔서 감사해요."

한채연은 정 형사의 제안을 단번에 거절하더니 꾸벅 고개를 숙였다. 그리고는 사무실을 나가버렸다. 정 형사는 자책하며 자신을 끝까지 밀어붙이는 한채연이 안쓰러웠다. 그녀는 자신의 판단을 굽히지 않았다. 정 형사는 더 이상 한채연을 말리지 않고 하고 싶은 대로 하게 그냥 둘 생각이었다.

정 형사가 미담반으로 온 지도 한 계절이 지났다. 그가 주로 근무했던 정보과는 오랫동안 정보를 수집하고 수집한 정보가 어떻게 범죄에 이용될지 분석하고 예상하는 일이 주 업무였다. 사건이 일어나면 수집한 자료를 바탕으로 범인 검거나 사건 해결을 위한 정보를 제공하는 것이 그가 평생 해온 일이었다. 그는 청계천에서 잘린 손이 발견된 뒤 계속해서 웹상에 흘러 다니는 정보를 두 달 넘게 탐색하고 있었다.

정보는 우연히 얻어지는 법이 없다는 것을 정 형사는 잘 알고 있었다. 정보란 결국 흔적을 찾고 쫓아가는 일이고 지치지 않는 집요함이 정보를 얻어낼 수 있는 첫 번째 조건이라고 정 형사는 믿었다. 범죄를 저지르는 누구나 흔적을 남기고, 어떤 사건에도 단서가 있다는 것을 그는 믿었다. 단서가 될 만한 정보를 찾고 모으는 것이 그의 일이었다. 지치지 않고 찾고 찾으면 찾게 된다는 것이 그의 신념이었다. 오래 전에는 발로 뛰고, 도청하고, 몰래 염탐해서 그런 흔적의 조각을 맞추어나갔었다. 아니, 실은 그리 오래전도 아니었다. 조각이 맞추어지지 않는다면 조작도 서슴지 않던 시절이 얼마 전이었다.

현재는 모든 정보가 SNS와 웹상에 존재했다. 현실의 흔적이 그곳에 남아 있었다. 청계천 사건과 관련해서도 검색과 탐색을 통해서 그는 조합을 만들어나가고 있었다. 그가 처음 검색한 단어는 물론 '청계천'이었다. 그렇게 시작된 검색과 수집은 수백수천의 단어들로 불어났다. 인터넷 포털 사이트와 커뮤니티, 카페, 게시판, 블로그와 SNS를 뒤지고 뒤져서 하나의 조합을 만들어냈다. 그러다 한 달 전쯤, 트위터에서 흥미로운 계정을 하나 발견했다. 그때부터 그 계정과 관련된 모든 계정을 탐색했고, 신원조회를 신청한 뒤 결과를 기다리고 있었다.

정 형사는 지금까지 조사한 것을 말하기 위해 케이에게 전화를 걸었다.

"반장님, 어디 계세요? 드릴 말씀이 좀 있습니다."

케이는 초저녁임에도 불구하고 거나하게 취해 있었다. 주변이 엄청 시끄러웠다.

"정 선배님 왜요? 무슨 일이에요?"

케이가 잘 들리지 않는지 반복해서 말했다. 대화가 제대로 이루어지지 않아서 정 형사는 전화를 끊고 케이에게 문자를 보냈다. '뭘 좀 찾았는데 곧 또 다른 사건이 일어날 것 같습니다. 물론 확실한 것은 아닙니다. 하지만 한번 확인은 해 보아야 할 것 같아요. 회사에 있을 테니 연락 주시거나 퇴근 전에 들러주세요.'

정 형사는 케이에게 메시지를 보내고 잠깐 굽은 등을 펴며 기지개를 켰다.

케이와 차세영이 거센 빗줄기를 뚫고 동대문 근처의 한 허름한 식당에 들어섰다. 거세었던 빗줄기가 기다렸다는 듯 가늘어졌다. 가게 안은 초저녁임에도 불구하고 사람들로 북적였다. 식당 안은 엄청 소란스러워서 고함치듯 큰 소리로 얘기하지 않으면 안 들릴 정도였다.

"자, 이제 네가 알아낸 거 다 말해봐."

한참 만에 케이가 외치듯이 말했다. 가게 안 사람들 모두가 그렇게 말하고 있어서 식당 안은 아수라장이었다. 너무 소란스러워서 두 사람은 한동안 아무 말도 하지 않고 음식과 술을 마셨다. 케이는 음식은 먹는 둥 마는 둥 했지만, 소주를 연거푸 맥주컵에 따라 들이켰다. 케이는 순식간 취해버렸다.

그는 술을 끊으려고 노력하는 중이었으나 언제나 그렇듯이 술 앞에 앉자 금세 허물어졌다. 케이는 술 몇 잔에 불콰해졌다. 마주 앉은 차세영은 얼큰한 닭볶음탕을 먹으며 가끔 케이에게 술을 건넸다.

"아직 드릴 만한 얘기는 없어요. 며칠만 더 기다려주세요."

"너, 진짜 나한테 왜 그래?"

두 사람이 서로의 말을 주고받았다.

"뭘요?"

"우리 연애하냐? 뭘 그렇게 매번 밀었다 당겼다 그래, 나 애타게."

차세영이 케이의 얘기를 듣자마자 웃으며 음식물을 뿜었다. 그가 자지러졌다.

"반장님은 가끔, 진짜 애 같은 구석이 있어요, 정말."

케이가 소주를 들이켰다.

"그래, 나 잘 삐치니까, 잘하라구, 인마."

"실은 몇 가지 알아보고 있는 게 있어요. 그런데 말씀 못 드린 이유는, 단서들 조합이 안 서요. 별개의 사건들 같아서, 엉뚱한 데 꽂혀서 그런가 싶고요. 이제 그만둘까 생각도 들고 그래요."

"뭔데 그래, 궁금하게. 너, 좀 전에 내가 너한테 그러지 말라고 했더니 일부러 나한테 이러는 거지?"

차세영이 케이의 말에 입을 가리고 한참을 웃었다.

"웃어? 웃기냐?"

"여기서 이렇게 큰 소리로 그걸 다 말하라구요?"

차세영은 웃음을 멈추지 못했고, 케이는 주위를 둘러보았다. 식당 안 모든 사람이 심각한 얘기든 즐거운 얘기든 모두 싸움하듯, 고함지르며 얘기하고 있었다.

"전부 큰 소리로 얘기하고 있어서 자기 얘기밖에 안 들릴 거야. 이쪽으로 가까이 와서 하면 되잖아."

케이가 자기 옆의 의자를 빼줬지만, 차세영은 대꾸 없이 닭칼국수를 후루룩거리며 먹었다.

"이거 먹고 나가서 얘기해요, 반장님."

케이가 차세영을 째려보며 소주를 단숨에 마셨다. 두 사람은 대충 식사를 마치고 서둘러 식당을 나왔다.

"와, 이렇게 세상이 고요한데."

그사이 큰비가 멈추어 있었다. 거리는 새로운 세상이 열린 것처럼 분위기가 달라져 있었다.

"반장님처럼 추억을 먹으러 온 사람이 많은 거죠."

"그래도 추억을 먹기엔 이건 너무 정신없다. 자, 조용해졌으니 말해봐, 이제."

"저하고 맥주 한잔 더 해요. 같이 갈 데가 있어요."

"어딜 가는데?"

"전부 얘기해보라면서요. 거기서 시작해요. 따라오세요."

두 사람은 동대문에서 종로3가 쪽으로 걷기 시작했다. 밤하늘은 어느덧 맑게 개었고, 바람은 선선했다. 큰비가 온 뒤라 거리에는 사람들이 적었고 한적했다. 차세영은 앞서 걸었고, 케이는 느긋하게 그의 뒤를 따라 걸었다. 두 사람은 탑골공원에서 뒷골목으로 들어섰다. 그리고 다시 한참을 걸었다. 구불구불 이어지는 골목을 한참 앞서던 차세영이 간판도 없는 한 허름한 술집으로 익숙한 듯 들어갔다. 케이는 술집 앞에 서서 가만히 안을 들여다보다 천천히 술집으로 들어섰다. 술집 안엔 두 명의 사내가 바에 앉아서 술을 마시고 있었다. 케이가 들어서자 그들이 케이를 슬쩍 쳐다보았다. 차세영은 그새 구석 테이블에 이미 자리를 잡고 앉아 있었다. 케이가 앉자 주인으로 보이는 사내가 차세영 옆에 털썩 앉았다. 눈화장을 짙게 한 주인 사내가 차세영 옆에 앉았다. 케이는 그게 익숙하지 않아서 좀 당황했다.

"여기 이분도 K예요, 이쪽은 우리 반장님."

차세영이 케이와 주인 사내에게 서로를 소개했다. 주인 사내는 빤히 케이를 바라보았다.

"K라고 합니다."

케이가 K를 바라보았다. 자세히 보니 어딘지 낯이 익었다.

"우리, 혹시 아는 사인가요?"

케이가 주인 사내에게 물었다.

"그럴 수도 있지 않을까요. 기억이 온전하면 연이 연으로 남는 거니까."

케이는 곰곰 골똘해보았지만 분명 낯이 익은데 전혀 기억나질 않았다. 주인 사내가 담배에 불을 붙였다.

"여기, 금연 아닌가요?"

"왜요, 벌금 때리게요?"

차세영이 입을 가리고 웃기 시작했다. 재미있어 죽겠다는 듯, 그는 자지러졌다.

차세영은 잘린 손이 누구의 것인지, 손 모양은 무엇을 의미하는지 쫓고 있었는데, 손의 주인이 여성이 아니라 남성으로 밝혀짐에 따라 수사 방향을 바꾸었다. 이후 그는 이태원과 종로, 부산 등 트랜스젠더가 많이 모이는 곳을 주로 탐문했다. 긴 손톱에 매니큐어를 한 남자라고 해서 트랜스젠더일 거란 확신은 없었지만 가진 단서가 그것뿐이어서 딱히 방법이 없었다. 손가락 모양이 의미하고 있는 것이 진짜 'K'인지, 어떤 방향을 가리키고 있는지도 정확하지 않았다. 차세영은 무작정 혹시 근래 사라진 사람이 없는지 알아보았다. 실마리를 어디에서부터 풀어가야 할지 모르던 차, 이미 사건은 사람들의 관심과 시선에서 멀어졌고, 언론도 심드렁해졌다. 그

무렵, 그는 포기하지 않고 이태원을 샅샅이 뒤지고 있었다.

아무런 성과 없이 지쳐가던 중 그는 깜짝 놀랄 만한 일과 마주하게 되었다. 이태원의 트랜스젠더 바를 탐문하던 중이었는데, 한 곳에서 차세영이 올 줄 알고 누군가 카운터에 메모를 남겨두었다. 메모를 남긴 것은 이미 두 달 전으로 청계천 사건이 일어난 지 얼마 안 됐을 때였다. 놀라운 것은 차세영이 두 달쯤 후 바에 들를 거라는 걸, 메모를 남긴 사람은 예상하고 있었다는 것이다.

"두 달 정도 있다가 누군가 찾아올 거라고 했어요. 자기는 외국에 가야 한다면서 차세영이라는 분이 오면 이 카드를 주라고 했어요."

카운터를 보는 여자가 겁먹은 듯 얘기했다.

"수고비를 많이 주셨어요. 보통 개인정보를 밝히기 꺼리는 분들이 많다 보니, 그런가 보다 했어요."

"혹시 기억에 남는 특별한 거 없어요?"

"영업 준비를 막 시작하고 있었어요. 날씨가 엄청 좋은 날이었고요. 늦은 오후. 그냥, 평범했어요. 뿔테안경에 마스크, 모자 썼고, 키가 좀 컸던 것 같아요. ……그런데, 아저씨하고 많이 닮았어요."

그렇게 말하며 긴장이 좀 풀렸는지 그녀가 웃었다.

"저하고 닮았어요? 그럼, 잘생겼나 보네."

여자는 고개를 끄덕였다. 그녀의 음성이 트랜스젠더 같아 보였지만 차 형사는 묻지 않았다.

"아저씨 들어올 때, 그분이 또 오셨나? 그런 느낌이……."

카드에는 어린아이가 쓴 글씨체로 '종로의 K'라고 적혀 있었다.

"그 사람 다시 오면 이 번호로 연락 좀 줘요."

그녀가 고개를 끄덕였다. 차세영은 바로 K를 찾아 나섰다. 막막하고 걱정이 앞섰으나 의외로 일은 쉽게 풀렸다. 종로에서 K를 찾는 것은 그리 어렵지 않았다. 종로 뒷골목에서 카페를 하는 주인들은 모두 그 K를 알고 있었다. 차세영은 K를 찾는 일보다도 간판도 없는 미로 같은 골목 끝에 조용히 서 있는 K의 술집을 찾느라 애를 먹었다. 70년대까지 그곳이 사창가였다는 것이 실감 났다. 도시는 변화하고 변모했지만, 그 흔적은 여전히 희미하게 남아 있었다.

K는 90년대 중반, 지금 그곳에 술집을 열었다고 했다. 게이들의 아지트가 청계천을 떠나 종로3가 뒷골목에 자리를 잡기 시작한 게 70년대부터였고, 90년대 중반에는 그 중심이 다시 이태원으로 옮겨 갔으니 가장 좋았던 시절 뒤에 그는 종로에서 장사를 시작한 셈이었다.

"그런데 술집 이름이 뭡니까? 간판도 없던데."

차세영의 얘기를 들으며 맥주만 홀짝이던 케이가 물었다.

"손님들이 이런 곳을 간판 보고 들어오나요."

케이는 괜한 것을 물은 것 같아 조금 머쓱해졌다.

"가게 이름 '마돈나'예요. 사람들이 그렇게 불러요. 반장님 혹시 게이디바라고 아세요?"

"게이디바?"

케이가 되물었다. 그는 젠더에 관한 의식이나 관심이 없어서 주인 사내가 하는 말이 생소하기만 했다.

"우리한테 특히 인기 좋은 여자 가수를 말해요. 가수도 좋지만 가수 뒤에서 무대를 꾸미는 근육질 남성 댄서, 화려한 퍼포먼스에 관심이 많거든요. 그런 거 좋아하니까. 80년대 마돈나가 그랬죠."

케이는 주인 사내의 나이를 가늠해보려 했지만, 전혀 짐작이 가지 않았다. 어딘지 모르게 연배가 느껴지면서도 얼굴을 보면 너무 젊어 보여서 좀체 가늠할 수가 없었다. 언뜻 봐서는 자기 또래나 밑으로 보이기도 했다.

"속으로 내 나이가 몇 살이나 될까, 생각하죠? 그런 게 뭐가 중요하다고. 반장님도 벌써 꼰대네."

케이는 속마음을 들킨 것 같아서 뜨끔했다.

"저, 79학번이에요."

케이는 조금 많이 놀랐다.

"아, 네에. 그렇게 안 보이십니다, 정말."

차세영은 두 사람의 대화가 재미있는 듯 계속해서 키득거렸다. 케이가 차세영을 쳐다보자 웃음을 멈추고 그간 있었던 일을 차근차근 다시 설명하기 시작했다.

차세영이 K를 찾아오게 된 과정과 이유를 케이에게 설명했다. 하지만 뒤로는 별 성과가 없었다. K를 찾아가라고 한 이유를 차세영도 K도 전혀 알 수 없었다. K도 바로 뭔가 짚이거나 떠오르는 게 없었다. 그런데도 차세영은 시간이 날 때마다 K를 찾아가게 되었고, 뭔가 단서가 될 만한, 손 모양이 의미하고 있는 바를 찾으려 애썼지만, K는 그런 사건과는 너무 무관해 보이는 사람이었다. 그는 그저 그런 범죄와는 관련이 없는 선량한 사람이었다.

K의 인생이 순탄치 않았음은 분명했다. 평생을 차별과 혐오 가득한 시선을 받으며 살아왔을 것이므로, 고단한 삶의 굴곡이 그의 표정이나 말과 행동에 남아 있었다. 그의 인생 얘기를 들으며 차세영은 인간적으로 그와 친해지게 되었다. 그가 살아온 얘기 안에 범인이 던지는 단서가 있을 거라는 생각이 들었지만, 무엇이 단서가 될 만한 이야기인지 차세영은 짐작이 가지 않았다.

"이렇게 맨날 찾아와서 죄송한데, 이야기를 너무 재밌게 하셔서요."

"나야, 술도 팔고 옛날얘기도 하고 좋지, 뭐."

케이는 차세영이 K를 찾아오게 된 이유를 듣고선 손 모양이 알파벳 'K'를 가리키고 있다는 것을 확신했다. 반면 자기에게 향하던 손가락 모양이 아닌 것 같아서 좀 안도했다.

"제가 80년대에는 지독한 운동권이었답니다. S대를 3학년까지 다니다 말았어요."

케이가 순간 긴장했다. 낯이 익은 이유가 정말 있을 수도 있겠다는 생각이 들었고, 그는 자리를 피하고 싶어졌다.

"살벌한 시대에 저도 나름 살벌했던 시절이었죠."

차세영은 하나라도 놓칠 수 없다는 듯 K의 얘기를 노트에 적고 있었고, 케이는 맥주를 빠르게 비우기 시작했다.

"혹시 근래에 이상한 일 없었어요? 오래전에 잊고 있었던 사람에게서 연락이 왔다거나, 잘 알고 친하게 지내던 사람이 갑자기 안 보인다든가."

"글쎄, 그런 건 없는데. 여기 있다 보면 사람들의 진짜 개인적인 상황은 모르지. 어디 살고, 직업이 뭐고, 우리 특성상 그런 거 밝히기 꺼리잖아. 많이 달라지긴 했는데, 그래도 지금도 그런 편이야. 진짜 이름도 몰라, 대부분. 가명 쓰고 그러니까. 나도 그냥, K잖아."

주인 사내 맞은편에 앉은 케이가 고개를 가만히 끄덕였다. 케이가 차세영과 눈이 마주치자 눈짓했다.

"사장님, 오늘은 이만 일어나볼게요. 조만간 다시 놀러 올게요."

"나야 언제나 환영이지. 반장님, 즐거웠어요. 혹시 저 기억 나면 다시 찾아주세요?"

차세영이 K에게 말했고, K는 케이에게 살갑게 인사를 건 넸다.

"저, 기억나셨어요?"

케이가 묻자 K가 입을 가리고 웃었다.

"그런 건 아니고, 저도 잘 떠올려보려고요. 서울에서 같은 젊은 시절을 보냈으니, 망각 속에서 찾다 보면 연이 닿기도 할 테니까요."

마돈나의 K는 술집을 나서는 케이와 차세영에게 손을 흔 들었다. 케이가 꾸벅 고개를 숙여 인사했다. 케이와 K가 대 조적이어서 차세영은 다시 웃음을 터뜨렸다.

한채연은 전국에서 실종된 여자들을 뒤쫓고 있었다. 근래 에는 실종 신고되었다가 철회되지 않는 경우는 드물었다. 가 족의 걱정이 진심이라면 얼마든지 찾을 수 있고, 어떻게든 연락이 닿을 수 있는 현실이었다. 가족의 요구로 사라진 여 성의 신상을 확인하고 생활 반응 등을 살펴보면 실종사건은 비교적 간단히 처리되었는데, 단순 가출로 결론 내려지는 경 우가 대부분이었다. 그러나 미신고되었거나 혼자 사는 여성이 실종됐을 경우에는 양상이 달랐다. 범죄에 노출되었거나 어떤 사정이 있음이 분명했다. 무엇보다 뚜렷한 정황이 발견되지 않으면 범죄사건이나 사고로 이어지는 경우가 많았다.

한채연은 근 2년여간 서울 인근에서 실종과 가출 신고된 후 돌아오지 않거나 종결되지 않는 사건을 하나하나 확인해 나가고 있었다. 하지만 부부 사이에 갈등을 겪다 나간 경우에는 상황이 좀 달랐다. 일부러 숨은 사람과 실종된 사람을 구별하는 것이 큰 문제였다. 사연은 제각각이었으나 큰 공통점이 있다면 남편의 폭력을 피해 숨거나, 집을 떠났다는 것이었고 과거와 비교해서 이주민 여성의 실종과 가출 신고가 많이 늘어난 추세라는 것이었다. 가족들이 가출이나 실종 신고를 하는 이유 대부분은 여성들을 찾기 위해서였으나, 정황을 짐작해보면 집을 나간 그녀들이 돌아가지 않는 편이 더 신상에 안전한 경우도 꽤 되었다. 그와는 반대로 위장결혼을 해서 한국으로 들어온 뒤 바로 사라지는 여성도 근래에 증가하고 있었다. 사라진 부인을 찾아다니는 남편들이 꽤 많다는 것을 한채연은 수사를 시작하고서야 알게 되었다.

한채연은 이런저런 이유로 리스트에서 제외하고 남은 여성들의 생활 반응을 살펴보는 중이었다. 그녀는 전혀 반응이 잡히지 않는 여성들의 흔적을 쫓고 있었다. 가족들이 애타게 찾고 있으나 연락도 없고 흔적도 발견되지 않는 여성이 전국에 수십 명에 이르렀다. 한채연은 그중에서도 우선 경기도 포천과 충남 오천에서 사라진 두 사람의 흔적에 주목했다. 두 여성 모두 실종 신고를 한 이들이 가족이 아니라 동료들이었기 때문이었다. 특히 남편들의 행동거지가 석연치 않은 구석이 많았다. 버들습지에서 발견된 여성 속옷과의 연관성을 밝히는 것도 중요했었지만, 두 여성의 실종과 마주한 뒤로는 이제 그런 것은 그렇게 중요한 일이 아니게 되었다.

"남편분, 아내 이름이 정확하게 어떻게 됩니까?"

한채연은 포천과 오천을 오가면서 사라진 여성들에 대한 탐문을 펼쳤다. 특히 포천에서 사라진 여성의 남편에 대해 의심이 컸다.

"수라이, 사라이?"

중장년의 남편은 콧잔등을 손가락으로 긁으며 얘기했다.

"정확히 좀 말씀해보세요."

한채연은 남편들을 상대할 때마다 끓어오르는 분노를 억누르느라 애를 먹었다. 남편들이 협조적이지 않은 것은 물론이거니와 그들이 사라진 여성을 대하는 태도에서 그녀는 인간에 대한 혐오가 생기곤 했다.

"카렌 뚜라이네요."

남편은 한참 만에 수첩을 뒤적이더니 말했다. 그것도 정확한 것은 아니었다. 정확한 이름을 모른다는 것은 이름을 부르지 않았다는 얘기였다. 아내가 사라진 지 2년이 다 되어 가고 있는데 남편은 신고도 하지 않았고 찾으려는 의지도 없었다.

"마지막으로 본 게 언제예요?"

"거의 2년 다 되어가죠. 재작년 여름이니까."

그는 귀찮다는 듯이 말했다.

"남편께서는 왜 부인이 사라졌는데 신고도 안 했습니까?"

남편이 천천히 목장갑을 벗으며 한채연을 째려보았다.

"마누라가 사라지면 꼭 신고해야 하는 법이라도 있어요? 돌아오고 싶으면 오겠지, 했죠. 보통 그렇잖아요. 저랑은 말도 잘 안 통하고 그러니까, 통하는 사람 찾아서 떠난 거겠지. 또 알아요? 이미 그전부터 누가 있었을 수도 있고. 요즘 많이들 그러잖아요."

그는 대수롭지 않게 말했다.

"동료나 친구들 말은 다르던데요. 평소에 아내를 많이 때리셨다고 그러던데요."

"누가 그래요? 그 정도 손찌검 안 하는 남편이 어디 있답니까. 말 안 통하고, 말을 안 들으면 가끔 그런 거지, 다 그러면서 사는 거 아뇨?"

남편은 당장이라도 달려들 듯 한채연을 거칠게 쏘아붙였다. 한채연은 화가 나서 분을 이기지 못했다.

"말 안 들으면 때려도 된대요?"

오천에서 만난 남편도 마찬가지였다. 두 여성의 남편들은
서로 모르는 사이였으나 하는 말이나 생각이 그리 똑같을 수
가 없었다. 한채연은 남편들을 만나자 너무 절망적이어서 할
말이 없었다. 보통은 남편들이 아내가 다른 곳에서 살기 쉽
지 않게 여권을 숨기곤 했는데, 두 경우 모두 여권을 가지고
부인들이 사라졌다고 했다. 확인해보니 한국을 나간 기록은
없었다. 그게 더 불길한 징조였다.

"또 외국에서 여성을 데려오려고 한다면서요."

"그건 또 누구에게 들은 거요? 하여튼 남의 가정사에 관심
들도 많아. 그럼, 이떡하겠어요. 혼자 살 수도 없고, 할 일은
많은데."

남자가 퉁명스럽게 대답했다.

"아니, 아직 부인이 어디에 있는지도 모르는데 또 부인을
들인다는 게 말이나 됩니까?"

"이제 그만 나가세요. 말 좀 받아줬더니 못 하는 말이 없
네. 어디서 충고야. 새파랗게 어린 것이. 네가 형사면 다야?"

한채연이 남편을 채근했지만, 면박만 듣고 쫓겨났다. 남편
은 한채연을 작업장 밖으로 몰아냈다.

"혹시 아내가 돌아오지 않을 것을 알고 그런 거 아냐? 당
신, 조금만 기다려. 영장 가지고 다시 올 테니."

그녀는 집에서 쫓겨난 후에도 물러서지 않고 작업장을 향해 고함쳤다. 사라진 그의 아내가 얼마나 고된 일상을 살았을지 짐작이 갔지만 도리가 없었다. 한채연은 남편을 만난 후 아내가 실종된 것이 아니라 사고를 당한 게 분명하다고 확신했다. 아내의 친구와 동료들 말로는 카렌은 갈 곳이 전혀 없고, 한국에 아는 사람도 자기들뿐이라서 갑자기 사라진 그녀가 분명 무슨 일을 당한 게 분명하다고 증언했다.

한채연이 신청한 수색영장은 번번이 기각되었다. 아무런 증거도 없고 정황만 있기 때문이었다. 도리어 남편이 경찰서에 진정을 내면서 미담반 상황만 더 어렵게 되었다.

"한 형사, 그간 뭘 하고 다니나 했더니, 어떻게 된 거야?"

케이가 말하자 동료들이 하나둘 자리를 피하고 한채연만 남았다.

"청계천 사건하고는 관계없을 수도 있어요. 하지만 이건 중요한 사건이라고요. 정말, 남편이 의심스럽다고요. 그 여자는 어디 갈 데도 없어요. 마지막으로 본 게 남편이고 신고도 안 했다고요. 벌써 2년이나 지났어요. 사라진 지 한참이나 지나서 동료들이 신고를 했고요. 반장님, 한 번만 도와주세요. 그 여자 찾아야 해요."

케이는 난감한 듯 얼굴을 손으로 감쌌다.

"한 형사 마음은 아는데, 우리 소관도 아니잖아."

"왜 아니에요. 사람이 사라졌는데."

케이는 한채연을 설득했지만 소용없었다. 그녀는 화를 이기지 못하고 밖으로 나가버렸다. 케이가 때마침 들어오는 정 형사를 바라보았다. 정 형사도 어쩔 수 없었다는 듯 케이를 바라보며 어깨를 으쓱했다.

"선배님이 좀 말리지 그러셨어요."

"어디 제 말을 듣나요, 한 형사가."

둘 사이에 잠시 정적이 흘렀다.

"참, 그나저나 저한테 하실 말씀 있다는 건 뭐예요?"

"그때, 문자 못 봤나 봐요. 뒤로 말씀이 없으셔서."

케이는 그제야 정 형사가 며칠 전에 보냈던 문자를 확인했다. 케이는 차세영과 함께 갔었던 마돈나의 K 때문에 온 관심과 정신이 그곳에 팔려 있던 차였다.

"다른 사건이 날 것 같다는 게 무슨 말이에요?"

케이는 놀라서 정 형사를 바라보았다. 정 형사는 케이에게 손짓하며 컴퓨터 모니터를 가리켰다. 케이가 긴장한 표정으로 정 형사에게 다가갔다.

정 형사는 근 두 달여 동안 자신이 찾은 정보와 그것으로 만들어낸 정보의 조합을 케이에게 보여주었다. 그것은 너무 방대하고 막막한 일이었으나, 추려지고 걸러져 가장 핵심적인 내용만 남게 되었다. 자세한 과정은 너무 복잡해서 정 형사가 쉽게 설명해도 케이는 잘 알아들을 수 없었다.

"이거, 팀원들 모두 들어야 하겠는데요."

"아직은 그럴 단계는 아니에요. 나중에 하지요. 찜찜한 구석도 있고, 아직 이해 안 되는 것도 있고요. 그래서 반장님한테만 조용히 연락한 거예요."

정 형사는 사건이 일어난 후 웹상에서 관련 단어를 사용하는 계정들을 모두 추리고, 청계천 사건과 관련된 키워드 사용이 빈번한 계정들을 하나하나 찾아내 살펴보았다. 그런 작업을 계속 반복한 끝에 두 달여 만에 사건과 연관 있어 보이는 몇 개의 계정들을 찾아냈다. 그 계정들은 서로 맞팔로우는 하고 있지 않지만, 일방적으로 한쪽 상대만을 팔로우하고 있어서 표면적으로 잘 드러나지 않는 계정들이었다.

"선배님, 쉽게 얘기해봐요."

"그러니까, 서로 대화가 가능한 상호적인 게 아니라 한쪽의 말만 일방적으로 들을 수 있는 관계에요. 이 계정이 주로 이 계정들을 향해 뭔가 지시하고, 밑에 다른 계정도 똑같은 방식으로 메시지를 받는 것처럼 보여요. 통계상으로 그렇다는 얘기지 아직 확실한 건 없어요."

케이는 정확하게 이해하진 못했지만, 대략적인 맥락은 알아들었다.

"뭐 하는 사람인데요? 1983? 이게 아이딘가?"

"그런 셈이죠. 반장님 SNS 안 하죠? 트위터는 익명이라 신상을 알아내기가 쉽지 않아요."

"누군지 모른다, 그런데 이런 건 어떻게 알아내신 거예요?"

"빅데이터 아시죠? 간단히 설명하자면 그것과 비슷해요. 요즘은 구글 검색만 해도 웬만한 건 다 떠요. 조금 자세하게 나가려면 통계 잡아주는 프로그램으로 돌려보면 되고, 그렇게 해도 수천 개 남으니까, 그때부턴 일일이 좀 확인하는 정도고."

케이가 정 형사를 존경하듯 바라보았다.

"이 계정들이 처음 만들어진 시기가 비슷한데, 대략 1년 전쯤이에요. 이 계정들의 게시물은 물론이고 1년 동안 서로 주고받은 멘션을 추리고 단어를 통계 냈더니, 복수, 희생, 고문, 아버지, 청계천, 경찰, 80년대, 조작, 국회의원, 국무총리, 대통령, 언론, 그리고 K 같은 단어입니다. 통계 낸 단어들로 이들이 무슨 일을 꾸미는지 유추할 수 있거든요."

"K도 있어요?"

케이가 놀란 눈을 하고 정 형사에게 물었다. 케이는 근래 더 마른 듯 안 그래도 움푹 팬 눈이 더욱 퀭해 보였다.

"사건이 또 일어난다는 말은 뭐예요?"

케이가 놀란 듯 물었다.

"마지막 멘션들을 주고받은 게 일주일 전인데, 그 뒤로는 잠잠해요. 그게 더 의심스럽습니다. 마지막 내용이 이렇고요."

정 형사가 정리해서 케이에게 준 문서에는 그들이 서로 주고받은 메시지들이 조목조목 정리되어 있었다. 그들은 어떤 일을 도모하는 듯 보였다. 일방적으로 한쪽에서 한쪽으로 위로를 보내고 성공을 확신하는 응원을 보내는 내용들이었다. 보통 점조직이 흔히 사용하는 수법으로 한 단계만 위로 올라가도 서로의 존재를 모르게 되어 있었다.

"1안에서 2안, 서울 말고 대구로, 이런 말은 뭘 의미하는 거예요?"

"타깃을 뜻하는 거 같아요. 최근에 계속 서울에서 만나자는 말들을 했는데, 마지막에 대구로 바뀌었습니다."

"대구는 진짜 대구일 수도 있고?"

"그렇죠, 뭐."

"선배님, 그런데 이상한 게 하나 있어요. 그냥 메시지나 톡 같은 걸로 연락하면 될 것을 왜 복잡하게 이런 걸 사용하는지 이해가 안 가는데요."

케이가 수십 장이나 되는 문서를 뒤적이며 말했다.

"그게, 확실하지는 않지만, 우리가 알아차리거나 보기를 원하는 것 같습니다. 청계천 이후 손 주인을 못 찾는 우리를 조롱하는 트윗도 많고, 예고하듯 기간을 두고 애써 내용을 알리려는 것도 그렇고요."

"왜죠? 그리고 자주 등장하는 이 문양은 뭐예요?"

"그야, 모르죠. 왜 그런지는. ······짐작으로는 이들이 경찰을 증오하는 것 같습니다. 그 문양은 저도 뭔지 몰라서 한참을 헤맸는데, 벤조디아제핀이라는 약의 화학구조 중 일부예요."

"경찰에게 복수를 하려고 그런다는 말씀이에요?"

정 형사가 고개를 끄덕였다.

"벤조디아제핀? 약물은 무슨 말이에요?"

"그러니까 좀 복잡한데, 벤젠고리하고 디아제핀고리하고 결합해서 만들어지는 약물인데 보통 불안장애, 발작, 불면증 같은 데 효과가 있지만 부작용도 심한 약이에요. 금지 약물로 지정된 국가도 꽤 되고, 종류만 해도 수십 가지예요."

케이가 짐짓 심각한 표정을 지었다.

"내가 먹는 약도 이 종류인 것 같은데."

"반장님, 공황장애 있어요? 이건 광범위하게 쓰이는 약물이에요. 자낙스 같은 것도 한 종류고요. 알아보니 이 계열의 약이 굉장히 고약하더라고요."

케이는 무력감을 느꼈다. 저들이 지난 두 달간 치밀하게 다음 범죄를 준비하고 스케일을 넓히며 사회를 향해 테러를 준비하는 동안 케이 자신은 너무 안일하고, 겁먹고, 무능한 시간을 보내고 있었다는 것을 깨달았다. 그나마 팀원들의 노력으로 작은 실마리를 풀어가고 있다는 것이 여간 고마운 일이 아닐 수 없었다.

케이는 자기가 너무 나약한 사람이 되었다는 것에 스스로 실망이 컸다. 경찰로서 어떤 열정이나 순수한 정의감마저 모두 잃어버린 것 같아서 자책했다. 한동안 아무 말 못 하고 다른 생각에 빠진 케이에게 정 형사가 괜찮은지 물었다. 케이는 가만히 고개를 끄덕였다.

"그런데 이 약을 가지고 뭘 어쩌겠다는 거죠?"

"이제 그것을 알아내야죠. 그 전에 이 사람들을 찾아내는 게 먼저고요."

정 형사가 조사해온 벤조디아제핀은 흔히 우울증 환자들에게도 처방되는데, 부작용으로 자살 충동을 불러오며 자살 생각을 억제하지 못하거나 분노에 정복당해버리는 경우가 많았다. 모순 반응도 다른 약에 비해 심각했는데, 신경을 안정시키기 위해 투여한 약물이 정반대의 부작용으로 공격성, 폭력, 충동성, 과다 흥분 등 신경계 모순 반응을 보이는 경우도 다반사였다.

"제가 이들이 청계천 손 토막사건과 연관이 있다고 확신

한 것은 바로 사건이 일어나기 전에 이들이 나누었던 트윗을 분석하고서예요. 분석 프로그램상에서 이들이 꾸민 일이 맞는 것 같습니다. 물론 확실하지는 않지만, 청계천에서 손목이 발견되기 전에 이들만큼 손목 자르는 일에 많은 단어를 사용하는 사람들은 지구상에 없었습니다. 그것도 한글로 말이죠."

케이는 문서를 읽자 한동안 잠잠했던 공황 증세가 이는 것 같았다. 이 약물이 의미하는 바가 무엇인지 몰라도, 그들이 계획한 일이 실행되려면 얼마 남지 않은 것만은 분명해 보였다. 첫 번째 사건이 일어나고 시간이 너무 많이 흘렀다. 한 사람이 범인이 아니라 여러 명으로 이루어진 집단이라는 것도 놀라운 일이었지만 궁극적으로 이들이 노리는 것이 무엇인지 알 수 없으니 답답하기만 했다.

케이는 갑자기 가슴 답답함과 불안증이 일어 털썩 바닥에 주저앉았다. 정 형사가 부르는 소리가 아득히 멀어졌다. 그는 겨우 책상 서랍 안에 오랫동안 고이 모셔두었던 벤조디아제핀의 한 종류인 디아제팜이 포함된 약봉지 하나를 뜯었다. 그는 수년 동안 그 약을 먹어왔고 끊기 위해 노력하고 있었지만, 그 약이 벤조디아제핀의 한 종류인 것은 처음 알게 되었다. 곧 몸이 나른해지고 졸음이 몰려왔다. 그는 의자에 앉아 모든 것을 잊고 꾸벅꾸벅 졸음에 빠져들었다.

3

김세영이 자기에게 온 메시지가 단순한 장난이 아니라는 것을 알게 된 것은 청계천에서 토막 난 손이 발견된 뒤였다. 그는 2월 끝에 온 크리스마스카드가 사건과 연관 있다는 것을 직감했다. 사건이 일어나고 얼마 뒤 그에게 SNS 메신저로 두 번째 메시지가 왔다. 두 번째 카드엔 이런 내용이 있었다.

'그리하면 네 오른손이 너를 구원할 수 있다고 내가 인정하리라'

신부를 통해 후에 알게 되었는데 그 구절은 구약성경 욥기 40장 14절이었다. 그로서는 짐작 가는 일이 전혀 없었다. 물론 아무 일이 아닐 수 있었으나 김세영은 성경 구절이 의미하는 바가 자기가 행해야 할 일에 대한 암시처럼 생각되었다. 그는 살면서 줄곧 혼자였다. 아버지 실종 후 집안은 풍비박산이 났고 그의 인생은 순탄치 않았다. 그는 팀원을 포함해 누구에게도 크리스마스카드나 메시지를 받은 사실을 알리지 않았다. 청계천에서 토막사건이 일어난 뒤라 그가 민감해하는 것일 수도 있었기 때문이었다.

그는 이후 크리스마스카드와 관련된 단서를 쫓았는데, 시간이 지났음에도 의외로 많은 것이 그대로 남아 있었다. 김세영은 그것이 도리어 이상한 느낌이 들었다. 이 모든 것을 자신이 알아주기를 누군가 바라는 것 같았다.

특히 이상한 일 중 하나는 메시지를 보낸 사람이 그 뒤에도 계정을 없애지 않고 버젓이 존재하는 점이었다. 마치 답장을 기다리는 것처럼 말이다. 하지만 김세영이 그에게 답장을 보내고 추가로 메시지를 보냈으나 확인만 할 뿐 아무런 답이 없었다. 아이디를 추적해서 메시지를 보낸 사람을 알아내는 것은 어렵지 않았다. 그는 경기도 포천에서 과수원을 하는 오십대 후반의 김현수라는 사람이었다. 김세영은 당장 포천으로 그를 만나러 달려갔다.

"아니, 나는 그런 메시지를 보낸 적이 없다니까 그러네. 누가 내 번호를 가지고 장난을 치는 게 분명하다니까."

김현수가 김세영에게 자기의 휴대폰을 내밀었다. 그의 메신저 창을 열었으나 김세영의 번호가 저장되어 있지도 않았고 김세영의 아이디도 없었다. 김세영이 메신저로 김현수에게 메시지를 보내보았으나 그의 전화에는 메시지가 뜨지 않았다.

"이거 해킹했거나 대포폰으로 보낸 것 같네요."

김세영이 전화를 바라보며 낙담한 듯 말했다. 김현수를 만나고 보니 그는 이런 게임을 할 만한 사람이 아니었다. 뭔가 문제를 풀어낼 실마리를 기대하고 왔던 김세영은 실망이 컸다.

"전화를 잃어버리거나, 근래에 누구에게 빌려주거나 한 적은 없어요?"

"이 전화 쓴 지 5년도 넘었어, 전화를 빌려준 적은 있었나? 잘 모르겠네."

"잘 좀 생각해보세요."

"그런데 무슨 사건 때문에 그래? 나도 예전에 같은 식구였어. 한때는 잘나갔었어, 나도."

김세영은 귀가 솔깃해졌다.

"경찰이셨어요? 그럼, 좀 도와주세요. 토막살인사건이에요."

김현수는 김세영의 말을 듣고는 움찔 놀랐다.

"뭐야, 정말. 흉하게. 범인들이 내 전화번호를 이용한 거요?"

"아직은 몰라요. 토막살인사건이지만 몸통은 아직 못 찾았어요. 그런데 회사는 언제 그만두셨어요?"

김현수가 쓸쓸한 표정을 짓더니 멋쩍게 웃었다.

"잠깐, 아주 잠깐 했어. ……나는 적성에 안 맞더라고. 다른 친구들보다 늦게 공무원이 돼서 꿈도 야무졌었는데, 나는 아니더라고. 지금이야 그렇지 않지만, 옛날에는 잡아다가 많이 때리고 그랬잖아. 나는 그게 힘들더라고."

김현수가 갑자기 목소리를 낮추었다. 김세영의 눈빛이 순간 달라졌다.

"일 그만두고 여기 들어와서 꼼짝을 안 했네. 한동안은 비명에 악다구니에 환청까지 들리고 그랬다니까. 지금이야 이렇게 얘기도 하지만, 내 입으로 꺼내는 것도 쉽지 않았어. 우리 아이들도 몰라. 아내도 자세히는 모르고."

김현수와 얘기를 나누다 보니 기대했던 바와는 다른 방향으로 이야기가 풀리고 있었다. 김현수는 1985년도에 경찰 시험에 합격해서 1987년에 경찰을 그만두었다고 했다. 그의 얘기를 듣다 보니 김세영은 김현수가 자기 아버지와 같은 곳에서 같은 시기에 근무했다는 것을 알게 되었다.

"혹시 김성윤 씨라고 기억하세요? 경기도 경찰국 보안 1계에 80년대 중후반쯤 있었는데."

"내가 수사과에 있다가 보안과로 옮겼거든. 그때 연쇄살

인사건 때문에 정신없었어. 데모도 막으러 나가고 그럴 땐
데, 보안과 쪽에서 손이 모자란다고 해서, 옮겼었지."

김현수는 갑자기 수다스러워졌지만, 김세영이 원하는 답
을 주지는 않았다. 당시 상황을 장황하게 설명하며 말을 돌
렸다. 그의 태도가 묘연해서 김세영은 가만히 그의 말을 듣
기만 했다.

"그런 사람이 있었던 거 같기도 하고. 워낙 오래됐고 내가
정말 잠깐 있었기 때문에 말이야. 그런데, 그 사람도 이번 사
건과 관련이 있는 거야?"

"그런 건 아니에요. 개인적인 일이에요, 그냥."

"개인적인?"

"네. 뭐, 그렇죠."

김세영이 자기 아버지에 관해 묻자 김현수의 태도가 처음
과 달라졌다. 김세영을 경계하는 표정이 역력했다.

"당시 보안과는 서장 지시도 안 받았어. 거기, 있잖아. 안
기부, 검찰, 그런 곳과 연관이 깊어서 따로 움직였다고. 그때
우리 보안 1계는 서 밖에도 사무실이 있었을 거야. 중요한
일은 거기서 진행했지, 아마. 뭘 하는지 다른 사람들은 잘 몰
라. 아무도 몰랐지, 뭐. 우리만 그런 것은 아니고 경찰서에 한
부서는 그런 팀이 있었어. 어떤 팀은 파출소에 사무실을 두
고 움직이는 팀도 있었다 하더라고."

김세영은 김현수가 뭐든 얘기하도록 그냥 내버려두었다. 김현수는 자신도 보안과에서 근무했었다고 말했지만 다른 사람에게 들은 것처럼 얘기를 얼버무렸다.

"나는 적성에 안 맞았어. 사람이 그게, 경찰 일이라는 게 적성이 있고 없고 그럴 일은 아니지만, 하여튼 나는 힘들었어. 그만두는 것도 쉽지 않지, 전출도 안 되지. 2년 동안 정말, 애먹었다고."

"왜 그만 못 둬요?"

"……그냥, 그때는 그랬어. 그만두는 것도 맘대로 안 됐어. 시국이 어수선할 때고. 어떤 룰이 있던 때가 아니었으니까."

김세영은 묻고 싶은 것이 많았지만 꾹 참았다. 실종된 그의 아버지가 보안 1계에 오랫동안 근무했었다는 것까지는 알고 있었던 터라 마음이 조급해졌다.

"잘 좀 기억해보세요. 김성윤 씨라고 아마 보안 1계에 있었을 거예요. 생김새는 저랑 비슷하게 생겼을 테니, 제 얼굴도 좀 잘 보시고요."

김세영은 결국 참지 못하고 그를 다그쳤다. 김세영을 바라보는 김현수의 눈빛이 흔들렸다.

"뭐야, 그 사람하고 무슨 관계라도 있어?"

"아버지세요. 실종된 지 25년 됐어요."

"실종? 언제?"

"그때가, 1996년 6월이죠?"

김현수가 놀란 눈으로 김세영과 바닥을 반복해서 바라보았다.

"이제 기억나셨어요?"

"……."

김현수는 김세영의 채근에도 한동안 아무 말도 하지 못하고 난감한 표정을 지었다. 마른세수를 연거푸 하며 곤혹스러운 듯 자꾸 창고 밖 먼 곳에 시선을 두었다. 농기구 창고 안은 정돈되어 있지 않아서 굉장히 어수선했다. 김세영은 가만히 주위를 둘러보다 한곳에 시선이 멈추었다. 그는 각종 농기구가 어지럽게 놓여 있고, 플라스틱 상자가 쌓여 있는 곳을 헤치며 창고 구석진 곳으로 다가갔다. 거기에는 오래된 달력이 하나 걸려 있었다.

김세영은 달력 앞에 서서 그것을 바라보았다. 거기에는 성경 문구가 하나 적혀 있었다.

'그들을 함께 진토에 묻고 그들의 얼굴을 싸서 은밀한 곳에 둘지니라'

ㅡ욥기 40장 13절

김세영은 눈이 휘둥그레졌다. 그는 근래 욥기를 여러 차례 읽은 후였다. 달력에 적혀 있는 그 구절이 자기가 받은 메시지의 전 구절이라는 것을 알고 있었다.

"아저씨, 이 달력 언제 걸어놓은 거예요? 은성교회? 여기는 어디 있어요?"

김현수는 영문을 모르겠다는 표정으로 김세영을 바라보았다.

"아이고, 달력이 거기 있는 것을 지금 처음 알았네. 은성교회는 안 멀어. 저, 앞에 있던 교회. 오면서 못 봤어?"

그제야 달력을 자세히 보니 1996년 6월이었다. 김세영은 온몸에 소름이 돋는 것 같은 전율을 느꼈다.

"와, 그게 그럼, 몇 년 동안이나 거기 걸려 있었다는 얘기야? 세월 진짜 빠르다, 빨라."

"아저씨, 이 달력, 아버지가 사라지던 그때예요."

김현수는 놀라서 벌떡 일어섰다.

"설마, 그게 무슨 연관이 있을까. 그냥, 우연이겠지."

김현수가 더듬거리며 말을 이었다. 그는 긴장하면 말을 많이 하게 되는 습관이 있는 것 같았다. 김세영이 김현수를 돌아보았다.

"저, 좀 도와주세요. 기억나는 거 말씀 좀 해주세요. 작은 거라도 좋으니."

김현수가 김세영을 바라보며 겁에 잔뜩 질린 표정을 지었다. 그가 가만히 고개를 끄덕였다.

  케이는 정 형사가 작성한 보고서를 분석했다. 그는 처음으로 SNS에 가입했다. 한가한 이들이나 SNS를 할 거라고 생각했는데 자기의 생각이 틀렸음을 깨달았다. 그곳에는 이미 오래전 기억에서 사라진 사람들부터 가장 가까운 동료, 가족까지 모두 존재하고 있었다. 그 세계에 오랜 시간 자기만 빠져 있었다는 것을 알게 되었다. 그는 요즘 자신의 아이들 인스타그램 계정에 한참 빠져 있었다. 궁금하던 아이들 소식을 한꺼번에 많이 보게 되어 그는 가슴이 벅찼다. 그도 자신의 인스타그램 계정에 아이들 사진을 올려놓았다. 혹시나 아이들이 알아볼 수 있을까, 하는 마음에서였다.
  "그러지 말고 팔로우하세요."
  멀리 떨어져 앉아 있던 차세영이 답답한 듯 케이에게 말했다.
  "팔로우?"
  "친구 신청 같은 거예요."
  차세영은 모니터에서 시선을 떼지 않은 채 말했다.
  "너, 내가 이거 보고 있는 거 어떻게 알았어?"
  케이가 쥐고 있던 전화를 손으로 가렸다.
  "아니, 며칠째 한가하게 그거나 하고 있잖아요."

"재미로 하는 거 아냐. 나, 수사 중이야."

케이는 정 형사가 브리핑한 내용을 차세영에게 말할까 하다가, 정 형사의 말이 생각나서 그만두었다.

"팔로우하면 애들이 싫어하지 않을까?"

"그럼, 그렇게 몰래 계속 보시고요."

"너 요즘 나한테 애정이 식었다. 말에 애정이 없어, 자식이."

케이가 차세영을 바라보며 눈을 흘겼다. 차세영이 피식 웃었다. 그때 사무실 전화기가 요란하게 울기 시작했다. 차세정이 수화기를 집어 들었다.

"응, 김 형사. ……옆에 계셔. ……진짜? ……어디에서? ……포천? ……그래, 알았어."

케이가 호기심 가득한 얼굴로 차세영에게 다가왔다.

"뭐야, 김 형사 무슨 일 있대?"

"손 주인을 찾았대요."

차세영이 차분해진 목소리로 말했다.

"아니, 어디에서?"

케이가 자리에서 벌떡 일어서더니 안절부절못했다.

"얼른 과수팀 호출해. 팀원들도 모두 그리로 오라 하고."

케이가 외출할 채비를 서둘렀다. 차세영은 얼이 빠진 사람처럼 멀뚱히 서 있었다.

"뭐 해? 출동 준비 안 하고."

케이가 굼뜬 차세영을 나무랐다.

"아니, 그게 아니고요. ……손 주인이 살아 있답니다."

"뭐?"

케이가 너무 놀란 나머지 고함을 질렀다.

"자기가 스스로 잘라서 주었답니다. 김 형사가 지금 데리고 이쪽으로 오는 길이라고……."

"혼자 잘라서, 주다니? 손을?"

"……."

케이도 더 이상 아무 말도 묻지 못하고 멀뚱히 차세영을 바라보았다. 놀랍기도 하고 예상치 못한 허무한 결말을 맞이한 것 같아 맥이 풀렸다. 온몸에서 기운이 순식간에 빠져나가는 것 같았다. 가슴이 답답해지며 숨 쉬기가 힘들어졌다. 그는 얼른 디아제팜 한 봉지를 입에 털어 넣었다. 장마도 막바지였다.

김현원은 외롭게 자랐다. 아버지 김정민은 살인자로 무기징역을 선고받고 교도소에 있었고, 베트남 사람이었던 엄마는 그가 말을 배우기도 전에 진작 사라졌으며, 그를 키워준 할머니는 그가 열네 살이 되던 해에 죽었다. 이후 그는 시설에 맡겨졌다, 1년을 버티다가 그곳을 나왔다. 그는 혼자 살았고, 홀로 자랐다. 그는 친구도 없었고, 더는 도움을 받을 친척도 없었다. 중학교를 겨우 졸업하고 이런저런 배달 아르바이트로 생계를 유지했으며, 얼굴 모르는 어느 독지가의 후원으로 힘겹게 살아왔다.

마지막으로 본 아버지의 낯빛은 늙은 호박 속처럼 누렜다.

"살기 어렵거든 케이 반장을 찾아가라. 찾으려면 금방 찾을 수 있을 거야."

김정민은 면회 온 아들에게 감옥 안에서 해줄 수 있는 유일한 일이 그것뿐이라는 듯 볼 때마다 같은 말을 반복하곤 했다.

"아버지, 살면서 기억하는 모든 순간이 힘들지 않았던 적이 없어요. 이보다 더 나빠질 일이 있다고 생각하니 슬프네요."

아버지는 눈자위가 누런빛으로 변해 있어서 신비로운 분위기를 내고 있었다. 살아 있었으나 산 사람이 아니었다. 아버지의 얼굴은 해 질 녘, 붉은빛으로 물들기 전, 함몰되기 직전의 석양 빛깔을 닮았다고 김현원은 생각했다. 아버지가 죽어도 그의 생은 달라질 게 없었으니 죽어가는 아버지를 보고서도 그는 그저 덤덤했다.

"미안하다, 현원아."

아버지의 얼굴색이 그러하니 말에도 누런빛이 어린 느낌이 들었다. 김정민은 그렇게 말하더니 막 울기 시작했다.

"아버지 그러게, 미안할 짓을 왜 했어요."

말은 냉정하게 했지만, 김현원도 마음이 아렸다. 유일한 핏줄이란 그런 것이리라, 그는 생각했다.

"내가 한 게 아냐. 너라도 믿어다오."

"아버지가 한 게 아니면 그럼, 누가 한 거예요."

"그야, 모르지."

김정민은 한참을 흐느꼈다.

"케이 형사는 알 거다. 나를 한 번 찾아온 적 있거든. 내게 와서 미안하다고 그랬다."

아버지는 죽기 전에 대부분은 정신이 온전했으나 간혹 헛소리를 쏟아내기도 했다. 아버지는 온순하고 착한 사람이었으나 부쩍 화가 늘어서 종종 독방으로 옮겨지기도 했다. 간질환을 앓는 환자의 증세였다.

"그게 아버지가 범인이 아니라는 얘기는 아니잖아요."

"나는 범인이 아니야. 믿어줘. 끝까지 버텼어야 했는데…… 무서웠다. 차라리 죽는 게 나았는데, 살고 싶었다."

아버지는 그렇게 말하고 오열했다. 김현원은 아크릴 창 너머로 그런 아버지를 멀뚱히 바라보았다. 아버지는 너무 울어서 숨이 넘어갈 지경이었다. 한번 터진 울음은 좀체 진정되지 않았다. 그러다가 화를 내고 고함을 질렀다. 김현원은 아버지가 울음을 그칠 때까지 기다리는 수밖에 없었다. 그러다 면회가 끝나기 마련이었다. 우는 아버지를 교도관 둘이 부축해서 질질 끌고 사라지곤 했다.

할머니는 어린 김현원을 데리고 아들 김정민에게 면회를 다녔다. 오가는 데 이틀이 걸리는 거리를 마다하지 않았다. 그때는 할머니가 내내 울고 아버지는 울지 않았다. 할머니가 죽은 뒤에도 김현원은 계절이 바뀔 때마다 1년에 서너 번은 아버지를 꼭 찾아갔다. 아니, 할머니가 죽은 뒤엔 더 자주 찾아갔다. 아버지가 수감되어 있는 경북 청송까지 가는 길은 험하고 멀기만 했다. 하지만 그는 시설을 나온 후로 철마다 아버지에게 면회 가는 것을 거르지 않았다. 둘의 대화는 매번 비슷했다. 어린 김현원은 면회 갈 때마다 얼마 안 되는 영치금을 넣어주었고 아버지는 내내 울었다. 세월이 흘러도 변함없었다. 아버지는 김현원을 볼 때마다 울기만 했다.

시간이 흐를수록 아버지의 얼굴빛이 점점 흙빛으로 변해갔다.

"이제 아버지 진짜 아들이 된 거 같아요."

김현원이 아버지를 보더니 씁쓸하게 웃었다. 아버지의 얼굴색이 어머니를 닮아 거무튀튀했던 김현원과 비슷해졌다. 다시 만났을 땐 누렇게 변해 있었다. 그러더니 간암 말기라고 했다.

"교도소에서 술 마실 일이 없는데 건강해져야지 간암이

뭐예요."

김현원은 그런 아버지를 보고서도 울지 않았다. 그는 울어봤자 얻는 것 없이 항상 손해만 보고 살아왔다. 불필요한 감정 따위 자신을 나약하게 만드는 것뿐이라는 것을 어린 나이부터 체득한 그였다.

"미안하다, 현원아."

"아빠는 뭐가 맨날 그렇게 미안해요. 저는 아무렇지 않아요. 괜찮아요."

간이 딱딱한 돌이 되어갈수록 아버지의 헛소리도 늘어난 모양이었다. 그는 진통제 때문이라고 생각했는데 꼭 그런 것만은 아닌 것 같았다.

"어제는 김숙희가 찾아왔어. 숙희는 좋은 여자였는데. 성훈이 동생 숙희 말이야."

조금 전까지 멀쩡하던 아버지가 느닷없이 고함을 질렀다.

"숙희가 누군데요? 면회를 왔다고요?"

김현원은 익숙한 듯 무덤덤하게 물었다.

"숙희, 아니, 우리 집에 놀러 왔다니까. 김숙희. 아니, 다 너때문에 이렇게 된 거다. 아무 일 없었는데."

"뭐가 저 때문이에요."

"그래서 엄마랑 시장에 갔지, 뭐냐. 설탕 꽈배기를 먹었어. 꽈배기 아저씨가 엄마보고 예쁘다면서 팥 도넛을 덤으로 줬다."

"아버지의 엄마는 죽은 지 오래됐잖아요. 아버지 부인은 베트남으로 돌아갔고요."

"무슨 말이야, 어제 함께 시장에 다녀왔다니까."

"할머니는 죽었고, 아버지는 감옥에 있는데 무슨 헛소리예요."

아버지가 주위를 빙 둘러보았다. 눈에 눈물이 그렁그렁 맺힌 채 김현원에게 화를 냈다. 눈물에 가린 아버지의 눈빛이 더 누레 보였다. 아버지는 알 수 없는 말을 하다가도 정신이 돌아온 듯 억울한 감정을 쏟아내다 곧 지쳐버렸다. 면회가 끝난 후에는 혼자 걸을 수가 없어서 교도관들의 부축을 받으며 사라졌다. 그날 그렇게 본 게 아버지의 마지막 모습이었다.

아버지는 김현원이 면회를 다녀온 며칠 후 죽었다. 가을에서 겨울로 가는 길목이었다. 교도소에서 김현원에게 시신을 인수해 가라고 연락이 왔다. 김현원은 아버지와 함께 보낸 시간이 얼마 되지 않아서인지 아버지가 완전히 사라졌다는 것이 실감이 나지 않았다. 아버지가 죽었어도 그가 힘들게 찾아가면 어딘가에서 누런 얼굴로 그를 여전히 맞아줄 것만 같았다.

"인수하지 않으면 어떻게 되나요?"

전화를 건 관계자는 당황해서 한참 말이 없었다.

"왜 그걸 묻는지 물어도 될까요?"

"장례를 치를 형편도 안 되고, 시신을 인수할 여유도 없거든요."

김현원이 감정 없이 말했다.

"……인수해 가시지 않으면 여기서 간단히 장례를 치른 후에 화장해서 무연고 묘지에 묻히게 됩니다."

"무연고 묘지요?"

"그러니까 여러 사람과 함께……."

"그럼, 화장해서 뼛가루만 받을 수는 없을까요? 부탁드립니다."

관계자가 난감한 듯 한동안 말이 없었다.

"그럼, 그렇게 준비하겠습니다. 언제 오시겠어요?"

"지금 출발하면 내일 도착할 겁니다."

김현원은 청송에 가서 아버지의 유골함을 받아왔다. 가져온 유골함을 부엌 선반 위, 고추장 단지같이 생긴 할머니 유골함 옆에 나란히 두었다.

누군지는 알 수 없었던, 1년에 한 번 그가 삶을 겨우 견딜 수 있을 만큼만 후원하던 사람이 있었는데, 그에게서 연락이 온 것은 지난봄의 일이었다. 후원이 끊긴 지 이미 몇 년이 지난 뒤였다.

아버지가 죽은 지 한 계절이 지났고, 할머니가 죽은 지

15년이 지난 어느 봄날이었다. 그는 당시 치킨 배달 일을 하고 있었다. 벚꽃 만개한 봄이 한창이던 한 날 초저녁 치킨 배달을 나갔다가, 그는 때 지난 크리스마스카드를 한 장 받게 되었다.

"이게 뭐야?"

그가 치킨을 건네자 열 살쯤 되어 보이는 사내아이가 크리스마스카드를 내밀었다.

"몰라요, 어떤 아저씨가 이거 치킨 아저씨한테 전해주면 치킨 사준댔어요."

사내아이가 말하더니 그에게서 치킨을 낚아채 갔다. 그는 선 채로 카드를 열어보았다.

'내가 그를 네 손에 맡기노라 다만 그의 생명은 하해지 말지니라'

—욥기 2장 6절

"뭐야, 그 사람 목사야?"

아이는 대답이 없었다. 이미 닭 다리를 입에 물고 오물거리느라 정신이 없었다. 컴컴한 방, TV 앞에 앉아 아이 혼자 치킨을 먹고 있었다.

"어른들은 안 계시니?"

아이가 힐끔 돌아보더니 대답은 하지 않고 허겁지겁 치킨을 입속으로 밀어넣었다.

"이거 진짜 나한테 주라는 거 맞아?"

아이가 입을 오물거리며 고개를 끄덕였다. TV에서 시선을 떼지 않은 채였다. 그는 어딘지 찝찝한 마음으로 돌아섰다. 치킨은 배달 앱으로 주문한 것이었는데 가게로 돌아와서 주문자를 확인해보니 아이디는 삭제된 뒤였다. 그는 곧 그 일을 잊어버렸고 시간이 흘렀다.

다시 그 사내아이의 집에서 배달이 들어왔다. 여느 때처럼 무심코 배달을 나가다 주소를 확인하자 지난 일이 떠올랐고 그는 조금 흥분되었다.

"애야, 치킨 왔다."

그가 현관에 서서 아이를 불렀으나 대답이 없었다. 어둠 속 집은 고요했다. 정적이 그를 조용히 맞았다. 그는 조금 당황했다. 컴컴한 방은 시커먼 굴속 같았다.

"김현원 씨, 잠깐 들어오세요."

한참 만에 한 사내의 목소리가 어둠 속에서 들려왔다. 그는 깜짝 놀라서 등골이 오싹했지만 침착했다.

"저를 아세요?"

그는 뒷걸음질 쳤다. 그는 치킨이 담긴 봉지를 꽉 움켜쥐었다.

"잘 안다고 할 수 없지만 모른다고 할 수도 없겠네요"

한 사내가 어둠 속에서 그를 맞았다.

"아이는 어디 있어요?"

"아이는 원래 없어요. 잠깐 들어와요. 할 얘기가 있으니."

"저는 듣고 싶지 않아요."

느낌이 좋지 않았다. 남자의 음성은 낮고 가라앉아 있었는데 어둠 속에서 들려오는 목소리가 꼭 이 세상 것이 아닌 것처럼 들렸다.

"저는 셋 중에 첫째예요, 당신은 둘 중에 첫째고요. 이제 때가 되어서 당신을 만나러 왔어요."

"네? 그건 무슨 말이세요?"

김현원은 자기도 모르는 새 점점 대문 쪽으로 발을 옮기고 있었다.

"김현원 씨의 키다리 아저씨가 넷 중에 첫째예요. 그게 다예요."

"……키다리 아저씨라뇨?"

김현원은 언뜻 무슨 말인지 몰라 어리둥절했으나 아주 어렸을 적 기억이 순간 떠올랐다. 그간 한 번도 떠올려보지 않았던 일이었다. 순간 무수히 쌓여간 망각의 한 조각이 선명해지며 튀어 올랐다. 하지만 그는 어느 독지가의 후원을 받을 때마다 그 일을 떠올렸을지도 모를 일이었다. 그를 후원했던 얼굴 모르는 후원자, 그가 이미 만난 적 있었던, 키다리 아저씨라고 자기를 소개했던 어릴 적 그 순간이 떠올랐다. 열 살인가 아홉 살이었을 때, 할머니는 일을 나가고 날이 어둑어둑 저물어가던 어느 봄날 어스름한 때, 그 사내도 치킨을 들고 그를 찾아왔었다. 며칠 전, 사내아이 집에 치킨 배달을 왔을 때의 그 풍경과 흡사했다. 어린 그도 컴컴한 방에서 TV를 켜놓은 채 할머니를 기다리고 있었다. 누군지 모르는 한 남자가 어린 그를 찾아왔다.

"네가 현원이구나. 아버지가 김정민이고."

남자가 분명 그렇게 말했다. 얼굴도 기억나지 않았고 다른 무슨 말을 나누었는지도 잊었지만, 그 말과 그런 일이 있었던 것은 분명했다. 자신을 키다리 아저씨라고 소개하던 것도 또렷이 기억났다.

"넷 중에 첫째가 전하라는 말만 전하고 갈 테니, 잠깐 들어와요. ……불편하면, 거기에서 들어도 상관없어요."

김현원은 눈을 가늘게 뜨고 어둠 속에 서 있는 사내를 노려보았다. 희미한 실루엣의 한 사내가 서 있었다. 사내는 키가 훤칠하고 굉장히 마른 체형이었다.

"그가 이제 당신과 함께하길 원해요."

"함께하다니요. 저는 언제나 혼자였어요. 아, 당신이 그 목사인가요? 지난번 이상한 메모를 남긴?"

"그건 이상한 메모가 아니라 당신이 해야 할 일에 대한 메시지예요. 메모는 내가 남긴 게 아니라 넷 중 첫째가 남긴 거고요. 당신에게 전해진 메시지 내용을 저는 모릅니다."

"어떤 종교단체인가요? 지금 나를 전도하는 거예요? 저는 가진 게 아무것도 없어요."

남자가 피식 웃었다.

"전도가 아니라…… 아, 그렇게 말할 수도 있겠네요. 우리가 해야 할 일은 복수라는 종교를 믿어요. 우리는 그 일부분이고요."

남자가 복수를 발음할 때는 힘주어 말했다.

"복수의 일부분?"

"그래요, 복수."

김현원은 꼭 이상한 나라에 온 것 같은 느낌이 들었다. 이해할 수 없고 알 수 없는 말을 쓰는 거인 나라에 떨어진 난쟁이 같았다.

"우리는 다 그렇게 연결되어 있어요. 당신은 둘 중 첫째예요. 마지막 남은 하나의 유일한 하나를 만나야 합니다. 아버지를 위해, 할머니를 위해 복수해야지요. 무엇보다 당신이 빼앗긴 인생을 위해서 그녀를 만나야 해요."

어둠 속에서 들리는 사내의 음성이 꼭 이 세상 것이 아닌 것 같아서 김현원은 조금 두려웠다. 거역할 수 없고 물리칠 수 없는 근엄함이 암흑 속에 있었다. 하지만 그는 자신도 모르게 고개를 흔들고 있었다.

"싫어요. 지금 이렇게 사는 게 좋아요. 어떤 일에도 휘말리고 싶지 않거든요."

김현원은 사내가 자기의 삶에 대해 잘 알고 있는 게 꺼림칙했다. 자기는 상대방에 대해 아무것도 알지 못하고 상대방은 훤히 자기 일을 꿰뚫고 있는 게 두려웠다.

"그건 지금 중요한 일이 아니에요. 먼저, 당신이 만나야 할 사람을 만나야 해요. 하나 중 하나."

김현원은 곰곰 생각했다.

"다시 생각해봐도 저는 어떤 일에도 끼고 싶지 않아요."

그간의 일생이 순간 그의 머릿속에서 빠르게 지나쳐갔다. 거의 남지 않은, 전혀 특별하지 않은, 힘들기만 했고, 고단하기만 했던 나날이 특정되지 않고 머릿속에서 스쳐 지나갔다. 어둠 속의 사내가 아무 말도 하지 않고 잠자코 있었다.

"그럼, 그 키다리 아저씨라는 사람을 만나보고 결정하겠어요, 내가 해야 할 일이 뭔지."

김현원이 무거운 침묵을 깨고 말했다. 사내는 여전히 말이 없었다. 두 사람 사이에 정적이 흘렀다.

"그건 내가 정할 수 없는 일이오. 둘 중 첫째는 넷 중 첫째를 만날 수 없어요. 셋 중 첫째를 통해서만 소통할 수 있어요."

"나는 그럼, 관두겠어요."

김현원이 획 돌아서 성큼성큼 집을 나왔다. 도망치듯 오토바이를 타고 전속력으로 동네를 벗어났다. 벚꽃 잎이 눈처럼 내리고 있었다.

정 형사는 오랫동안 자신이 해온 일을 스스로 고발한 내부고발자였다. 역사, 시대적 정의나 사회 정의로움을 위해서 그런 것은 아니었고, 그저 개인적인 이유 때문이었다. 그는 자신이 저질러온 문제를 스스로 고발했지만 그렇다고 제기된 문제가 크게 확대되는 것을 원하지 않았다. 그는 단지 관련된 몇몇 사람에게 보낼 메시지가 필요했던 것뿐이었다. 그들로부터 점점 소외당하는 자신을 보호하기 위함이었다. 문제가 터지자 예상했던 바대로 그를 불편해하는 사람들의 반격이 시작됐다. 그들은 조직 내 큰 세력을 형성하고 있었고, 은퇴 후에는 사회에서 더 큰 권력을 키워 비밀 조직으로 성장하고 있었다. 그들은 정 형사와 타협하길 원했다. 그를 내치기보단 근처에 두고 관리하기 위해 미담반에 보냈다. 어느새 정 형사가 고발한 문제는 슬그머니 꼬리를 감추었다. 한번 열린 정 형사의 입을 영원히 닫게 할 수는 없는 노릇이었으니 그들은 틈틈이 그와의 고리를 끊기 위한 시도를 멈추지 않았다. 그들은 정 형사를 타이르는 동시에 겁박했다.

"그건 우리가 이제껏 사람들에게 해온 일이잖습니까. 겁을 주려면 주기만 하고 타이르지 마세요. 저는 저 자신도 믿지 않습니다. 그런 일에 제가 겁을 먹을 것 같습니까, 뒷일에 대비나 준비도 없이 이런 일을 시작했을 거 같습니까?"

정 형사는 자기를 설득하러 찾아온 선배에게 말했다.

"가서 전하세요. 그냥 가만히 있으라고요. 필요한 요구는 나중에 합니다."

정 형사는 미담반에 온 뒤로는 업무에만 집중하며 조용히 지내고 있었다. 하지만 자신을 제거하려는 사람들의 움직임을 예의 주시하며 경계를 늦추지 않았다. 움직임을 최소화하고 가능하면 사무실에만 있었다. 막상 전입되어 와보니 생각보다 미담반은 나쁘지 않았고 업무나 팀원들과의 케미도 비교적 잘 맞았다. 정 형사는 그저 과거를 잊고 은퇴할 때까지 조용히 지내고 싶은 마음뿐이었다. 그들에게서 순조롭게 자기 몫을 받아내고 지중해 작은 섬에 가서 작은 요트나 타는 게 그의 소망이었다.

정신없는 평일 오후였다. 포천에서 이송되고 있는 손의 주인을 맞이하기 위해 사무실 안은 부산스러웠다.

"선배님, 지난번에 주신 자료 정리해서 좀 부탁해요. 팀원들에게 브리핑도 함께요. 김 형사 도착하면 먼저 필요할 듯해요."

정 형사가 대답 대신 알았다는 듯 안경 너머로 케이를 바라보며 손을 흔들었다.

"한 형사, 기자들 좀 어떻게 해봐."

미담반 사무실이 있는 임시별관 앞으로 몇몇 취재진이 몰려들고 있었다.

"제가 그걸 어떻게 해요."

한채연이 볼멘소리를 했다.

"그래도 나가서 기자들 좀 잘 달래봐. 정보 새지 않게 관리도 좀 하고. 차 형사는 기자들하고 인터뷰 준비 좀 해주고."

"제가요?"

한 형사가 마지못해 밖으로 나갔고 차세영은 당황해서 되물었다.

"나 공황 증세 있는 거 모르냐? 벌써 심장이 벌렁거려서 죽을 거 같아. 좀 도와주라."

차세영이 가만히 고개를 끄덕였다.

미담반 사무실 안에 모처럼 활기가 넘쳤고 긴장감도 가득했다. 상부에서도 의외의 성과에 당황한 듯했다. 서장이 강력반으로 사건 이첩을 지시했지만, 미담반은 사건 해결에 대한 의지 때문에, 강력반은 사건의 중요도가 떨어진다는 이유로 모두 서장의 지시를 거부했다. 사건은 그대로 미담반에 남게 되었다.

"이렇게 첫 사건 해결이 되는 건가?"

케이가 상기된 표정으로 말했다. 그는 필요 이상 흥분되는 감정을 주체하기가 어려웠다.

"아직 모르죠. 어떤 일이 벌어질지. 어쩌면 이제 시작일지도 몰라요."

차세영이 덤덤하게 케이의 말을 받았다.

"그런데 목사라고? 김세영한테 오는 길에 얘기 많이 시켜보라고 일렀지?"

"그럼요. 그런데 목사님이 전혀 말을 하지 않는답니다. 신상 정보 같은 기초적인 것도 협조를 안 해준대요. 김 형사 말로는 자기 손목을 스스로 잘라서 버렸다고 하는데, 죄목이 없잖아요. 반장님, 어쩌죠?"

차세영이 난감한 표정으로 말하자 케이도 숨을 죽이며 속삭였다.

"어쩌긴 뭘 어째, 뭐라도 좀 찾아봐. 참고인으로 계속 붙잡아놓을 수는 없으니."

케이가 차세영을 다그쳤다.

"죄가 없는 사람을 붙잡아놓는 게 말이 안 되잖아요. 여기 데려오는 데에도 애를 먹은 것 같던데."

차세영은 여전히 찜찜한 마음을 털 수 없었다. 케이는 반면에 별걱정을 하지 않았다.

"그치, 죄가 없지. 하지만 그 잘린 손이 청계천에 버려졌잖아. 시민들에게 혐오를 일으켰으니 뭐라도 엮어봐. 그런데 왜 이렇게 찜찜하냐. 너도 그래?"

케이가 걱정스러운 눈빛으로 사무실 밖 기자들이 모여 있는 곳을 슬쩍 쳐다보았다.

"어쩌면 잘된 일일지도 모르잖아요. 사건 해결이 쉽게 된 거니."

차세영은 평소와 다르게 긴장한 것 같았다.

"함정에 빠진 기분이 든다, 이상하게. 사건이 해결될 것 같은 기분이 들지 않고, 기쁘지도 않아."

케이는 혼잣말하듯 말끝을 흐렸다. 그는 고민에 빠졌다. 자기 신체를 잘라서 공공장소에 버린 일이 과연 범죄가 될 수 있는가 하는 문제에 판단이 서지 않았다. 이대로 사건이 마무리되는 것은 반가운 일이었지만 모든 의문이 해소된 것이 아니었기 때문이었다. 차 형사의 말대로 잘된 일인지 모를 일이었지만 확신이 전혀 서지 않았다.

"그러게. 누구 말대로 이제 사건이 시작된 듯한 느낌이 들어."

"자른 손을 청계천에 버린 사람은 따로 있다고 하니 그쪽으로 방향을 맞추어야죠. 멀쩡한 자기 손을 괜히 잘랐을 리 없으니까요."

케이가 웅성거리는 창밖을 바라보니 막 김 형사와 참고인이 도착하고 있었다. 한 형사가 취재진을 끙끙대며 막아서고 있는 게 보였다. 차 형사가 얼른 뛰어나가 함께 기자들을 막았다.

케이가 포천에서 데려온 참고인을 김 형사로부터 인계받았다. 차 형사가 기자들을 향해 브리핑을 시작했다. 케이는 사무실로 들어온 뒤 창 블라인드를 모두 내렸다. 남자는 당황한 빛이 역력했다. 아니, 그것은 그를 바라본 사람의 착각일지도 모를 일이었다. 당황한 것은 오히려 팀원들이었다. 사내는 사무실 입구에 선 채로 침착하게 사무실 안을 조용히 둘러보며 서 있었다. 정 형사가 다가가 그를 소파로 안내했다.

"성함이 어떻게 되시는지?"

케이가 마주 앉으며 담배를 입에 물고 물었다. 담배를 입에 물었지만 불을 붙이지는 않았다. 남자는 케이가 묻는 말에는 대답하지 않은 채 한 손을 점퍼 호주머니에 넣고 주위를 찬찬히 두리번거렸다. 남자가 엉거주춤 자리에 천천히 앉았다.

"목사님이시라면서요. 손은 어쩌다가……."

케이가 다급하게 다시 묻자 정 형사가 뒤에서 가만히 그의 등을 그만하라는 듯 두드렸다.

"차 한잔하겠어요?"

정 형사가 말했다. 남자는 대답하지 않았지만 정 형사는 차를 가지러 갔다. 케이는 어느새 끊었던 담배를 피우고 있었다. 그조차 인지하지 못했다. 케이가 연기를 허공에 내뿜으며 남자를 빤히 바라보았다. 케이는 남자의 모습을 구석구석 살펴보았으나 큰 특징 없이 평범했다. 남자는 케이와 비슷한 또래거나 조금 젊어 보였고 상고머리에 가르마를 타서 가지런하게 빗어 넘겼다. 가는 테 안경을 썼으며 몸에서는 좋은 냄새가 풍겼다. 전체적으로 단정한 느낌이었다.

그는 맨발에 하얀색 스니커즈를 신고 있었는데 케이의 시선이 그의 발목에 이르렀을 때 남자가 무겁게 입을 뗐다.

"저는 아무 죄도 없습니다. 이곳에 데리고 온 이유가 뭡니까?"

남자의 음성은 차분했고 가라앉아 있었다.

"이유야 물론 있지요. 당신의 잘린 손이 시내 한복판에서 발견되었으니까요. 직접 손을 잘라서 누군가에게 줬다고 들었어요. 그런데 자기 손을 자른 것은 죄가 안 되지만, 그 손이 청계천에 버려지고 발견된 것은 죄가 됩니다."

남자가 시선을 아래로 떨구었다.

"무슨 죄가 되는데요?"

케이는 순간 당황했다. 미처 준비하지 못한 부분을 가장 먼저 남자가 지적했다.

"긴장하지 말고요. 천천히 합시다. 일단 차 한잔하세요. 손을 가져간 사람이 궁금해서 모셔 온 것이니 걱정하지 않아도 됩니다."

케이가 오히려 당황해서 말을 얼버무렸다.

"저는 긴장하지 않았고 걱정도 안 합니다. 그건 반장님 마음 아닙니까?"

케이는 속마음을 들킨 것처럼 뜨끔했지만 태연한 척했다.

"……저는 아무 말도 하지 않을 겁니다. 그러니 괜한 수고 하지 마시고 돌아가게 해주세요. 기회를 드리겠습니다. 제 몫의 일을 다 했으니 더는 이런 일에 엮이고 싶지 않습니다."

남자가 분위기를 압도하고 있었고 케이는 점점 그의 말에 휘말렸다.

"당신 몫의 일이요? ……그러니까, 저희가 궁금한 것이 그런 것입니다. 기회는 저희 쪽에서 드리도록 하죠. 그러니 협조 좀 해주세요."

케이는 눈을 반짝이며 마음을 감춘 채 남자를 달래듯 말했다.

"변호사를 부르겠습니다."

남자가 천천히 전화기를 꺼내 탁자에 올려놓았다. 그러더니 어딘가로 전화를 걸었다. 케이의 바람과는 다른 쪽으로 남자의 말과 행동이 움직이고 있었다.

"그렇게 하세요. 전화하기 불편하면 제가 대신 걸어드릴까요? 그러게, 손을 왜 잘라선……."

케이가 시치미를 떼며 거들었지만 남자는 그의 말을 신경 쓰지 않았다. 남자는 한 손으로 전화를 하는 것조차 어려워 보였다.

"괜찮습니다. 그 정도는 할 수 있어요."

케이는 남자가 누르는 전화번호를 유심히 보고 슬쩍 메모해두었다. 그사이 정 형사가 남자에게 차를 건넨 뒤에 자기 책상으로 돌아갔다. 케이가 정 형사를 바라보자 그는 계속 진행하라는 사인을 보냈다. 케이가 손으로 마이크 잡은 모양을 남자의 눈을 피해 슬쩍 취하자 정 형사가 고개를 끄덕였다.

"변호사가 올 때까지 아무 말도 하지 않겠습니다."

"그럼요, 그럼요. 편한 대로 하세요. 신문하는 것이 아니니 얼마든지 권리를 행사하셔도 됩니다. 그런데 저희는 손을 직접 잘랐다는 것도 믿을 수가 없고, 그 손을 누군가에게 건넸다는 말도 믿기지 않아요. 그 점에 대해서 확실한 답변을 주고 가야 합니다. 그 전엔 저희도 양보 못합니다."

남자가 빙긋이 웃었다. 그는 케이가 하는 말을 별로 신경 쓰는 눈치가 아니었고, 휴대전화만 만지작거리며 아무 말도 하지 않았다. 잠시 후 브리핑을 마친 차세영과 한채연이 사무실로 들어왔다. 멀찍이 서서 케이와 남자를 바라보았고 차 형사가 조심 다가와 케이에게 귓속말을 했다. 케이가 고개를 끄덕이며 일어섰다. 정 형사가 자리에 앉았고, 나머지 팀원들과 케이는 별실로 자리를 옮겼다. 열어놓은 문틈으로 케이가 남자를 바라보았다.

"도대체 뭘까?"

케이가 혼잣말처럼 말했다.

"오는 동안 정말 한마디도 하지 않았어요."

김세영이 수첩을 꺼내어 남자에 대해 간단한 브리핑을 시작했다.

"이름은 정훈석이고요. 마을 사람들 말로는 오십대 중후반쯤 되었을 거라고 합니다. 포천 은성교회에서 목회를 시작한 지 20년 가까이 되었고요. 한때는 신도가 꽤 많았다고 하는데, 근래에 아예 교회 문을 닫았다고 하더라고요. 벌써 1년이 넘었답니다. 그런데, 목사가 갑자기 신도들을 모두 교회에 못 나오게 했답니다."

"아니 왜?"

"그게 확실치가 않아요. 더 알아볼게요. 어쨌든 그간 두문불출한 모양이에요. 마을 사람들하고 왕래도 별로 없었대요. 그리고 아내와 딸이 있었는데 안 보인 지 꽤 되었답니다."

"사라진 여자들도 있다고요?"

한채연의 목소리 톤이 높아지자 멀리 떨어져 있던 남자가 고개를 돌려 쳐다보았다. 케이와 눈이 마주쳤다.

케이는 정훈석과 마주한 순간 이상한 느낌을 받았다. 때로 그 느낌이 일을 그르치고, 엉뚱한 방향으로 사건을 몰고 간다는 것을 알고 있었지만 어쩔 수 없는 일이었다. 남자가 무슨 일을 했는지는 알 수 없었으나 평범하지 않은 사람임에는 분명했다. 알 수 없는 일이었으나 케이는 그런 강렬한 느낌을 받았다.

"한 형사는 사라진 가족들 알아보고, 차 형사는 취조 준비해."

"취조라뇨? 적용할 범죄명이 없다고 말씀드렸는데."

"그러니까 다른 방법을 좀 찾아보라고 했잖아. 뭐라도 알아내야지."

"반장님, 이거 불법이에요. 간단히 참고인 조사하고 돌려보내야 합니다."

"그러니까, 참고인 조사를 하든, 뭘 하든 다른 방법 찾아보라고. 김 형사는 다시 포천으로 가서 정 목사에 대해 더 알아봐. CCTV 같은 것도 뒤져보고."

케이는 전에 없이 엄청난 의욕이 생겼다. 이게 순수한 열정이 되살아난 것인지 단지 병증인지 자신도 알 수 없었다. 어쨌든 그는 흥분 상태였으며 점점 두근거림이 심해졌다.

"근래 CCTV가 소용 있을까요? 손이 발견된 것도 반년이나 지났는데?"

김세영이 반문했지만, 케이는 대답하지 못했다. 차세영이 김세영에게 가만히 눈짓했다. 케이는 가슴이 진정되지 않으며 울렁거리기 시작했다. 답답해지면서 눈앞이 노래졌다. 그는 얼른 약 한 봉지를 입에 털어 넣었다.

"반장님, 괜찮으세요?"

팀원들이 물었고 그는 고개를 가로저으며 담배를 입에 물었다.

"반장님 담배 다시 피워요?"

차세영이 물었고 케이는 그제야 자신이 담배를 피우고 있는 것을 알았다는 듯 손에 들고 있는 담배를 내려다보았다. 길게 담배 연기를 뿜었다.

"선배님, 어때요, 얘기 좀 나누었어요? 저 사람? 이상한 느낌을 풍겨요."

케이가 취조실에서 나온 정 형사에게 물었다.

"아무 말도 안 해요. 제가 뭘 아나요. 그냥, 평범해 보이진 않는데. 이상한 게 있다면 향수를 너무 뿌렸어요. 냄새가 진동한다는 거? 그 냄새 때문에 이성적으로 뭔가를 생각하기가 힘들 정도예요. 냄새에 취한 느낌이 들어요."

정 형사의 말대로 그가 뿌린 향수 냄새가 사무실 전체에 진동했다.

"그렇죠? 꼭 오늘을 준비하고 있던 사람 같아요. 너무 필요 이상으로 단정하고."

"팀원들에게는 아직 말 안 했죠?"

케이가 정 형사를 바라보며 물었다.

"네, 아직 아무 일도 일어나지 않았으니까요."

"트위터엔 별 얘기 없어요?"

"네, 잠잠합니다. 그나저나 저 사람 어떡하실 겁니까?"

정 형사가 조용히 속삭였다. 케이가 곰곰 생각에 잠겼다. 그러다가 생각났다는 듯 약봉지 하나를 더 뜯어 입안에 털어 넣었다.

"만약, 선배님 말씀이 맞는다면 그들은 왜 저 사람에게서 손을 잘라서 가져갔을까요?"

"보통 상해에는 목적이 있지 않습니까. 죽이고 싶고 때리고 싶은 마음도 목적일 수 있으니까요. 무슨 연관이 있겠지요. 아무 말도 하지 않는 이유가 있을 겁니다. 협박당한 두려움이 커서 그런 것일 수도 있을 테고요."

정훈석은 열어놓은 문 너머로 케이와 정 형사를 태연하게 바라보았다.

발견된 손에 매니큐어가 칠해져 있고, 손톱 정리가 잘 되어 있었던 것을 떠올리면 현재 정훈석과 잘린 손은 전혀 연결이 되지 않았다. 지난 반년 동안 팀원들이 찾아 헤맸던 곳과 현재 펼쳐진 상황의 지대가 너무도 커서 어떻게 길을 바로잡아야 할지 알 수 없었다. 케이는 말도 통하지 않고 아는 사람도 전혀 없는 낯선 나라에 와 있는 느낌이었다. 케이는 울렁증이 더욱 심해졌고 불안함도 커졌다. 그는 술 생각이 간절해졌지만, 가까스로 참고 있었다.

"어떡할까요? 변호사 오기 전에 몇 가지 물어볼까요?"

차세영이 사건 파일을 들고 왔다.

"불법이라며. 괜찮겠어?"

"불법도 잘 숨기면 합법이 되잖아요. 제일 쉬운 게 불법, 그다음은 편법. 합법이 가장 힘들잖아요."

차세영이 조금 전과는 다른 태도로 답했다. 케이가 조금 놀란 눈으로 차 형사를 바라보았다.

"너도 많이 변했다. 나 때문이니?"

케이가 다정하게 물었다. 차 형사는 알 수 없는 묘한 표정으로 케이를 바라보았다.

임시로 마련된 취조실에 차세영이 정훈석과 마주 앉았다. 밖에서 케이와 팀원들이 반투명 창을 통해 안을 관찰했다.

"말씀드렸는데요, 변호사 오기 전까지 아무 말도 하지 않겠다고요."

"네, 정식으로 뭘 조사하려는 것이 아니에요. 말 그대로 참고인 조사예요. 그냥, 협조를 부탁하는 것뿐입니다."

정훈석이 가만히 고개를 끄덕이더니 차세영을 지긋이 바라보았다. 차세영은 정훈석이 자신을 건너보는 느낌을 받았다. 그러니까 자기를 보고 있다기보다 그 너머에 있는 무엇을 초점 없이 바라보고 있는 듯한, 자신을 통과해 아득히 멀리 떨어져 있는 무언가를 보고 있는 것 같았다.

"목회하신 지는 얼마나 되셨어요?"

"아무것도 말하지 않겠다고 했습니다. 특히 당신하곤 나눌 얘기가 없어요. 사건하고 관계없는 얘기이기도 하고요."

정훈석은 표정의 변화 없이 건조하게 말했다.

"당신의 잘린 손을 가져간 사람들을 알려주실 수 있겠습니까? 손목을 자른 이유도요."

"대답할 이유가 없습니다."

차세영이 서류철에서 사진을 한 장 꺼내 정훈석에게 내밀었다.

"청계천에서 발견된 당신 손 때문에 한바탕 큰 소동을 겪은 것을 아시잖아요. 그냥 넘어갈 수 있는 일이 아닙니다."

정훈석은 차세영이 내민 사진을 보지 않았다. 시선을 차세영에게 고정한 채 꿈쩍도 하지 않았다. 차세영이 내민 사진에는 기괴한 모양의 정훈석의 손이 있었다.

"……제가 상관할 바가 아닙니다. 제가 버린 게 아니니까."

정훈석은 자신이 말한 대로 아무런 정보를 주지 않았다.

"정 선생님께서는 손은 직접 스스로 잘랐고 자른 손을 누군가가 가져갔다고 했지만, 그걸 직접 증명하셔야 합니다. 그 말이 증명되지 않으면 본인이 직접 버린 게 되니까요. 그것은 죄가 될 수도 있습니다. 물론 목사님의 말을 믿습니다. 사진을 보시면 알겠지만, 목사님의 손이 한 손으로는 만들 수 없는 모양을 하고 있으니까요. 목사님이 한 손으로 이런 모양을 만들었다고는 생각하지 않습니다."

정훈석은 전혀 흔들림이 없었다. 차세영이 원하는 대답을 주지 않고 자기 주도로 대화를 이끌기 위해 논점을 바꿨다.

"우리 법에 그런 게 죄가 되는 경우가 있던가요? 자기 몸을 다치게 한 것이 죄가 됩니까?"

차세영이 당황해서 잠시 아무 말도 하지 못했다. 무엇보다 정훈석의 반응이 의외여서 상식적인 논리를 펼 수 없는 것에 그는 애를 먹었다.

"검토해봐야겠지만 가능성이 있다는 거지 꼭 그렇다는 것은 아니고요. 일부러 사람들을 놀라게 하고 공포심이나 혐오를 주기 위해 그런 거라면 문제가 크게 될 여지가 있습니다."

"예나 지금이나 검찰도 그렇고 경찰이란 존재는 겁주는 것 말고는 할 수 있는 일이 없나 보군요. 논리를 세우지 못하니 윽박지르는 겁니다. 그것도 폭력이죠. 가장 하찮은 전개입니다."

정훈석이 피식 웃더니 반투과성 창을 노려보았다.

"저런 창도 너무 식상한 거 아닙니까."

"아무 말도 하지 않겠다더니 말씀 많이 하시네요."

차세영이 웃으면서 말을 건넸지만, 등에선 서늘한 식은땀이 흘러내렸다.

"이렇게 정말, 한심해서요. 대화할 수가 없는 겁니다. 비아냥거린 것 말고는 대화의 주도권을 가져올 수 없는 거지요."

그가 말하더니 한 손으로 안경을 벗어 차세영에게 건넸다.

"안경 좀 닦아주겠습니까? 보다시피 한쪽 손이 없어서요."

차세영이 그가 건넨 안경을 화장지로 닦았다.

"변호사가 오긴 오는 겁니까?"

차세영이 정훈석에게서 눈을 떼지 않고 안경을 닦아 다시 건넸다.

"오겠지요. 올 때가 되었습니다. 부탁인데 화장지 말고 옷이나 깨끗한 천으로 닦아주겠습니까? 화장지로 렌즈를 닦으면 먼지가 달라붙어 더 번지기만 합니다."

차세영이 대충 닦은 안경을 정훈석 쪽에 퉁명스럽게 내려놓았다.

"오늘은 그럼 이만 돌아가시지요. 곧 다시 부르도록 하겠습니다."

차세영의 말에 정훈석의 표정이 처음으로 흔들렸다. 밖에서 지켜보는 케이와 팀원들이 더 놀랐다.

"딱히 잡아둘 명목도 없고, 협조도 하지 않는다니 별도리가 없지요. 그만 돌아가세요. 곧 다시 부르겠습니다."

정훈석이 안경을 한 손으로 고쳐 쓰며 안경 너머로 차세영을 넌지시 바라보았다.

"그럼, 서울까지 저를 데리고 온 이유가 뭡니까?"

"저도 아무 말씀 드리지 않겠습니다. 아니, 그럼 안 되죠, 참. 말씀드렸잖습니까. 협조를 구하러 모신 거라고요. 협조를 안 하신다니 돌아가라는 말씀입니다."

정훈석이 한동안 가만히 있더니 천천히 자리에서 일어섰다. 차세영은 팔짱을 낀 채 멀뚱히 그를 올려다보았다.

"변호사 통해서 문제를 제기하겠습니다."

"편한 대로 하시고요. 포천까지 모셔다드려야 하는데 직원 모두가 외근을 나가야 해서요."

"그건 걱정하지 마세요. 알아서 갈 테니."

정훈석이 뒤돌아보지 않고 간이 취조실을 나섰다. 밖에서 있던 케이가 그가 지나가도록 길을 내주었다.

"곧 다시 뵙지요. 그렇게 될 겁니다."

케이가 정훈석에게 말하자 그가 잠시 서서 케이를 돌아보았다.

"우리, 전에도 본 적 있지 않나요?"

정훈석의 말에 케이는 많이 놀랐다. 갑자기 심장이 쿵쾅거리며 불규칙하게 뛰는 것을 느꼈다. 울렁증이 일었지만, 그는 표정 뒤에 감추기 위해 애썼다.

"우리가? 글쎄요. 그랬던가요? 저는 처음 뵙는데요. 이상하네, 내가 흔하게 생긴 얼굴도 아닌데."

케이가 당황한 채로 되묻더니 과장되게 웃었다. 그의 음성이 미세하게 떨렸다.

"아니요, 꼭 정확한 것은 아니고, 그런 것 같은 느낌이 있다는 말이에요. 그냥 한 말에 뭘 그렇게 놀라십니까."

정훈석이 말을 마치더니 피식 웃었다. 그러곤 천천히, 하지만 성큼성큼 걸어서 사무실을 나갔다. 그는 느릿느릿 걸었지만 훤칠한 키 때문에 움직임이 컸다. 단정한 매무새 때문에 사라져가는 그의 뒷모습에도 존재감이 남아 있었다. 그가 밖으로 사라지자 사무실 안은 긴장감이 풀어지며 숨이 트인 것 같았다.

"그냥 보내도 될까?"

케이가 담배를 입에 물며 말했다.

"방법이 없잖아요. 변호사 오면 복잡해질 것 같아서 그랬어요. 살짝 떠보려고 한 것도 있고요."

"그래서 어때?"

케이가 팀원들을 둘러보며 물었다.

"이상해요. 상식적이지 않아요. 손을 잘라서 준 이유가 뭘까요? 그럴 만한 이유를 떠올려보려 해도 짐작이 안 가요."

김세영이 골똘해져서 말했다.

"협박받거나 그런 건 아닌 것 같아. 그나저나 저 생김새에 손톱을 기르고 매니큐어를 바르고 손목을 잘랐다는 게 잘 연결이 안 된다."

한채연이 김세영의 말에 말을 보탰다. 정 형사가 천천히 케이에게 다가와 메모 하나를 전했다.

"정훈석 씨 다시 모셔야겠는데? 정문에 전화해서 얼른 정훈석이 다시 잡으라고 해."

김세영이 재빠르게 움직이며 정문 경비초소에 전화를 걸었다.

"무슨 일이에요?"

케이가 묻는 차세영에게 정 형사가 전해준 메모를 건넸다. 메모에는 '대구 수성못에서 토막 난 양쪽 발 발견'이라고 적혀 있었다.

"연관이 있을까요?"

"잘 엮어봐야지. 연관이 없으면 만들어봐야 하고. 김 형사, 한 형사 일단 아까 말한 대로 좀 움직이고. 정 선배님, 이제 팀원들에게 선배님 준비한 거 말해야겠는데요."

케이의 마음이 바빠졌다. 정 형사가 고개를 끄덕였다. 얼마 지나지 않아서 의경들이 정훈석을 사무실로 데리고 왔다.

"또 무슨 일이에요? 그새 마음이 바뀐 거예요?"

정훈석이 차분한 목소리로 말을 건넸다. 미담반 팀원들이 일렬로 서서 그를 다시 맞았다.

"그건 아니고요. 이제, 참고인이 아니라, 용의자로 전환합니다. 다시 변호사 부르세요."

차세영이 말하자 그의 눈빛이 순간 흔들렸다. 미간을 살짝 찡그리는 것을 케이가 바라보았다.

"그게 무슨 말입니까? 용의자라니요? 제가 무슨 짓을 했다는 말입니까?"

정훈석은 당황한 것이 분명했다. 지금까지와는 다르게 그의 낮았던 음성이 높아졌다.

"정훈석 씨, 다른 사람 발목도 자른 거 아니에요? 아니, 적어도 그들하고 무슨 연관이 있을 수도 있으니, 일단 공동정범 용의자라고 합시다."

케이가 말을 이었고, 정훈석은 놀라서 눈이 커졌다.

"도대체 무슨 말을 하는 거예요? 아무런 증거도 없이 이럴 수 있는 겁니까? 정말, 답이 없는 집단이로군요."

정훈석이 말은 그렇게 했지만 두 손을 앞으로 내밀었다.

뭉뚝 잘린 왼손을 그제야 케이는 처음 보았다.

"수갑을 채울 수도 없겠군요."

정훈석이 웃음 띤 얼굴로 심드렁하게 말했다. 그는 그새 직전과 태도가 달라졌다.

"어디에서 기다리면 되는 거요? 아마 당신들, 이 불법적인 일에 대해서는 책임을 져야 할 겁니다."

정훈석이 차분한 목소리로 말했다. 그의 음성은 낮고 조용했으나 사무실 전체를 울렸다. 아나운서만큼이나 정확한 발음과 좋은 목소리 탓이었다. 사람들에게 전달되는 말의 실체가 다른 사람들과는 분명 차이가 있었다.

"일단 편한 곳에 앉아서 쉬세요. 소파도 괜찮고, 사람들 불편하면 아까 그곳, 취조실에 먼저 가서 기다리고 있어도 되고요. 더 조용한 곳을 원하시면 불편하겠지만 유치장도 있습니다."

케이가 정훈석에게 말하고 있었지만, 그는 이미 간이 취조실로 향하고 있었다. 그의 뒷모습을 케이와 팀원들 모두가 멍하니 쳐다보았다.

"대구에 누가 다녀오는 게 좋을까?"

케이가 간이로 만든 취조실로 들어가는 그의 뒷모습을 바라보면서 말했다.

"제가 갈까요?"

김세영이 말하자 차세영이 바로 말을 끊었다.

"제가 다녀올게요. 김 형사는 포천 쪽을 맡아야 할 것 같으니."

"어쩌지, 저 사람 상대도 네가 해야 하는데."

"그건 반장님이 좀 하세요. 오랜만에 실력 좀 보여주세요."

케이가 피식 웃었다. 그는 예전과는 다른 사람이었다. 그는 정신적인 문제 때문에 심신이 망가졌다. 오랜 시간 겪었던 알코올중독, 공황장애와 우울증을 치료하느라 복용했던 약의 부작용으로 더 큰 어려움을 겪고 있었다. 한때 그도 촉망받는 형사였으나 이제는 번뜩함을 잃어버린 지 오래였고, 조용히 퇴직을 기다리는 퇴물이나 다름없었다.

그는 취조를 시작도 하지 않았는데 벌써 몸이 떨렸다. 경험과 연차가 항상 그가 베테랑 경찰임을 증명하는 것은 아니었다. 그는 분명 능력 좋은 형사였으나 지금은 겁 많고 자주 울렁증이 이는 삶에 지치고, 몸과 마음이 아픈 평범한 중년 남성이었다.

"생각만 해도 벌써 울렁인다."

케이가 씁쓸하게 웃으며 말했다.

"정 형사님이랑 계획을 잘 짜보세요. 도와주실 거니까."

"일단 넌, 대구로 가라. 김 형사, 한 형사는 포천으로 가고. 여기는 내가 정 선배랑 어떻게 해볼 테니."

팀원들 모두가 고개를 끄덕이며 자리를 떴다.

"아시죠? 이틀 이상 안 되는 거요."

차세영이 돌아와서 입 모양으로 작게 말했다. 케이가 고개를 끄덕였다. 그는 의자에 털썩 앉았다. 그의 책상 위에는 아이들 사진이 놓여 있었다. 10여 년 전 아이들이 어렸을 때 사진이었다. 그의 시간은 그때, 마흔 중반에 멈춰 있었다. 술을 마시기 전, 그런대로 무엇이든 견디던 것은 그때가 마지막이었다.

"곧 변호사 온대잖아. 잘해볼게. 너, 대구 일 바로바로 알려줘야 한다. 또 푹 삭혔다가 풀지 말고. 홍어도 아니고, 맛없어, 그런 거."

케이도 작은 소리로 말했다. 차세영이 껄껄 웃었다. 차세영이 인사를 하더니 금세 사라졌다. 차세영이 나간 문을 가만히 바라보던 케이는 가슴이 답답해졌다. 뭐 하나 속 시원하게 풀리는 게 없었다. 정훈석을 취조하는 것도 그랬고, 정 형사가 추적하고 있는 집단에 대한 조사도 마찬가지였다. 그는 동굴 입구에 서 있는 기분이 들었다. 깜깜해서 아무것도 들여다볼 수 없는, 막막함이 가득했다. '아무것도 준비하지 말고, 어떤 것도 의심하지 말고, 무엇도 의도하지 말자.' 그가 주문처럼 속으로 되뇌었다. 그가 오랫동안 품고 있었던 신조였으나, 참으로 오랜만에 떠올려보는 마음이었다.

김현원에게 넷 중 첫째가 찾아온 것은 지난 늦봄, 셋 중 첫째가 다녀간 얼마 뒤였다. 막 여름이 시작되고 있었다. 늦봄 날씨는 정체성을 잃고 여름처럼 일찍 달아올랐다. 사람들의 마음은 아직도 채 누리지 못한 봄에 멈추어 있었고 몸은 일찍 찾아온 더위에 적응하지 못하고 쉽게 지쳐버리기 일쑤였다.

김현원은 셋 중 첫째가 다녀간 뒤 케이 반장을 찾아갔다. 케이는 김현원이 상상했던 것과 다른 인상이었다. 아버지에게 얘기를 들어서 그런 것인지 어딘지 모르게 낯이 익고 친근했다. 그러나 아버지의 말과는 달리 케이는 김현원에게 호의적이지 않았으며 어떻게든 피하려고만 했다. 김현원도 케이에게 도움이 필요하거나 원하는 것이 있어서 찾아간 것은 아니었다. 그저 근래 자신에게 일어난 이상한 일이 조금 두려웠기 때문에 그를 만나러 간 것뿐이었는데 케이는 그에게 냉담했다. 케이는 김현원의 얘기를 받아줄 정도로 시간도 내지 않았다. 아버지가 죽었다는 말을 듣자마자 표정이 참혹하게 일그러지더니 황급히 자리를 떴다. 이후로 케이는 김현원의 전화를 받지 않았다. 김현원은 언제나 혼자였으므로 혼자 해결하고 받아들여야 할 문제라고 생각했다. 아버지가 찰나의 실수로 인생 전체가 어긋난 것처럼 김현원은 자기의 인생도 자신의 의지와는 다르게 한순간에 무너질 수 있다는 것을 잘 알고 있었다. 그는 그것이 조금 두려웠고 그래서 케이를 찾은 것뿐이었다.

날씨는 언제 봄이었던가 싶게 갑자기 후텁지근해졌다. 찐득한 습기가 하루가 다르게 등에 달라붙었다. 그는 치킨 배달 일을 그만두고 택배 일을 시작했다. 일은 고되고 수입은 적었다. 새벽에 출근해서 한밤중에 집으로 돌아왔다. 지쳐 쓰러져 잠에 취했다가 잠이 덜 깬 채 다시 일을 나갔다. 매일 똑같은 일상이 반복되는 것이 오히려 그에겐 불안감을 덜어주었다. 사내아이의 집에서 한 사내를 만나고 난 뒤, 그는 거대한 집단이 자기를 감시하고 있는 것 같은 느낌을 지우질 못했다. 무엇보다 오랫동안 자기를 지켜봐왔다는 것이 그로서는 더욱 두려웠다. 그런 생각이 들 때마다 그는 이상한 감정에 휩싸였지만, 곧 지친 몸 때문에 모든 일들에 무심해졌다.

그는 집 안에 일어나는 미세한 변화를 알아채지 못했다. 하지만 간혹 잘 기억나지 않는 변화를 감지하곤 했는데 그것은 너무 사소한 일들이었다. 전혀 기억할 수 없는 일이었다. 창문을 열어놓았는데 닫혀 있다든지, 수건이 잘 마르게 건조대에 반듯하게 걸려 있는 일이었다. 누가 꼭 집을 들러 작은 표식을 남겨놓은 것 같았다. 하지만 택배 일을 시작한 뒤 그마저도 지치고 피곤한 일상으로 모든 게 무뎌졌다. 기억이 명확하지 않았고, 생각하는 게 귀찮았고 어떤 고민도 소모적인 일이라 넘겨버렸다. 그런 무심한 날이 반복되던 어느 날,

다른 사내가 김현원을 찾아왔다. 넷 중 첫째였다.

　한밤중이었고 잠든 지 얼마 지나지 않은 때였다. 그는 잠결에 누군가 옆에서 자기를 내려다보고 있는 느낌을 받으며 비몽사몽 잠에서 깼다. 옆에서 누군가와 함께 자는 것 같았다. 오래전 할머니의 고른 숨소리 같은 것을 잠결에 느낄 수 있었다. 그가 부스스 눈을 떴을 때 한 사내가 멀찍이 떨어진 채 그를 바라보고 있었다. 그는 잠에 너무 취해서 별로 놀라지도 않았다. 꿈결 같은 비현실적인 일이었기 때문이었다.

　"거기 누구 있어요?"

　그가 잠결에 어둠 속 누군가를 향해 말했다. 그는 가위에 눌렸다고 믿었다. 일어나야 한다고 생각은 했지만, 몸이 따라 주지 않았다. 눈이 자꾸 감겼고, 잠에서 깨어서도 한참을 누워 있었다. 얼마나 시간이 지났을까, 갑자기 정신이 번쩍 들었다. 그는 화들짝 놀라서 벌떡 일어났다.

　"누, 누굽니까?"

　김현원이 되물으며 일어섰다. 불을 켜려 하자 사내가 가만히 손을 들었다.

　"그냥, 이렇게 있지요. 제 얼굴을 보지 않는 게 나중을 위해서 좋을 겁니다."

　남자의 음성은 차분하고 낮았다. 김현원이 놀란 마음을 가라앉히려 애썼다. 사내의 말에 김현원이 천천히 도로 앉았다.

"무, 무슨 일입니까? 저는 보, 보시다시피 가진 게 아무것도 없어요."

김현원이 당황해서 말을 더듬거렸다. 방 안이 너무 어두워서 상대방을 볼 수 없었다. 그는 어둠 속 그것이 무서웠고 두려웠다. 사내가 얼마나 잠자는 자신을 내려다보고 있었던 것인지 생각하자 끔찍한 기분이었다.

"아니요, 김현원 씨는 잘못 알고 있어요. 당신은 당신 생각보다 가진 게 많은 사람입니다. 당신이 둘 중 첫째가 된 이유기도 하고 내가 이렇게 찾아온 원인이기도 하죠."

사내의 목소리는 전혀 감정이 없는 것처럼 건조했다.

"아, 당신이 그 사람이군요. 제가 많이 가졌다니 무슨 말입니까. 저는 아무것도 가진 게 없어요."

김현원은 긴장돼서 몸이 떨렸다. 그의 음성이 갈라지며 쇳소리를 냈다. 김현원은 그가 아님을 느낄 수 있었다. 김현원은 어렸을 적 꼭 한번 보았던 그를 느낄 수 있었다. 김현원의 기억 속에 존재하는 사내와는 그 느낌이 사뭇 달랐다. 어린 시절 자신을 찾아왔던 그 사내의 생김새는 기억 속에서 완전히 사라졌지만, 느낌만은 여전히 선명하게 남아 있었다. 한 새벽 그를 찾아온 사내는 어딘지 그 느낌과는 거리가 멀었다.

"당신은 그가 아니군요. 내가 많이 가졌다는 게 뭡니까?

당신은 알고 나는 모르는, 내가 가진 게 도대체 뭡니까?"

남자가 조용히 내쉬는 숨소리가 두 사람 사이에 놓인 정적을 갈랐다.

"당신은 누구보다 억울함을 많이 가지고 있지요. 또 분노도요."

남자가 한참 만에 대답했다.

"저는 억울하지도 않고, 분노도 없어요. 잘못 알고 있네요."

김현원은 자신이 처한 상황이 이해되지 않았다. 실체를 알 수 없는 사람과 마주 앉아 한밤중에 이런 얘기를 나누는 게 꼭 뭔가에 홀려 먼 길을 따라 나온 느낌이었다. 새벽부터 일을 나가야 하는 현실이 그를 공포에서 건져내고 있었다.

"원하는 게 뭡니까? 할 얘기 있으면 얼른 하고 가세요. 저 새벽에 일 나가야 합니다. 일하려면 조금이라도 더 자둬야 해요."

"내가 원하는 것은 없어요. 당신이 가졌으니, 당신이 원해야 합니다."

"도대체 무슨 말을 하는 겁니까. 내가 원해야 하는 일이라뇨?"

김현원은 사내의 얼굴을 보기 위해 눈을 가늘게 뜨고 어둠 속을 노려보았다. 사내는 방 안 가장 어두운 곳에 무릎을 세우고 등을 벽에 기댄 채 앉아 있었다. 검은 모자를 쓰고 있었고 얼굴의 윤곽도 보이지 않았다.

"당신은 당신이 당한 일에 분노하지 않는 게 문제예요. 당신 아버지도 마찬가지였고 말이에요. 나는 당신과 당신 아버지를 지켜보며 그게 항상 불만이었어요. 그게 당신을 믿지 않는 이유기도 합니다."

사내에게서 좋은 냄새가 났다. 그 향이 독특하면서도 익숙한 것이어서 김현원은 이게 무슨 냄새였던가, 곰곰 생각했지만 떠오르지 않았다. 방 안에 가득 퍼진 사내의 냄새 때문에 현기증이 일 정도였다.

"날 믿지도 않는데 왜 날 찾아온 거요?"

사내의 표정을 읽을 수 없는 것에 그는 다시 두려움을 느꼈다.

"나와는 생각이 다른 분이 계시지요. 나중에 기회가 되면 말해주겠소. 지금은 바람이 있다면 당신이 내 바람과는 달랐으면 하는 거요. 내가 믿고 안 믿고는 별로 중요하지 않아요. 모든 것이 당신의 선택에 달렸으니까."

김현원은 이런 상황 자체에 점점 지쳤다. 사내가 하는 말이 무슨 말인지도 알 수 없었고 무슨 일이든지 그는 그들과 함께할 마음이 없었다.

"그래서 뭘 어쩌자는 거요. 어렵게 얘기하지 말고 알아듣기 쉽게 얘기해봐요. 그럼, 바로 선택할 테니."

김현원의 목소리 톤이 높아졌다. 새벽에 자기가 왜 이런 일을 당해야 하는지 그는 점점 화가 났다.

"말했듯 간단해요. 당신은 우리가 되어야 합니다. 실은, 당신은 선택권이 없어요. 우리가 이미 오래전에 선택한 거니까."

김현원이 잠시 침묵했다.

"조금 전엔 나보고 선택하라고 했잖아요. 내 선택은 뭐든 싫다는 거예요. 그게 내 대답이에요. 저는 새벽에 일을 나가야 합니다. 내일 400개가 넘는 택배를 배달해야 한다고요. 저는 당신처럼 한가한 사람이 아니에요. 그러니 이상한 소리 그만하고 이제, 내 집에서 나가요."

사내의 침묵이 이어졌다. 컴컴한 방 안, 둘 사이에 꽤 오래 정적이 흘렀다.

"이게 마지막 기회예요. 운명을 받아들이지 않으면 후회하게 돼요."

"제가 뭘 잘못이라도 한 것처럼 말하네요. 이미 내 잘못된 운명은 이렇게 살라고 결정되어 있어요. 저를 오랫동안 지켜봤다면서요. 그것도 모릅니까?"

시간이 지나자, 김현원은 한결 마음이 편안해졌다. 아무것도 잃을 게 없다는 것을 금방 깨달았기 때문이었다. 그의 머릿속엔 당장 하루 동안 배달해야만 하는 수백 개의 택배 걱정뿐이었다.

"그렇다면 이미 우리를 만난 게 잘못된 일이에요. 말했듯이 당신은 선택권이 없습니다."

사내의 음성이 날카로워졌다. 김현원은 어둠 속에 숨은 사내의 얼굴을 노려보았다.

"당신은 그가 아니에요. 당신 누구예요?"

김현원이 낮은 목소리로 말했고 사내는 대답하지 않았다.

"무슨 일인지 모르지만, 저를 제발 내버려두세요. 그렇지 않으면 가만히 있지 않겠어요."

어둠 속 사내가 작게 소리 내어 웃었다.

"맞아요, 나는 그가 아닙니다. 또 봅시다."

사내는 한참을 그대로 앉아 있다가 천천히 일어섰다. 일어선 사내는 키가 아주 컸는데 지난번 아이의 집에서 봤던 그와는 분위기가 또 사뭇 달랐다. 김현원은 조용히 움직이는 사내의 움직임을 뚫어져라 쳐다보았다. 그것은 정말이지 비현실적이어서 그는 실감이 나지가 않았다. 조용히 현관문을 닫는 소리가 들리자 그제야 그는 참았던 긴 한숨을 내쉬었다.

사내의 말을 정확히 이해한 것은 아니었지만, 느낌이 좋지 않았다. 그래서 김현원은 더 겁이 났다. 무엇보다 이렇게 비밀스럽게 이루어지는 일이 내키지 않았다. 자신의 아버지가 어떤 잘못을 한 것도 아닌데 일생을 교도소에서 보낸 것이 그에게는 트라우마였다. 억울함도 있고 분노도 있었으나 그보다 아버지의 삶이 자신에게도 반복될까 두려움이 앞섰다. 엉뚱한 일에 휘말리면 일생을 교도소에서 보낼 수 있다는 공포가 무엇보다 컸다. 그는 어렸을 적부터 그런 걱정을 안고 살아왔다. 혹여 범법인 일에 휘말릴까, 사람들과 어떤 관계도 만들지 않았고 매사 조심하며 살았다. 범죄자가 된다는 것은 본인 의지만으로 막을 수 없다는 것을 그는 잘 알고 있었다.

"내가 감옥살이를 하면서 가장 많이 생각했던 것은 억울한 것보다도, ……왜 나였을까 하는 것이었다. 그런데 아무리 생각해봐도 그건 답을 찾을 수가 없어. 왜 나였을까, 왜."

아버지가 언젠가 했던 말이 떠올랐다. 하지만 그런 운명도 결국 스스로 선택하는 것이라고 김현원은 믿었다. 잘못된 선택이 자신의 인생은 물론 그와 관계된 모든 사람의 인생마저 한 번에 무너뜨리는 멍청한 짓이라고, 그는 아버지를 보며 깨달았다.

김현원은 이런저런 생각 끝에 뜬눈으로 이른 아침을 맞았다. 장마가 시작되고 있었다. 그는 출근하며 케이에게 전화를 걸었다. '어려운 일이 생기거든 케이 반장을 찾아가라.' 아버지의 그 말이 꼭 유언처럼 그에게 남았다. 아버지는 똑똑하지 못한 사람이었지만 이런 일이 생길 줄 알고 그런 말을 했던 것이 아닐까, 하는 생각이 들었다.

케이는 여느 때와 같이 그의 전화를 받지 않았다. 김현원은 케이에게 바라는 바가 없는데도 그런 취급을 당했다. 하지만 그는 개의치 않았다. 그가 어렸을 적부터 타인들에게 평생 받아온 반응들이었기 때문이었다. 가까운 친척이건 그를 관리하던 공무원이건 간에 그가 전화하거나 찾아가면 일단 선을 긋고 피하는 게 먼저였다. 혹여 무슨 도움이라도 요청할까, 미리 선을 긋고 그를 대했다. 그에게 아무것도 가진 게 없다는 것은 아무런 존재가 아니라는 말과 같았다. 그는 도움을 구하고자 한 것이 아니라, 단지 외로워서 찾아간 것뿐이었다. 정말 아무도 없어서 연락하거나 만나러 간 것뿐인데 사람들은 그를 일단 외면했다. 단 한 번도 누군가를 곤란하게 하거나 도움을 요청한 일이 없는데도 사람들은 그를 약속이나 한 듯이 그렇게 대했다. 그런 면에서 케이도 마찬가지였다.

그럼에도 김현원은 케이에게 문자를 남겼다. '반장님, 시간 나실 때 전화 부탁드립니다. 드릴 말씀이 있습니다.' 문자를 보내고서는 너무 이른 새벽에 그에게 연락한 것 같아 찜찜했다. 생각이 미치자, 그는 문자 하나를 더 보냈다. '아버지 일이 아닙니다. 오해하지 말아주세요.' 그렇게 문자를 보내놓고 보니 내용이 이상해진 것 같았다. 김현원은 케이를 직접 만나야 할지 고민스러웠다, 하지만 일을 쉴 수가 없었다.

그는 새벽에 나가서 밤늦게까지 택배 일을 했으므로 곧 바쁜 일상으로 빠져들었다. 매일 케이에게 연락하고 문자를 보냈으나 닿지 않았다. 그도 답장 없는 케이에게 점점 지쳐갔다. 케이를 만나서 이런 일을 알렸다면 정말 아무 일도 일어나지 않았을까, 김현원은 후에 생각했다. '왜 나일까.' 끊임없이 스스로 물었지만, 답을 찾을 수 없었다. 아버지가 평생 스스로 던졌던 질문이 결국 자기 인생으로 흘러든 기분이었다.

케이로부터 답장은커녕 전화도 오지 않았다. 시간은 흘러 여름의 한복판에 이르렀다. 모든 일이 습한 장마에 무너지고 무뎌졌다. 긴장감은 사라졌고 찐득한 습기가 모든 것을 무감각하게 만들었다. 봄과 초여름에 있었던 그 일을 다 잊어갈 때쯤 결국, 그들 무리가 김현원을 다시 찾아왔다. 그는 아무런 저항을 할 수 없었다. 그는 여전히 혼자였고 그들은 우리였다. 그들을 다시 만났을 땐 그들의 일원이 되는 것 말고는 이젠 할 수 있는 일이 아무것도 없다는 것을 깨달았다. 그들이 곧 자기라는 것을 알게 되었다. 그들을 만났을 때 이미 일은 벌어져 있었다. 되돌릴 수 없는 운명처럼, 이미 그렇게 되어 있었다.

김현원은 택배 일을 그만둔 뒤 고향 집을 정리하고 서울

로 갔다. 아버지와 할머니의 유골함을 마당을 깊이 판 뒤 묻
었다. 그의 두 번째 인생이 시작되고 있었다. 그는 긴 장마
끝 여름 같은 가을 앞에 서서 새로운 인생을 맞고 있었다.

4.

정 형사가 몇 달간 추적하고 있던 일에 성과가 있었다. 우려했던 일이 실제로 대구에서 일어났기 때문이었다. 하지만 익명의 SNS에서 사람들의 신상을 알아내는 것은 쉽지 않았다. 당장은 정훈석과 그들과의 연관성, 청계천 사건과 수성 못 사건의 관련성을 밝히는 게 수사의 첫 과제였다. 정 형사는 트윗의 내용을 근거로 정훈석과 그들과의 공모에 질문의 방향을 잡았다.

정훈석을 취조실에서 온종일 기다리게 하며 하루를 그냥 보냈다. 케이는 하루가 지났지만, 취조를 시작하지 않았다. 그것은 심리적인 압박과 동시에 심문을 준비할 시간을 갖기 위해서였다. 하지만 시간이 지날수록 더욱 초조해지는 쪽은 케이였다. 정훈석은 지친 기색 하나 없이 온종일 평온하게 앉아 있었다. 그는 주로 기도나 명상을 하듯 눈을 감고 있었다. 보통 용의자들은 그 시간을 기다리지 못하고 자처해서 형사를 부르거나 변명을 늘어놓으며 술술 자기 얘기를 풀어놓기 마련이었지만 정훈석은 달랐다. 그가 불렀다던 변호사는 결국 오지 않았다. 부르지 않은 것인지, 변호사가 변호를 거부한 것인지는 알 수 없었으나 정훈석은 신경 쓰지 않는 모양이었다.

다음 날 케이가 결심한 듯 취조실 안으로 들어갔다.

"변호사를 더 기다려야 하나요? 식사는 하셨어요?"

케이가 드디어 그와 마주 앉았다. 정훈석이 눈을 뜨고 아래로 향했던 시선을 천천히 케이에게 돌렸다. 그는 아무 말을 하지 않았다.

"잘 쉰 모양이네요. 이곳이 안락한 모양입니다."

그는 하루를 간이 취조실과 유치장에서 보냈지만 처음 왔을 때와 별 차이 없이 말끔한 모양새였다.

"흡혈귀라도 됩니까? 전혀 변화가 없네요."

케이가 말하더니 껄껄 웃었다. 정훈석이 무표정하게 케이를 바라보았다. 그는 지친 기색도 없었고 흐트러짐도 전혀 없었다. 그는 꼿꼿하게 허리를 세우고 앉아서 벽 너머를 바라보고 있었다.

"변호사는 오지 않을 겁니다."

정훈석이 한참 만에 입을 뗐다.

"그럼, 어떡할까요? 더 기다릴까요? 그냥, 시작할까요?"

"어디 해보시죠."

정훈석의 입가에 슬며시 미소가 번지는 것을 케이가 바라보았다. 케이도 그런 정훈석을 보며 살짝 웃어주었다. 두 사람은 한동안 말없이 서로를 바라보기만 했다. 둘 사이에 긴장감이 가득했다. 케이는 참으로 오랜만에 현장에 돌아온 느낌이 들었다. 그는 오랜 시간 강력반에 근무하긴 했지만, 미담반으로 오기 전 꽤 오래 내근하며 서류 정리를 하고 현장을 돕는 일을 주로 했었다. 용의자를 직접 심문하는 것은 참으로 오랜만이었다.

"케이 반장님은 긴장하면 쓸데없는 말을 너무 많이 하는 게 흠인 것 같습니다."

정훈석이 먼저 입을 열었다. 케이는 조금 당황했다. 간이 취조실 밖에서는 정 형사가 두 사람의 대화를 모니터링하고 있었다.

"꼭 긴장해서라기보다 제가 원래 말이 좀 많아요. 정훈석씨, 먼저 신상 확인하겠습니다."

케이가 빠르게 정훈석의 신상을 읽어나갔다. 김세영과 한채연 형사가 보내온 자료들이었다. 그러다가 한 대목에서 케이는 멈칫했다.

"아버지가 간첩이셨네요?"

정훈석은 여전히 아무런 흔들림도 없었다. 넌지시 그를 바라보기만 했다.

"뭐가 잘못됐습니까?"

"실화도 어부 간첩, 이 사건은 재심 청구해서 무죄를 받지 않았나요?"

정훈석은 여전히 표정의 변화도 아무런 움직임도 없었다. 케이가 하는 말을 잠자코 듣고 있었다.

"신학을 전공하셨고, 목사가 되셨고, 은성교회에서 서른다섯에 부임했네요? 아, 나랑 동갑이네."

정훈석은 다른 생각을 하는 것인지 케이의 말을 듣고 있는 것인지 모를 만큼 표정의 변화 없이 침착하게 케이만 바라보았다.

"아니, 아무 대답도 안 할 생각이에요? 이러면 곤란합니다."

"아니요. 적극적으로 협조할 생각입니다."

의외의 대답에 케이가 정훈석을 빤히 쳐다보았다. 그의 표정을 읽을 수 없어서 케이는 조금씩 조급함이 밀려들었다.

"대답하지 않아도 되는 것이어서 말 안 한 것뿐입니다. 반장님은 다 알고 있고, 굳이 묻지 않아도 될 것들만 묻고 있으니까요. 질문을 하시죠. 알고 있는 것을 묻지 말고."

케이가 쥐고 있던 볼펜을 딸각거렸다. 초조할 때면 나오는 버릇이었다.

"질문이란 게 말이에요. 진짜 궁금한 것은 묻지 않는 거거든요. 가장 묻고 싶은 말에 대한 대답은 정해져 있잖아요. 듣고 싶은 대답이 보통은 이미 있잖아요. 그래서 대답은 듣는 게 아니고 느끼는 거예요. 다른 얘기를 통해서 듣고, 여기로 느끼는 거죠."

케이가 자기의 가슴을 가만히 손으로 짚었다. 그럼에도 정훈석은 미동조차 없었다. 허리를 꼿꼿하게 세운 바른 자세와 평온한 표정으로 케이의 얼굴만 바라보았다. 그의 표정에 옅은 미소가 살아 있었다.

"그래서, 손은 왜 잘랐어요?"

케이가 틈을 주지 않고 물었다.

"가장 궁금한 건 묻지 않는다면서요."

정훈석이 고개를 숙이며 웃었다.

"가장 궁금한 게 아니어서 묻는 겁니다."

케이가 정훈석을 노려보며 말했다. 정훈석이 고개를 들며 주머니에 넣고 있던 손을 빼더니 책상 위에 모았다. 한 손으로 잘린 뭉툭한 손을 감싸 쥐었다. 잘린 면의 상처는 어느 정도 나았지만, 아직 완전하게 아물지는 않아서 벌겠다. 케이의 시선이 정훈석의 잘린 손으로 향했다.

"그건 아주 개인적인 일입니다. 자세히 말씀드리지 못하지만, 후회와 반성, 참회의 과정 같은 거라고 말할 수 있겠네요. 손을 자른 이유로는 그것만으로 충분하지 않습니까? 반장님도 해보세요. 잘라내보면 그 후회나 반성의 존재가 여실히 드러납니다. 없애보면 있었던 게 드러나지요. 처음엔 굉장히 간지러웠어요. 새살이 돋아나서 그런가 싶었는데, 그건 잠깐이고 엄청난 통증이 밀려오기 시작합니다. 그러니까 간지러움보다 이상한 일이 생긴 겁니다. 들어봤겠지만 환상통이 실제로 있더군요. 손이 저리고 아픈데 이미 잘려나가고 없습니다. 너무 시려서 보면 버려지고 존재하지 않는 손입니다. 손은 잘리고 없지만 머리는, 마음은 그렇지 않은 것이죠. 마치 아직도 그 신경들이 연결된 것처럼, 떨어져나간 손이 다시 몸에 붙기 위해 애쓰는 것처럼 그러합니다. 몸과 몸, 서로가 아파합니다. 제 의지나 생각이나 느낌과는 아무 상관없이 말입니다. 신기하죠?"

케이가 정훈석의 뭉툭한 손과 그의 눈을 번갈아 바라보았다. 정훈석은 잘린 면을 다른 손으로 꾹꾹 눌렀다.

"목사님이라 말씀이 유려하네요. 어쨌든 손을 자른 이유는 그렇다 칩시다. 손은 누구에게 주었습니까?"

정훈석이 소매를 당겨 잘린 손목을 감추었다.

"가장 궁금한 것은 듣는 게 아니고 느끼는 거라고 조금 전

반장님께서 말했는데, 이것도 궁금한 게 아니어서 묻는 겁니까?"

케이가 빙긋이 웃음을 지었다. 맞는 말이기도 했고 아니기도 했기 때문이었다. 케이가 물끄러미 그를 바라보며 대답을 기다렸다.

"저기, 안경 닦을 것 좀 주시겠습니까?"

정훈석이 가는 안경테를 벗어 책상에 올려놓으면서 말했다. 케이가 밖을 쳐다보며 눈짓했고 정 형사가 안경 닦는 천을 들고 들어왔다. 돌아서는 그를 정훈석이 불러 세웠다.

"정형배 형사님, 안녕하십니까. 오랜만입니다."

정 형사가 멈칫 서더니 돌아보았다. 두꺼운 안경 뿔테를 손가락으로 밀어 올리며 정훈석을 유심히 바라보았다.

"저를 만난 적이 있습니까?"

"안경 좀 닦아주시겠어요? 보다시피 제가 어려움이 많습니다."

정 형사가 천천히 다가와 그의 안경을 닦아주었다. 케이가 물끄러미 두 사람을 쳐다보았다. 간이 취조실 안에 정 형사가 숨을 고르는 소리가 유난히 크게 울렸다.

"밖에 있지 말고 여기서 같이 얘기 나누시지요."

케이가 고개를 끄덕였다. 정 형사가 밖에서 의자를 들고 와서 멀찍이 떨어져 앉았다.

"신학을 공부한 것은 뭐라도 믿어보고 싶어서였습니다. 신은 자기 백성의 억울함을 보고만 있지 않거든요. 진리는 존재하지 않을 때 진리로 존재합니다."

정훈석이 정 형사를 바라보며 말했다.

"진리가 있다면 말입니다. 진리를 알아낼 수 있다면 반대로 거짓된 진리를 물리쳐보고 싶기도 했습니다. 신은 분명 내게 이런 고통을 주는 이유가 있을 테니까요. 케이 반장님은 그런 적 없습니까? 술을 끊지 못한 이유가 그와 비슷하지 않았습니까?"

케이는 대답하지 못했다. 정 형사는 정훈석이 한 말에 기억을 더듬고 있었다. 둘이 나누는 대화에 집중할 수가 없었다. 케이가 의도했던 것과 다르게 상황이 흘러가고 있었다.

"저에 대해서 잘 아시네요?"

"변호사와 통화를 했습니다."

케이가 잠자코 고개를 끄덕였다.

"저는 그런 것엔 관심 없어요. 대부분 범죄자는 자기가 저지른 일에 철학이나 필연적인 이유를 만들어내지만, 그런 것은 실재하지 않거든요. 대부분이 헛소리란 말이죠. 충동적인 자신에게 부여할 당위성을 만들어내려고 애쓰지만, 실체는 달라요. 그냥, 못된 놈들이 만들어내는 변명에 불과한 거죠. 그들은 세상에 부적응한 이유를 그럴듯하게 포장하는 데 애를 씁니다. 당신도 그중 하나인 것 같군요. 자, 어쨌든 좋아요. 이런 얘기도 좋으니 계속 얘기를 해보세요."

"저는 재미없어서 나가보도록 하겠습니다."

정 형사는 당황한 표정으로 자릴 뜨기 위해 일어섰다.

"정형배 형사님, 뭔가 떠올랐습니까? 이거 실망인데요. 한때 정 형사님에게 걸리면 빠져나올 방법이 없었는데 말입니다. 증거 조작의 달인 아니었습니까? 지금, 그 능력이 발휘될 때인 것처럼 보이는데요."

정훈석은 정 형사에게 얘기하고 있었지만, 케이에게서 시선을 떼지 않았다.

"그건 범인들이나 하는 얘기 같네요."

정 형사가 크게 당황하며 말했다. 들고 앉아 있던 의자를 들고 서둘러 방을 나갔다.

"그것도 변호사가 말해준 겁니까?"

케이는 정훈석이 실수를 하고 있다고 생각했다. 그가 하는 말 중에서 정 형사에 대해 알고 있다거나, 케이 자신에 대해 말하는 것은 정 형사가 수집한 정보와 연관성이 있다는 말이기도 했기 때문이었다.

"물론입니다."

"잘하고 있습니다. 가만 보니, 정훈석 씨는 자기의 능력이 무시당하는 느낌이 드나 봐요. 알은체하지 못해서 안달이 난 사람처럼 보입니다. 혹시 담배 태웁니까? 목사님이시니 그런 것은 안 합니까? 저는 실례 좀 하겠습니다."

케이가 소리 내어 웃으며 담배에 불을 붙였다.

"반장님은 요즘도 공황 증세 심하세요? 그 약들은 부작용이 많아요. 오래 먹게 되면 반드시 길항작용이 일어납니다. 신기하죠? 불안하고 우울한 마음을 없애려고 약을 먹는데, 그 약들이 점점 증상을 심하게 만든다는 게 말이에요. 우리가 만들어내는 진실도 그와 같잖습니까."

"약은 안 먹은 지 오래됐습니다. 말한 대로 부작용이 심하니까. 진실은 그와 반대지요."

케이가 거짓말을 했고 정훈석은 그 말을 듣고 피식 웃었다. 케이도 따라 웃었지만, 서로가 웃는 이유는 달랐다.

"술을 마시거나 약을 먹거나, 효과는 비슷하죠? 뭐가 잘못됐는지 그 처음을 찾지 못하니까, 낫지 않는 겁니다."

"운명을 핑계 삼아 신에게 모든 것을 내맡기는 것도 마찬가지죠. 죄짓는 사람에게 신은 또 변명거리가 되니까요. 그래서, 그러니까, 손은 잘라서 어떻게 했습니까?"

케이가 잽싸게 화제를 바꾸었다.

"필요한 사람들에게 주었다고 말씀드렸습니다. 그들이 누군지는 모릅니다. 달라는 사람에게 주었습니다. 부탁을 받았고 들어줄 수 있는 일이어서 들어주었습니다."

케이가 내뿜는 담배 연기가 취조실 안을 가득 메웠다. 정훈석이 옷소매로 코를 가렸다.

"담배 냄새를 싫어하나 봐요? 그러니까 그 사람들을 어떻게 만났고, 어떻게 생겼고, 누군지 말씀해달라는 겁니다."

"담배 연기가 좋은 냄새는 아니죠. 뭔가를 태운다는 것은 깨끗해지는 일인데, 담배는 그렇지 않잖아요. 지저분하기도 하고. 환기를 좀 해주겠습니까? 숨을 쉬기 힘듭니다."

"이렇게 얘기를 잘하시는 분인 줄은 예상하지 못했는데, 대화가 순조롭게 진행되는 것 같네요."

케이가 담배를 문 채 문을 활짝 열며 말했다.

"협조해야 여기서 나갈 수 있을 테니까요."

"아내와 딸은 어디에 있습니까?"

"개인적인 일입니다. 말할 이유가 없습니다."

"무슨 사고가 났거나 그런 건 아닙니까?"

"제가 아는 한 그런 일은 없습니다."

"그럼, 말씀해주실 수 있잖습니까."

"별일 없이 잘 있다고만 말씀드리겠습니다. 이번 일과 상관없는 사람들이니 그만하시죠."

"이번 일이란 뭘 말하는 겁니까?"

"여기에 오게 된 일을 말하는 겁니다."

정 형사가 다시 들어와 케이에게 휴대전화로 사진 몇 장을 보여주었다. 사진은 차세영이 대구에서 보내온 것들이었다. 수성못 가에서 발견된 잘린 발이었다. 그것들은 가지런하게 산책로에 놓여 있었다. 언뜻 봐서는 꼭 벗어놓은 한 켤레 신발처럼 보였다. 케이가 사진을 정훈석에게 내밀었다.

"이게 잘린 발이로군요."

"맞아요. 그런데 당신 손톱에 칠해져 있던 매니큐어와 같은 색이 잘린 발의 발톱에도 칠해져 있네요. 이런 빛깔을 아콰마린이라고 한다면서요?"

정훈석이 케이가 내민 핸드폰 너머로 케이를 멀뚱히 쳐다보았다.

"아콰마린이라, 저는 보석으로만 알고 있었습니다. 아, 색깔이 오묘하죠."

정훈석은 사진을 가만히 바라보았고 케이는 그런 그를 유심히 관찰했다. 두 사람은 한동안 침묵으로 서로를 바라보기만 했다. 두 사람 사이에 가을이 깊어지고 있었다.

가을이었으나 여전히 여름 같았다. 정훈석과 마주 앉은 케이의 등줄기에서 연신 땀이 흘러내렸다. 1차로 진행된 열 시간이 넘는 참고인 조사에도 정훈석은 심적 동요 없이 꿈쩍하지 않았다. 케이도 나름대로 최선을 다했으나 이미 오래전 소멸해버린 체력을 탓할 수밖에 없었다. 케이는 시간이 지날수록 초조해졌다. 정훈석을 잡아놓을 수 있는 시간이 충분하지 않기 때문이었다. 귀중한 하루가 그렇게 허무하게 흘러가고 있었다.

대구로 내려간 차세영으로부터 별다른 소식이 없었다. 포천에서 정훈석에 대해 알아보고 있는 한채연과 김 형사도 마찬가지였다. 정훈석에 대한 정보가 별로 없다 보니 케이는 그와의 대화에서 주도권을 잡을 수가 없었다. 열 시간 내내 케이는 그와 대화 몇 마디 나눠보지 못했다. 기껏 말을 꺼내봐도 정훈석의 입담과 논리에 휘말려 그의 말을 쫓아다니는 데 그쳤다.

아무런 성과 없이, 시간이 쉼 없이 금세 흘러가버렸다. 케이는 지칠 대로 지쳤다. 취조실 안 정훈석 뒤쪽에 달린 미등이 깜빡거렸다. 정 형사가 밖에서 그만 끝내자는 신호를 보내왔다. 정 형사도 마찬가지로 지친 기색이 역력했다.

정훈석은 그들과는 반대로 처음 모습 그대로 흐트러짐이 없었다. 그는 내내 허리를 꼿꼿이 세우고 반듯하게 앉아 있었다. 그는 열 시간 동안 양치를 하기 위해 한 번, 물을 마시기 위해 한 번 쉴 때 빼고는 쭉 곧은 자세로 앉아 있었다. 의자 등받이에 허리를 기대는 법도 없었다. 생각에 잠기거나 침묵할 때엔 손을 책상 위에 가지런히 모은 다음 잘려나간 손이 있던 자리를 다른 손으로 가만히 어루만지거나 안경을 닦았다. 케이는 때마다 그의 그런 행동에 시선을 빼앗기며 집중력을 잃어버리곤 했다.

"오늘은 이만합시다. 배 안 고파요?"

케이가 기운 빠진 목소리로 말했다.

"더우세요? 무슨 땀을 그렇게 흘리십니까?"

정훈석이 케이의 물음에 답하지 않고 물었다. 케이가 볼을 타고 주르륵 흘러내리는 땀을 연신 훔쳤다. 정훈석의 모습과는 대조적이었다.

"현장에 다시 복귀하기엔 체력이 받쳐주질 않네요. 정훈석 씨는 아직 문제가 없나 봐요. 나랑 동갑내기인 것을 사람들이 믿지 않겠어요."

케이가 솔직하게 말하며 웃었다.

"그러게 반장님, 술도 끊고 약도 끊으셔야 합니다. 오래오래 건강하게 살아야 하지 않겠습니까?"

정훈석의 입가에 살짝 웃음기가 어렸다.

"정훈석 씨는 나에 대해 많이 안다고 생각하나 봐요."

정훈석은 멀뚱히 케이를 바라보기만 할 뿐 아무런 표정 변화가 없었다. 케이는 그와 마주 앉은 열 시간 동안 나눈 대화보다 침묵으로 서로를 바라보기만 했던 시간이 훨씬 길었다. 그 탓에 진이 빠져버린 상태였다. 익숙해질 만도 하건만 케이는 시간이 지날수록 점점 더 집중력을 잃어갔다. 보통은 반대 상황이었다. 형사가 취조당하는 용의자나 참고인보다 지치는 것은 드문 일이었다. 케이는 자신을 감추기 위해 애썼으나 실패한 듯했다. 정훈석이 무표정한 얼굴로 케이를 바라보고 있으면 케이는 금방 무장 해제되고 모든 속마음을 들켜버릴 것만 같은 기분이 들곤 했다.

케이를 바라보던 정훈석이 한참 만에 입을 뗐다.

"형사님, 이제 의미 없는 시간 서로 지체하지 말아요. 아무런 증거도 없고, 정보도 없이 저를 잡아놓은 다음, 무작정 제 입에서 무슨 말이 나올지 쳐다만 보고 있지 않습니까. 그건 너무 무지하고 무식한 행동입니다. 만약에 성과 없이 이 시간이 지나가버리면 나중에 혹시라도 정말, 저를 다시 불러들여야 할 때 더욱 난감하지 않겠습니까? 아마, 그때에는 저도 무슨 조처를 취할 테지만 말입니다. 그러니 적절하게 협의를 보면 어떻습니까. 그만 놓아주시지요. 저 안 도망갑니다. 포천으로 찾아오시면 언제든지 협조하겠습니다."

케이는 정훈석이 하는 말을 잠자코 듣고 있었지만, 속으로는 다른 생각뿐이었다. 케이는 새삼 자기와 동갑내기임에도 체력적으로 우위에 있는 그가 대단해 보였다. 뭐든 잡아떼는 범인과 마주 앉으면 종종 되뇌던 말이 뜬금없이 떠올랐다. '악한 놈은 부지런하다.' 케이는 자꾸 엉뚱한 생각에 빠져들었다.

"잠깐, 딴생각하느라 못 들었는데 다시 얘기해주겠어요?"

정훈석의 말을 놓쳐버린 순간이 꽤 많았다. 정훈석의 습관 때문이었다. 그는 말을 시작하기 전 감정을 숨긴 채 꽤 오랜 시간 말없이 상대방의 눈을 바라보는 버릇이 있었다. 물론 말할 때도 상대방의 눈을 똑바로 바라보면서 말했지만, 그는 상대가 시선을 피할 때까지, 무안해질 때까지 기다렸다가 말을 시작하곤 했다. 케이는 그게 일종의 기싸움 같은 것으로 느껴져서 자신도 지지 않고 시선을 맞받아 보곤 했다. 하지만 그건 체력 소모도 크고 소모적인 일이었다. 그러다 보면 케이는 갈피를 잃고 엉뚱한 것에 몰두하게 됐다. 실제로는 그의 말을 듣지 않았다. 다른 생각이 떠오르며 집중력을 잃고 조바심이 일었다. 말의 갈피를 완전히 잃어버리기 일쑤였다. 케이가 완전히 정훈석의 페이스에 말렸다고 생각한 이유였다.

"딴생각하느라 못 들었다고요. 다시 얘기해주겠어요?"

케이는 같은 말을 반복했다. 케이는 그렇게 말하고는 스스로 화들짝 놀랐다. 진심을 말했기 때문이었다. 나름 팽팽하게 유지했던 긴장이 풀려버린 것 같았다. 그는 스스로 좀 당황했다.

"도대체 뭡니까?"

순간 정훈석의 얼굴이 일그러지며 목소리를 높였다. 케이가 그와 마주한 이후 처음으로 보는 감정의 변화였다. 도무지 그가 어떤 생각을 하며 감정에 휩싸이는지 전혀 짐작할 수 없었는데 얼떨결에 큰 수확을 얻은 기분이 들었다.

"미안해요. 어제 세탁하고 빨래를 널지 않았지 뭡니까. 세탁기 안에 빨래가 그대로 있겠구나, 걱정돼서요. 쉰내가 나겠다 싶어서, 퇴근하고 집에 가서 다시 빨아야 할지, 아니면 그냥 널어야 할지 고민하느라 말을 못 들었어요. 신경 쓰지 말고 다시 말해봐요. 꽤 길게 얘기했는데 미안하게 됐네."

케이가 능청을 떨며 키득키득 웃었다. 처음으로 잡은 대화의 주도권이었다. 진작 이것을 깨달았어야 했는데 조금 아쉬운 마음이 들었다. 조사가 시작된 뒤로 정훈석이 처음으로 보이는 빈틈에 케이는 조금 상기되었다. 케이는 정훈석과의 대화가 꼭 야구 게임 같다고 생각했다. 실력 좋은 에이스 투수를 만나 경기 내내 꼼짝 못하고 당하기만 하는 경기 같았다. 이것으로 첫 게임에서 이겼다고 볼 수는 없겠으나 한 이닝 정도는 안타도 치고 도루도 한 셈이었다. 케이는 일부러 실없는 사람처럼 말을 더 던져보고 정훈석의 표정을 살폈다. 케이는 시작된 균열은 막을 수도 있고, 전체를 무너뜨릴 수도 있다고 생각했다. 하지만 정훈석은 만만치 않은 사람이었다. 그는 금방 평정을 되찾고 차분하게 했던 말을 다시 이어나갔다. 케이는 멍하니 그를 쳐다보며 말을 마치기를 기다렸다.

"목사님이라서 그런가, 당신 말은 너무 지루해요. 핵심적인 것만 얘기하면 좋을 것을. 이번에도 반밖에 못 알아들었어요. 말을 끊는 게 예의가 아닌 것 같아 마칠 때까지 기다리곤 했는데, 너무 서론이 길어. 그러니까 결국 협조 잘할 테니까 내보내달라는 거 아니에요? 대답은 안 됩니다,예요. 배고프면 말해요. 잠깐 쉬고 다시 시작합시다."

케이가 천천히 자리에서 일어서며 기지개를 켰다. 몸이 딱딱하게 굳은 것 같았다. 정훈석의 시선이 움직이는 케이를 좇았다. 케이는 미세하게 떨리는 정훈석의 입꼬리를 보며 상황이 반전되는 것을 느꼈다. 케이는 보란 듯 하품을 하며 조사실 밖으로 나왔다.

밖으로 나오니 긴장이 풀리며 다리 힘도 풀렸다. 그는 털썩 의자에 쓰러지듯 앉았다. 정 형사가 케이에게 다가와 물한 잔을 내밀었다.

"아무리 생각해도 이상한 사람이야."

케이가 혼잣말처럼 내뱉었고 정 형사가 고개를 끄덕였다.

"팀원들 모두 사무실로 복귀 중이랍니다."

"차 형사도요?"

"한 시간쯤 전에 출발한다고 문자가 왔어요."

"아니 왜? 뭐 좀 알아낸 게 있나?"

"와서 상의할 일이 있답니다."

정 형사가 차 형사로부터 온 문자를 케이에게 보여주었다.

"차 형사에게 전화 좀 해봐요, 선배님."

"그러지 않아도 여러 번 전화했는데 받질 않습니다."

"한 시간 전에 출발했으면 두세 시간 후면 도착하겠네요?"

"그렇겠죠."

"포천 팀은 뭐 건진 게 좀 있대요?"

"별말 없었습니다."

케이가 양손으로 연신 관자놀이를 눌렀다.

"몇 시간 쉬고 다시 시작해야 할 거 같은데, 만만치가 않아요, 선배님. 정보가 없으니까 자꾸 저 사람 말에 말려요."

케이가 두통약을 입안에 털어 넣었다.

"……아까 저에게 알은체를 하지 않았습니까. 그런데 아무리 생각해도 연결되는 지점이 없어서 이리저리 알아보기도 하고, 기억을 더듬어보기도 했는데, 하나 짚이는 게 있어요."

케이가 바로 앉으며 표정으로 무슨 일인가 물었다. 정 형사는 말은 그렇게 했지만 막상 우물쭈물 머뭇거렸다.

"선배님, 뭔데 그러세요?"

"저 사람 아버지가 간첩 사건 연루됐다고 했잖아요. 실화도 어부 간첩 사건."

"선배님이 그 일하고 관련 있어요?"

"제 기억으로 그런 건 아닌데, 혹시나 해서요."

정 형사가 말끝을 흐렸다.

"선배님, 그거 관련해서 좀 알아봐주세요. 그게 가족 간첩
단이었죠?"

정 형사가 대답하지 않고 한참 뜸을 들였다.

"그랬던 걸로 기억합니다. 아마, 조작이었죠."

정 형사가 말끝을 흐렸다.

"그거 재심 청구해서 다 엎어졌는데, 무슨 관련이 있을까
요? 보상도 꽤 받았을 텐데. 이것 참, 스케일이 점점 커지는
것 같네. 맥을 짚기가 어려워, 정말."

케이가 한숨을 쉬며 자리에서 천천히 일어섰다.

"저, 두통이 심해서 나가서 바람 좀 쐬고 올게요. 애들 오
면 밥 먹고 쉬고 있으라고 해주세요. 저 사람도 뭐 좀 시켜주
고요. 아시죠? 뭐 먹을 거냐고 물어보고 다른 거 시켜줘요.
맛없는 음식으로. 안 먹는다고 해도 순댓국 같은 거라도 넣
어주세요, 선배님."

정 형사가 알겠다는 듯 고개를 끄덕였다.

"밥도 안 주고 조사했다고 또 문제 될라. 그나저나 밥 먹고
저 친구도 좀 졸렸으면 좋겠는데, 전혀 그럴 기미가 없어, 체
력이 너무 좋아. 원래 목사님들이 다 그런가?"

케이가 혼잣말로 농담을 뱉으며 천천히 사무실을 나섰

다. 정 형사가 어깨가 축 처진 케이의 뒷모습을 가만히 바라
보았다.

　김현원이 고향을 떠나며 들고 온 짐이라곤 낡은 가방 하
나가 전부였다. 가방 안에는 아무것도 없었다. 손이 허전해
서 들고 온 것뿐이었지 그는 맨몸이었다. 그 무엇도 가져갈
게 없었다. 전부 버려야만 할 것뿐이었다. 고향에서의 삶을
정리하려고 마음먹으니 아쉬운 게 없었다. 짐을 꾸리며 그는
생각했다. 얼마나 서울에 있게 될까, 무엇이 필요한가, 낡은
옷이며 생활용품 같은 것을 챙기다가, 그는 그만두었다. 마
음이 답답해서 한참을 마당에 나가 앉아 있었다. 오래된 집
은 고되고 아픈 기억만 오롯이 안고 있었다. 여름이 가고 있
음을 알리는 귀뚜라미 울음소리가 요란했다.
　그의 오래된 집, 작은 마당에는 늙은 감나무가 한 그루 있
었는데, 작은 마당에 비하면 감나무는 너무 거대했다. 그의
집에 깃들었던 모든 생명이 사그라지고 떠나갔지만, 감나무
는 여전했고 수십 년을 잘 버티고 무럭무럭 자랐다. 비대해
진 감나무 때문에 그의 집에는 볕이 들지 않았다. 집뿐만 아
니라 마당 전체가 감나무 때문에 사시사철 그늘졌다. 그늘지
지 않는 곳이 없었다. 감나무가 오래된 집 주인인 셈이었다.
　한밤중, 그는 그것을 가만히 바라보다가 감나무를 베기

시작했다. 그는 아무것도, 그 무엇도 남겨놓고 싶지 않았다. 왠지 아버지가 누명을 쓰게 된 원인이, 할머니가 고생만 하다 죽은 것이, 자신의 인생이 쓸쓸하고 외롭기만 했던 이유가 모두 감나무 때문인 것 같았다. 보란 듯이 매년 쑥쑥 자라는 감나무가 내내 못마땅하던 차였다. 가을이면 엄청난 감을 매다는 감나무가 가족들의 운을 빨아먹고, 생의 기운을 먹고 자라 거대해진 것처럼 느껴졌다.

그는 감나무 밑동에 톱질을 시작했다. 얼마 안 가 가슴이 터질 것 같았다. 그는 미친 사람처럼 정신없이 나무를 벴다. 이상하게 눈물이 멈추질 않았다. 그가 한참 하던 톱질을 뚝 멈췄다. 그건 감나무에 너무한 일 같았다. 대신 그는 나무를 타고 올라가 가지를 잘라내기 시작했다. 막 영글기 시작한 감들이 우수수 땅으로 떨어졌다. 그는 밤새 나무에 매달려 쉬지 않고 가지를 잘라냈다. 하염없이 흐르던 눈물이 어느새 멎어 있었다.

그는 꼭 한 번 감나무에 목을 맨 적이 있었다. 할머니가 죽고 몇 년이 지난 뒤였다. 어린 나이였음에도 산다는 게 너무 고되었다. 할머니가 보고 싶고 아버지는 원망스러웠다. 어느 한겨울밤 그는 충동적으로 앙상한 감나무 가지에 목을 매달았다. 오래된 집의 그림자가 그런 그를 묵묵히 지켜보고 있었다. 그는 목에 줄을 감고 담 위에서 힘껏 발을 굴렀다. 줄이 팽팽하게 서며 목이 조여오자, 그는 생각할 겨를 없이 살기 위해 발버둥을 쳤다. 가까스로 다시 담에 발끝을 걸쳐 겨우 살았고, 다시는 그런 마음을 품지 않겠다고 다짐했다. 죽음은 그가 짐작했던 것처럼 낭만적이지 않았다. 죽는 게 사는 것보다 더 어려운 일이라는 것을 깨달았다.

어느새 미명이 물러가더니 서서히 동이 터오기 시작했다. 감나무는 가장 풍성해 보여야 할 때 겨울나무처럼 앙상해졌다. 여름이 가고 곧바로 겨울이 온 것 같았다. 그는 부엌 찬장에 나란히 놓여 있던 할머니와 아버지의 유골함을 가지고 밖으로 나왔다. 이제는 감나무 그늘이 사라진 곳 그것을 묻을 참이었다. 그러곤 간단히 제사를 지냈다. 할머니, 아버지를 마당 한가운데 묻고 보니 그는 이제 아무것도 필요 없다는 것을 깨달았다. 그는 생의 모든 기억마저 고향에 남겨놓고 서울로 왔다.

강남구 역삼동에 그의 숙소가 마련되어 있었다. 그들은 김현원에게 트위터 디엠으로 연락을 해왔다. 그는 역삼동 오피스텔에 들어서는 순간 후회하지 않을 것을 깨달았다. 생각해보면 살면서 자신에게 이런 호의를 베풀었던 사람이 아무도 없었기 때문이었다. 그래서 그는 누군지 모르는 그들을 믿기로 했다.

빈집인 줄 알았던 오피스텔엔 이미 누군가 살았던 흔적이 남아 있었다. 오피스텔은 복층 구조로 2층엔 침실이 있었고 1층에도 두 개의 방이 있었다. 그는 곳곳에 남겨진 누군가의 짐을 치우지 않고 그대로 두었다. 그는 주로 1층 거실에서 지냈다. 일과의 대부분은 그들의 메시지를 기다리는 것이었다. 사는 게 되고 팍팍해서 언제나 바쁘게 살아온 그였다. 그래서 그런지 아무것도 하지 않고 지내는 것이 영 불편했다. 궁금한 것이 많았지만, 질문은 금기사항이었다. 그는 그들이 알려주는 것만 알면 되었고, 시키는 대로만 하면 되었다. 유일한 주의사항과 규칙은 그것뿐이었다. 할 일 없고 무료한 일상이 시작됐다. 무료함은 자꾸 이 집에 살았던 그 누군가를 기다리게 했는데, 그 누군가는 돌아오지 않았다.

그는 하릴없이 오피스텔 근처를 배회했다. 하루하루 조금씩 오피스텔을 중심으로 범위를 늘려나갔다. 누군가 그에게 넉넉한 생활비를 줬고 그것을 모두 쓰게 했는데 그에게는 여간 쉽지 않은 일이었다. 돈을 써야 하는 일이 이렇게 어려운 일이라는 것을 전에는 알지 못했다. 무료함을 물리치기 위한 유일한 요행은 돈을 어떡하면 많이 잘 쓸 수 있을까 하는 것뿐이었다. 살면서 처음 있는 일이어서 그는 적응이 쉽지 않았다.

그는 하루를 보낼 수 있는 루틴을 만들어야만 했다. 그는 매일 한강까지 왕복 네 시간 넘게 걸었고, 몇 시간을 걸어가서 점심이나 저녁을 먹고 왔다. 그는 자주 백화점에서 종일 쇼핑하기도 했다. 온종일 걷는 게 그의 일상이었다. 몇 주 만에 그는 강남 일대를 빠삭하게 알 정도가 되었다.

매일매일 평온한 일상이 반복되는 어느 날이었다.

"그냥, 그대로 있어도 돼요."

남자가 말했고 불을 켜려고 일어서던 김현원이 다시 앉았다. 두 사람은 어둠 속에 가만히 서로를 바라보았다.

"어때요?"

남자가 한참 만에 물었다.

"뭐가요?"

"서울 생활 말이에요."

"조금 지루해요. 이렇게 편하게 지낸 적이 없어서."

김현원은 남자를 경계하며 말했다.

"처음으로 뭔가를 원했어요."

어딘가 목소리가 익숙했다. 느낌이 친숙했다. 곰곰 생각해보니 처음 그를 찾아왔던 사내였다. 셋 중 첫째였다.

"그냥, 좀 궁금해져서요."

그날과는 달리 남자는 김현원에게 친절했다.

"익숙해져야죠."

"익숙해지겠죠."

"짐은 버리세요. 여기 있던 사람은 돌아오지 않을 거예요.

······서울에 아는 사람도 없고 심심하죠?"

김현원은 가만히 고개를 끄덕였다.

"안 심심해요. 고향에서도 원래 아는 사람 별로 없어요."

그가 행동이나 속마음과는 반대로 말했다.

"그래요. 그렇군요."

그러고는 둘의 대화가 잠시 끊겼다. 한참 만에 김현원이
입을 뗐다.

"저, 뭐 좀 물어봐도 돼요?"

"원래는 안 되죠."

김현원이 머뭇대다 입을 다물었다.

"뭔데요? 궁금한 게."

남자가 웃었다. 그의 웃음에는 장난기 같은 것이 서려 있
었다.

"······매달 이렇게 많은 돈을 주나요?"

남자가 피식 웃었다.

"월급 같은 거 말하는 거예요?"

"네, 아니, 다 쓰라고 하니까 말이에요. 뭐. 저도 먹고는 살
아야 하니까."

"뭐 갖고 싶은 것 있어요?"

"뭐가 갖고 싶다기보다, 일한 만큼은 받아야 하지 않겠어
요?"

어둠 속에서 남자가 빙긋이 웃었다. 두 사람은 점점 어둠에 익숙해지고 있었다. 서로의 모습이 익숙해졌다.

"차차 알게 되겠지만 당신은 고용된 사람이 아니에요. 원래 해야 했던 당신 일을 하는 것뿐이에요. 그러니 우리가 가진 것도 다 원래부터 당신 거예요. 그러니까 갖고 싶은 만큼가지면 돼요. 방법은 차근차근 알려줄 테니."

김현원은 도통 이해가 되지 않았다. 세상에 그런 일이 어디 있던가. 한 번도 경험해본 적 없는 호의였으므로 그는 믿기로 했음에도 자꾸 의심이 갔다.

"오늘 특별하게 할 일 있어요?"

남자가 물었다.

"……메시지로 시킨 일은 다 했어요."

남자가 웃었다. 김현원은 멀뚱히 사내를 쳐다보았다. 말은하지 않았지만 무슨 일인가 묻고 있었다.

"뭘 그렇게 놀라요. 친구 소개해주려고 그래요."

"친구요?"

"아, 동지라고 합시다. 여동생이 하나 생겼다고 생각해도좋고."

"여동생이요?"

김현원은 그 단어가 낯설어서 속으로 혀를 굴려보았다. 그는 마음이 답답해졌다. 재촉한다고 한 번에 모든 것을 알려줄 리 없어서 그는 잠자코 사내의 말을 듣기만 했다. 스스로 적응하는 방법밖에 없었다. 그가 서울 생활 동안 절실하게 깨달은 것은 고향에서 무엇을 하고 어떻게 살았건 간에 현재가 훨씬 낫다는 것이었다. 그는 그들에게 순종하기로 마음먹었던 다짐을 다시 꺼내어 마음을 다잡았다. 그런데 아무리 생각해도 이상한 게 두 가지가 있었는데 하나는 자신의 의지와는 상관없이 사내에게 친절하지 못하고 퉁명스럽다는 것과 또 하나는 사내의 얼굴을 가만히 바라보고 있으면 꼭 오래전부터 알아온 사람처럼 낯이 익다는 것이었다. 벌써 그렇게 친근해질 만큼 시간을 가진 것도 아니었는데 신기한 일이었다.

"답답한데 천천히 움직여볼까요?"

남자가 말했고 김현원은 고개를 끄덕이며 겉옷을 주섬주섬 찾아 입었다. 문간에 기다리고 있던 사내의 뒤를 따랐다.

"그런데 옷 고르는 것은 시간이 오래 걸리겠어요."

남자가 나가려다 말고 돌아서더니 농담을 던졌다. 혼자 말하고는 소리 내며 웃었다. 김현원은 나름 명품이라고 생각하고 산 아래위 옷을 내려다보았다.

곰곰 생각해보니 김현원은 사내의 이름도 알지 못했다. 동지라고 말하면서도 아무것도 알려주지 않는 것이 그는 불만이었다.

"저기, 이름이라도 알려줘야 하는 것 아니에요?"

김현원이 엘리베이터에 오르며 대뜸 사내에게 물었다.

"아, 나는 아는 줄 알았지."

사내가 놀란 듯 빙긋 웃으며 말했다.

"제가 어떻게 알아요. 오늘이 두 번째인데. 말해준 적 없잖
아요."

김현원은 마음과 달리 여전히 남자에게 불퉁거렸다. 말하
고 보니 사내가 어떤 사람인인지도 모르면서 선입견을 품은
것 같아 조금 미안한 마음이 들었다.

"같이 혁명하자면서 이름도 모르고, 서로 잘 알지 못하고
그래서요."

김현원이 조금 누그러진 목소리로 말하자 사내가 소리 내
어 껄껄 웃었다.

"혁명이요? 누가 그래요? 혁명하자고."

사내는 웃음을 멈추지 못했다. 김현원은 조금 머쓱해졌다.

"그랬잖아요. 하는 말들이 하도 크고 무시무시해서요. 알
듯 말 듯 그래서요."

"내가 그랬다고요? 아, 혁명, 맞아요. 그런 마음이면 됐죠."

엘리베이터가 1층에 도착했고 사내가 먼저 내렸다. 김현
원이 뒤를 따랐다. 엘리베이터를 기다리고 있던 사람들이 사
내를 보더니 알은체를 했고, 사내는 고개를 끄덕이고 눈인사

하며 그들을 지나쳤다. 알고 보니 사내는 꽤 유명한 개그맨이었다. 김현원만 모르고 있었다. 그는 사내가 낯익었던 이유를 그제야 깨달았다.

사내의 정체를 알고 나니 김현원은 오히려 그가 불편해졌다. 나이는 개그맨이 김현원보다 네댓 살 많았다. 사내가 유명한 개그맨이라는 것을 알고 나니 호칭도 어렵고 관계도 이상해졌다.

"편하게 해요. 여전히 나는 셋 중 첫째고, 당신은 둘 중 첫째니."

"죄송해요, 몰라보고. ……원체 코미디 프로 같은 것을 보질 않아서요. 살면서 그럴 시간이 없었어요."

"아휴, 알았다고 해도 달라지는 건 없는데요, 뭘."

김현원은 이상하게 미안한 마음이 들어서 그에게 여러 번 사과했다. 남자는 그런 그가 민망해서 서둘러 앞서 걸었다. 김현원이 뛰다시피 그를 쫓아갔다.

두 사람이 탄 벤츠 SUV 차량은 전속력으로 달려 서울을 빠져나갔다.

"서울 지리 잘 모르죠? 강을 끼고 있는 두 도로만 대충 알면 불편함은 없을 거예요. 우리가 지금 가고 있는 곳은 양평이에요. 그곳에 둘 중 둘째가 있어요. 이현선이라고, 열아홉 살이에요. 굉장히 거친 구석도 있는데 심성은 따뜻한 친구예요."

김현원이 고개를 끄덕였다.

"그런데 이런 사람들은 어떻게 선발하는 겁니까?"

"선발이라, 그건 아니고. 원래 정해져 있다니까요. 당신 같은 사람들을 어떻게 찾는지 묻는 거죠? 그건 저도 모릅니다. 당신도 경험했다시피 시간이 꽤 필요한 일이잖아요. 오래전에 시작되어야만 하는 것이고요. 긴 시간 동안 지켜보아야 하는 일이잖아요. 저도 소통은 넷 중 첫째가 시키는 대로 하는 것일 뿐 잘은 몰라요. 그러니 당신도 제가 하는 얘기대로만 하면 돼요. 당신은 둘 중 막내에게 얘기해줘야 할 것과 그러지 말아야 할 것을 말하면 되고요. 그것도 일러줄 테니 신경 안 써도 되고. 그선 지난번에 얘기했었죠?"

김현원은 천천히 고개를 끄덕였다.

"그러면 당신은 궁금한 게 하나도 없어요?"

"......"

개그맨은 대답 대신 어깨를 으쓱했다.

"왜 없어요. 하지만 묻지 않기로 했으니 묻지 않는 것뿐이지."

시원하게 뚫린 강변도로를 달리고 있자니 김현원은 이상한 기분이 들었다. 한 달 전만 해도 하루하루 어떻게 살아야 하나 걱정뿐이었는데, 새삼 달라진 자신을 깨닫게 되었다. 이런저런 감상에 젖다 보니 금방 양평에 도착했다. 백미러에 비친 화려한 도시의 불빛이 밤의 설렘을 재촉하고 있었다.

케이는 잠깐 휴식을 취하는 동안 마돈나에 갔다. 술집 주인 K를 보러 갔다기보다 술을 마시러 갔다. 걷다 보니 종로 한복판이었고 차세영과 들렀던 K의 마돈나가 자연스럽게 떠올랐다. 그는 그곳이 기억날까 싶었는데 헤매지 않고 쉽게 마돈나를 찾을 수 있었다. 카페가 꾸불꾸불한 미로 속에 있다고 생각했는데 막상 가보니 생각보다 대로에서 그리 멀지 않은 곳에 있었다. 그는 그것이 조금 낯설었다. 밤이 깊어가는 시간이었지만 카페 골목도 마돈나도 한산하기만 했다.

K는 마돈나에 없었다. 머리를 빡빡 밀은 웬 사내가 혼자 바에 앉아 맥주를 홀짝이고 있었다. 케이는 입구에 서서 멈칫하다가 지난번에 앉았던 구석 자리에 가서 앉았다.

"처음이신가 보다."

사내가 말하며 케이를 멀뚱히 쳐다보았다.

"술은 직접 꺼내 드시면 돼요. 돈은 여기에 넣으면 되고요."

사내가 그렇게 말하고는 관심 없다는 듯 휴대폰으로 시선을 돌렸다. 케이가 보기에 어쩐지 그 모습이 자연스럽지 못한 것 같았다. 일부러 무심한 척하는 것 같았다. 케이는 맥주를 가지러 가며 사내를 유심히 훑어보았다.

"주인 마담은 오늘 안 나와요?"

맥주를 들고 서 있는 케이를 사내가 뻔히 쳐다보았다.

"주인 마담이요?"

남자가 반문했다. K를 주인 마담이라고 부르고 보니 케이는 느낌이 좀 이상했다.

"여기 주인 여자 아닌데. 없으니까 제가 대신 있겠죠? 잘 아는 사이세요? 처음 보는 분 같은데."

사내가 케이를 대놓고 아래위로 훑어보았다. 사내는 체격이 건장했다.

"잘 아는 사이는 아니고, 그냥 친구예요."

"친구요? K 형 친구는 제가 다 아는데."

사내가 조금 전보다 더 의심스러운 눈빛으로 케이를 쳐다보았다. 아예 몸을 케이 쪽으로 돌려 앉으며 말했다.

"아, 친구는 아니고 전에 한 번 들른 적 있어요."

"……이쪽 분도 아닌 것 같은데. ……성함이 어떻게 되는데요? 메시지 남기면 제가 전해줄게요."

사내는 케이가 못마땅한지 사뭇 시비조였다.

"아니에요. 그럴 것까진 없어요. 지나가다 생각나서 들렀는데, 그냥 안부 물은 거예요."

케이는 사내와의 대화를 끝내려고 말을 돌렸다. 잠깐 머리를 식히기 위해 나온 산책이 기대했던 바와는 달라 기분이 좀 상했다. 사내와의 대화에서 이상하게 스트레스가 쌓였고,

순간 짜증이 일었다.

"성함을 알아야 안부를 전하죠."

사내가 포기하지 않고 다시 다그쳤다.

"저도 케이라고 해요. 미담반 케이 반장이라면 기억할 거예요."

케이는 더 말을 걸지 말라는 듯 신분을 밝혔다.

"……경찰이세요?"

케이는 대답하지 않고 구석 자리에 앉았다. 컵에 가득 따른 맥주를 한 번에 들이켰다. 그러곤 다시 잔을 채웠다.

"형이 요즘 좀 아파요. 수술받았거든요."

사내가 좀 머쓱해졌는지 누그러진 말투로 말했다.

"어디가 아파요? 심각해요?"

사내는 바에 앉아서 케이를 보며 말했고, 케이는 무심한 듯 물으며 다시 맥주를 들이켰다.

"전립선이요. 그게 아주 고약하대요, 정말."

케이가 사내를 슬쩍 쳐다보았고, 그때 케이의 전화가 울렸다. 차 형사로부터 온 전화였다.

"너는 왜 그렇게 빨리 올라온 거야? ……여기? ……마돈나야. 두통이 심해서 머리 식히려고 나왔다가, 걷다 보니 여기까지 왔다."

차세영은 사무실에 복귀했다고 했으며 다른 팀원들도 모

197

두 모여 있다고 했다. 전할 급한 내용이 있다고 했다.

"……술 안 마셔. ……알았다."

사내가 슬쩍 케이를 쳐다보았다. 케이가 전화를 끊으며 자리에서 일어섰다. 케이가 사내에게 카드를 내밀었다.

"카드는 안 되는데."

"현금이 하나도 없는데, 어쩌죠."

"그러게. 어쩔까요."

사내가 짜증스레 고개를 돌리며 케이의 시선을 피했다.

"그냥, 가세요. 나중에 주시든가요."

사내가 퉁명스럽게 말했고 케이는 어찌할 바를 몰라 한참 서 있었다. 케이가 명함을 한 장 꺼내 돈 대신 바구니에 넣었다. 사내는 무심한 척 보고는 아무 말이 없었다.

밤공기가 제법 서늘했다. 찐득했던 공기가 어느새 선선하게 바뀌어 있었다. 케이는 서둘러 사무실로 걸음을 옮겼다. 그는 종로를 걷다가 마음이 급해져서 그리 멀지 않은 거리였지만 택시를 탔다.

사무실에 도착해보니 팀원들은 온종일 외근을 나갔던 터라 모두 지쳐 있었다.

"거기까지 뭐 하러 가셨어요?"

차세영이 케이에게 커피를 건네며 물었다.

"머리도 아프고 허기져서 뭐 좀 먹으러 나갔다가, 두통은 가라앉지를 않고 식당은 모두 문을 닫았지, 그러다 보니 식욕도 없어지고, 그래서 좀 걸었어."

"조사하는 데 애먹으셨다면서요."

케이가 대답하지 않고 고개만 끄덕였다.

"깨울까요?"

차세영이 팀원들을 가리키며 물었다. 케이는 대답 대신 고개를 가로저었다. 한채연은 책상 위에 엎드려 자고 있었고 김세영도 의자에 앉아 고개를 뒤로 젖힌 채 눈을 감고 있었다. 가장 먼 곳까지 출장을 다녀온 차세영만 여전히 활기 넘쳤다. 그러고 보니 케이도 극도의 피로가 몰려와 머리가 더욱 지끈거렸다.

"어째 너만 멀쩡하다."

"저는 기차에서 잤잖아요."

"그래서 전화를 안 받았어?"

차세영이 머릴 긁적였다.

"근데, 왜 이렇게 빨리 올라왔어?"

"누굴 좀 만나봐야 할 거 같아서요. 만날 수 있을지는 모르지만, 내일 잠깐 알아보고 다시 내려갈 거예요."

"누군데 그래?"

케이의 음성이 조금 높아졌다. 엎드려 있던 한채연이 천천히 몸을 일으켰다.

"오셨어요?"

김세영도 잠에서 깨어 바로 앉았다. 정 형사도 천천히 다가와 앉았다. 팀원들이 의자를 끌어 케이와 차 형사 주위로 모였다.

"그쪽에서 이상한 소문이 돌았더라고요. 거기 형사들이 말하길 잘린 발의 주인이 김성도라고 이미 몇 주 전에 제보가 있었대요."

"그게 무슨 말이야? 말하는 사람이 우리가 알고 있는 그 김성도 의원이야? 그 사람 발이 잘릴 거라는 소문이 있었다고?"

케이가 물었다.

"지금은 국회의원 아니에요. 4선에 실패해서."

김세영이 하품을 하며 대답했다.

"실패한 건 아니지, 아예 선거에 안 나갔으니. 공천에서 탈락했잖아."

한채연이 말을 바로잡았다.

"그 사람, 검사 출신이었지?"

"네, 그렇죠. 아마 고검장까지 했었죠. 알 만한 사람은 알지만, 검사 시절에도 악랄하기로 유명했잖아요. 어쨌든 몇 주 전에 제보가 들어왔다는데, 그 사람 발이 없어졌다는 소문이 지역에 돌았대요."

"그런데 소문대로 누군가 발을 진짜로 잘라 갔으면 이렇게 잠잠했겠어요? 벌써 난리가 나도 났지."

한채연이 믿지 못하겠다는 듯 되물었다.

"그런데 우리 지금 저 안에 있는, 잠잠했던 한 사람을 보고 있잖아요."

김세영이 말했다.

"혹시 모르니 확인해보면 되잖아."

케이가 말했다.

"그런데 그게 쉽지 않습니다. 그 사람 행방이 오래전부터 묘연합니다. 대구에서는 서울에 산다고 하는데, 서울에서는 대구로 내려갔다고 하고요. 그쪽 형사들이 안 그래도 좀 알아봤는데 그렇대요."

케이가 곰곰 생각에 잠겼다. 해야 할 일이 한 번에 몰아치고 있었다.

"일단 알았으니, 정리를 좀 해보자."

케이가 한참 만에 입을 뗐다. 하지만 무엇부터, 어디에서부터 시작해야 할지 갈피를 잡을 수가 없었다.

"그보다 먼저 정 선배가 준비한 게 있어. 그거부터 듣고 다시 얘기해보자."

정 형사가 팀원들에게 그간 자신이 수집한 자료를 건네며 차근차근 설명을 이어나갔다. 케이는 이미 알고 있는 내용이어서 의자를 뒤로 젖힌 채 눈을 감았다. 양손으로 관자놀이를 꾹 눌렀다. 잠깐 잠잠했던 두통이 다시 몰려왔다.

"그리 놀랄 일도 아니네요. 어떤 집단이 이런 일을 벌이고 있다는 거잖아요. 그런데 이 사람들이 진짜 맞긴 맞는 걸까요?"

"모르지요, 문제는 SNS에서는 오프라인 정보를 얻기가 쉽지 않다는 거예요. 그러니 이 친구들이 이렇게 대놓고 이런 정보를 흘리는 거고. 우리를 속이기 위해 그럴 가능성도 있죠."

정 형사가 난감하다는 듯 머리를 긁적였다.

"이해가 안 되는 게 있어요. 결국 애들이 손 자르고 발 자른 사람들 맞는지 확인해보면 되는 거 아니에요?"

"……."

정 형사가 너무 뻔해서 무슨 말인지 모르겠다는 듯 한채연을 쳐다보았다.

"물어보면 되잖아요. 메시지로 물어보죠. 아니, 저 사람한테 먼저 물어봐요."

한채연이 상기된 표정으로 말했다.

"물론, 물어봤죠. 정훈석에게. 아무런 답변을 하지 않았고요. 트위터를 지켜보고 있던 터라, 솔직히 이 정도 정보 가지고 의심하는 게 맞는가 싶기도 하고, 혹시라도 이 자들이 그것 때문에 숨어버릴 수도 있고 그래서……."

정 형사가 자신 없는 말투로 말끝을 흐렸다.

"제가 해볼게요."

한채연이 말하자 정 형사가 케이를 바라보았다.

"한 형사, 잠깐만 있어봐. 일단 정리 좀 하고 같이 하자."

케이가 한채연을 만류했다.

"대구 쪽은 더 할 얘기 없지? 한 형사, 포천 쪽은 어때?"

한채연이 마음을 가라앉히며 숨을 골랐다.

"별거 없어요. 저 사람 평판도 나쁘지 않고, 가족들도 미국에 있는 거 확인했어요. 특이한 점이라고 할 수 있는 건, 돈이 꽤 많을 거라고 해요. 아버지가 간첩 사건 피해자인데, 몇년 전에 재심 청구해서 무죄를 받았대요. 그 뒤로 국가를 상대로 재판해서 보상금도 꽤 많이 받았나 봅니다. 그 사건이 고모, 작은아버지 등 가족들이 엮인 건데 저 사람 말고는 후손들이 없나 봐요. 피해자 보상금을 다 합하면 꽤 될 거라고 하더라고요. 피해자 대부분은 이미 죽었고요. 가족사는 더 알아봐야 하는데 무죄 나온 뒤 자살한 사람도 있고요."

"누가 자살했어?"

"둘이나 그랬대요. 아버지, 고모가. 작은아버지는 무슨 암으로 죽었다고 하고."

"그것 좀 다 파봐."

한채연이 말을 마치자, 팀원들의 시선은 김세영에게 옮겨 갔다. 하지만 그는 시선을 외면하고 고개를 숙인 채 잠자코 가만히 있었다. 모두 그가 말할 때까지 재촉하지 않고 기다 렸다.

　"저는 이 사건을 조금 다른 방향으로 접근하고 있어요."

　한참 후에 김세영이 입을 뗐다.

　"이해되지 않는 부분이 너무 많아서 전체를 봐야지만 어 떤 그림이 그려질 거 같았거든요. 정훈석이라는 사람을 만나 게 된 계기나 이유를 다시 복기하고 있는데, 아직은 혼란스 러운 것뿐이에요."

　김세영이 하는 말을 알아들은 사람은 아무도 없었다. 케 이만이 그의 아버지에 관한 일인가 하고 짐작했다. 다른 팀 원들은 김세영이 하는 말의 뜻을 알지 못해서 더 큰 의문이 들었다.

　"생각해보니 그렇구나, 정말. 정훈석을 어떻게 찾아내고 데려왔는지 우리 모두 못 들었잖아. 김 형사가 정훈석을 만 난 것이 우연히 찾아낸 게 아니라는 정도만 이해했는데, 맞 아?"

　한채연이 묻자 김세영이 고개를 끄덕였다. 차세영도 정 형사도 모두 놀란 눈치였다. 기자들이 몰려드는 통에 정신이 없었고 팀원들이 온종일 외근을 나갔던 터였다. 모두 모여 차분히 복기할 시간도 없었고 모두 급하게 외부 일을 보느라 이런저런 과정이 생략되었으니 그럴 만도 했다.

"몇 개월 전에 제가 이상한 카드를 받았어요. 거기에 성경 구절이 적혀 있었고요. 그걸 쫓다 보니 저 사람을 만나게 된 거예요. 간략하게 말하면 그래요."

그 사실은 케이도 알지 못했던 것이었다.

"뭐야, 정말."

한채연이 무슨 일인지 모르겠다는 듯 고개를 저었다. 김세영이 막 설명을 막 시작하려던 때, 조사실 안에서 정훈석이 문을 두드렸다. 케이의 팀원들이 서로를 바라보기만 했다. 길고 고된 밤을 알리는 신호 같았다.

김현원과 개그맨이 탄 차가 한적한 전원주택 마당에 들어서자, 집 안에서 한 여자가 튀어나왔다.

"아저씨, 너무 오랜만이에요."

그녀는 운전석 쪽으로 뛰어와 개그맨이 차에서 내리기도 전에 인사했다.

"그러게 말이야. 마지막으로 본 게 중학생 때였으니까, 몇 년 만이야. 4년? 이제 정말 다른 사람 같다."

개그맨이 서둘러 차에서 내리며 반갑게 그녀에게 인사를 건넸다.

"저, 이제 대학생이라니까요. 이제 애가 아니여."

여자가 어색한 사투리까지 쓰며 연신 웃었다.

"아저씨를 맨날 TV에서 봐서 그런가, 그리 반갑지 않은데요."

그녀가 개그맨을 놀리듯 말했다. 굉장히 밝은 성격이었다.

"아직 고등학생 아냐? 졸업 안 했잖아."

"수시 원서 넣었으면 이제 끝난 거죠."

이현선은 고등학교 졸업을 앞둔 열아홉 살 소녀였다. 그녀의 첫인상은 맑고 순순했지만 어딘지 모르게 꺾이지 않는 고집도 있어 보였다. 김현원은 차에서 내린 뒤 멀찍이 떨어져서 둘의 해후를 멀뚱히 바라보고 있었다.

"아참, 안녕하세요. 엄청, 궁금했어요. 그런데 뭐라고 부르지? 오빠도 그렇고, 아저씨도 그렇고. 어쨌든 반갑습니다."

그녀가 반대쪽으로 다가와 김현원에게 인사를 건넸다. 그녀는 이미 그에 대해 알고 있었던 모양이었다. 김현원은 살갑게 구는 이현선이 낯설고 부끄러워서 자꾸 시선을 피했다. 그는 그녀가 건네는 인사도 받지 못하고 금세 얼굴이 빨개져서 고개만 끄덕였다.

"드디어 내 짝을 만나게 된 건가? 어디 얼굴 좀 봐요."

이현선이 김현원에게 가까이 다가서며 얼굴을 들이밀자 그는 귀까지 금세 벌게졌다.

"아, 우리 둘 중 첫째가 부끄럼이 이렇게 많은 사람일 줄 몰랐는데."

개그맨이 재미있다는 듯이 웃으며 말했다.

"할머니, 할아버지는 건강하시지?"

"뭐 맨날 똑같죠. 여기저기 편찮으시고. 두 분 교회 가셨어요. 안부 전하래요."

개그맨이 고개를 끄덕였다.

세 사람은 집 안으로 들어갔다. 김현원은 놀란 입을 다물지 못했다. 이렇게 멋지고 근사한 집은 TV로만 보았지, 실제로는 처음이었다. 김현원은 집 안 여기저기 시선을 빼앗기며 줄곧 상기된 상태였다.

"이분은 모든 게 신기하고 부끄러운가 봐요."

이현선이 차를 내오며 말했다. 김현원은 '그들' 모두가 이렇게 부자들인가 싶어서, 왠지 자기만 멤버로서 적절치 않은 것 같다는 생각에 조금 쓸쓸해졌다.

"너무 신기해하지 마세요. 이거 원래 우리 거는 아니었어요. 이 아저씨가 해준 거지. 근데 알고 보니 원래 우리 거였다는?"

마치 김현원의 생각을 읽고 있다는 듯 그녀가 말했다. 그래서 그는 더 놀랐다.

"근데, 그쪽은 말 못해요? 한마디도 안 했어. 지금까지."

"호칭으로 그쪽 좋네."

개그맨이 말을 받았다.

"아, 아니에요. 제가 좀 쑥스러움을 많이 타서 그래요."

김현원은 그렇게 말하고는 얼굴이 벌게져서 황급히 뜨거운 차를 들이켰다. 개그맨과 이현선은 그런 그를 보며 큰 소리로 웃었다.

김현원은 이현선을 만난 뒤 안도감이 들었다. 김현원은 그들에서 우리들이 되어가고 있었다. 불안했던 마음이 많이 사그라졌다. 셋의 밤은 깊어갔다. 이현선은 나이는 어리지만 현명했고 야무진 구석이 있었다. 대화를 나누다 보니 어른스러웠다.

"대학이 인생의 성공 과정이나 목표 같은 건 아닌데, 많은 친구들이 대학에 가니까, 저도 한번 다녀는 보려고요."

공부도 잘해서 이미 일류 대학 진학에 어려움이 없다고 했다.

"전공은 정했어?"

"저 검사 되려고요."

"벌서 무섭다. 이현선 검사, 무슨 일을 벌일지."

"다 죽었으."

이현선이 주먹을 불끈 쥐어 보이며 웃었다. 두 사람의 대화를 듣고 있던 김현원은 왠지 모르게 머쓱해졌다. 제대로 학교를 다니지 못했던 열등감 같은 것이 일었다. 이현선은 그것을 눈치챘는지 재빠르게 화제를 돌리고 이야기를 이어 나갔다. 개그맨은 피곤했는지 소파 등받이에 몸을 기대는가 싶더니 어느 순간 잠들었다.

김현원과 이현선은 많은 이야기를 나누었다. 주로 김현원이 어린 시절 얘기를 했고, 이현선은 들어주는 쪽이었다.

"처음 만난 사람과 이렇게 친해지기 어려운데, 현선 씨는 특별함이 있는 것 같아요."

김현원도 처음 긴장했던 것과는 달리 점차 마음이 풀렸다. 그런 점에 있어 그녀는 김현원의 말대로 묘한 매력이 있었다.

"제가 조금 애어른이죠."

그녀는 머리도 그렇고 입은 옷도 보이시한 느낌을 주었는데, 그런 이미지가 김현원에게 한결 편안함을 주었다. 두 사람은 많은 이야기를 나누었다. 이현선은 자기에 대해 자세한 이야기는 하지 않았다. 아버지가 있지만, 같이 살지 않았고, 어렸을 적부터 조부모님과 함께 산 것과 그들이 처음 자기를 찾아온 것 같은 이야기를 했다. 김현원과는 파트너가 될 것을 알고 있었고 이 순간을 많이 기다려왔다고 했다.

"왜 지금인지는 알지 못해요. 지금이 기회가 됐으니 때인 거고."

이현선은 김현원에게 조급해하지 말라고 했다. 큰일도 어려운 일도 아니니 걱정하지 말라면서 그를 안심시켰다. 다만 그녀는 어떤 사명감 같은 것에 관해 얘기했는데 김현원은 선뜻 동의하기가 어려웠다. 밤이 새벽으로 넘어가려던 때 개그맨이 부스스 잠에서 깼다.

"이제 좀 일어나서 가요. 고등학생은 내일 일찍 학교 가야 해요."

"일어나야 하는데 몸이 말을 안 듣네. ……얘기 많이 했어요?"

개그맨이 기지개를 켜며 김현원에게 물었다. 김현원은 한결 부드러워진 표정으로 고개를 끄덕였다. 두 남자는 서둘러 떠날 채비를 했다. 교회에 갔다던 그녀의 할머니, 할아버지는 그 시간까지도 돌아오지 않고 있었다.

"조부모님들은 매일 이 시간까지도 안 들어오셔?"

"네. 초저녁에 잠깐 주무시고 가셔서 새벽이나 되어야 오셔요."

"무섭겠다, 이 큰 집에."

"뭐가 무서워요. 이 큰 집이."

그녀가 활짝 웃었다.

"그래도 조심해야 해."

셋은 밖으로 나왔다. 물안개가 자욱했다.

"우리는 복수하지 않음으로 복수한다."

배웅을 나온 이현선이 김현원에게 작은 소리로 속삭였다. 그가 좀 놀란 표정으로 그녀를 바라보았다.

"곧 봐요. 제가 그쪽으로 건너갈게요."

이현선이 김현원에게 인사를 건넸다. 개그맨이 시동을 걸고 손을 흔들었다. 김현원이 차에 오르자, 차가 서둘러 출발했다. 백미러로 바라본 그녀는 안개 속으로 서서히 사라져가고 있었다.

양평에 다녀온 뒤 한 주가 지났다. 그사이 그녀는 김현원에게 살갑게 매일 메시지를 보내왔다. 중요한 일은 아니었고 안부나 일상적인 대화가 대부분이었다. 그럴 때면 김현원은 그녀가 아직은 작은 아이 같아서 마음이 푸근해지곤 했다. 개그맨의 말대로 진짜 여동생이 생긴 것처럼 친근했다. 메시지가 도착하면 그는 들뜬 마음마저 들곤 했다. 휴대폰으로 연락을 해오는 사람은 그녀가 유일했다. 그녀는 SNS를 사용하지 않았다. 그래서 그런지 더욱 동질감 같은 게 생겼다.

그날 아침에도 그녀에게서 메시지가 왔다. 일상적인 인사는 아니었다. '학교 안 감. 그쪽으로 건너가는 중.' 그는 당황해서 답장을 보내지도 못하고 정신없이 집을 정리하기 시작했다. 예상했던 것보다 그녀는 일찍 그의 집에 도착했다. 방문하는 사람이 없다 보니 초인종 소리에 그는 화들짝 놀랐다. 황급히 문을 열어보니 그녀가 교복을 입고 서 있었다. 그는 미처 씻은 뒤 머리를 말릴 새도 없던 차여서 머리에서 물이 바닥으로 뚝뚝 떨어졌다.

"비 맞은 사람 같네."

그녀가 집 안으로 들어서며 말했다.

"그런데 이렇게 일찍 웬일이에요?"

"아직 연락 못 받았어요? 그쪽한테 가 있으라는데."

그제야 그는 SNS 메시지를 확인했다. 지난밤에 개그맨으로부터 메시지가 와 있었다. '오전에 대구로 갈 것.' 시간을 확인하니 10시 반이었다. 그는 그녀가 옆에 있는 것도 잊은 듯 서둘러 옷을 갈아입었다.

"뭡니까, 제가 그래도 아직 어리다고요."

그녀가 시선을 돌리며 말했다.

"미안, 미안. 급해서요. 얼른 갑시다."

"어디를요?"

"대구로 가래요. 다른 것은 저도 몰라요."

두 사람은 오피스텔에서 나와 택시를 타고 수서역으로 향했다. 다행히 막 떠나는 부산행 기차가 있었다. 둘은 정신없이 뛰었다. 다음 기차는 한 시간 후였다.

"대구 가본 적 있어요?"

기차를 타고 숨을 가라앉히며 그녀가 물었다.

"아니, 처음이에요."

그가 좌석에 앉으며 숨을 가다듬었다.

"나도 그런데."

서울을 벗어나자, SRT는 전속력으로 달리기 시작했다. 풍경이 빠르게 뒤로 밀려났다. 막상 기차가 출발하고 나니 두 사람은 말이 없어졌다. 둘은 말없이 창밖만 바라보았다.

가을 햇살이 고왔다. 따뜻한 햇볕이 살포시 두 사람의 무릎에 내려앉았다. 그녀가 슬며시 그의 어깨에 머리를 기댔다. 그녀는 금세 잠이 들었다. 곧 그녀의 작고 고른 숨소리가 조용히 퍼졌다.

그는 늦잠을 잤음에도 노곤했다. 누군가와 단둘이 기차를 타본 것은 처음이었다. 긴장이 풀리는지 눈꺼풀이 무거웠다. 깜빡 잠들었다 깼을 때 기차는 대전에 정차 중이었다. 휴대폰 진동이 울리고 있었다. 그는 SNS 메시지를 확인했다. '102번 보관함. 2122.' 그녀는 여전히 깊은 잠에 취해 있었다. 아직은 너무 어린 학생이었다. 그는 피식 웃음이 나왔다. 무엇이 그녀를 그렇게 어른스럽게 보이게 했는지 신기할 따름이었다. 그는 밑으로 꺼지는 그녀의 고개를 가만히 당겨 자기 어깨에 놓았다.

동대구역은 평일 점심이라 그런지 한산했다. 역 광장에서는 한 단체가 시위하고 있었다. 북과 꽹과리를 치며 대통령을 북으로 보내자고 목청을 높여 외치고 있었다. 그와 그녀는 소음을 뒤로한 채 거리를 두고 메시지로 받은 보관함을 찾았다. 모든 것은 적절한 때에 SNS 메시지로 전달되었다. '둘째가 물건을 찾을 것. 첫째는 거리를 두고 살필 것. 둘은 따로 택시를 타고 수성못으로 갈 것. 첫째는 사람들과 CCTV를 살펴 전시 장소를 정할 것. 둘째가 물건을 꺼내어 전시할 것' 등이었다. 역에 도착하자 때맞춰 메시지가 연이어 들어왔다. '무엇, 무엇 할 것'이라는 마침이 왠지 단호함을 주는 것 같았다. 그렇게 해야 할 것 같은 근엄함이 느껴졌다. 그는 메시지를 그녀에게 보여주었다. 두 사람은 차이를 두고 택시를 탔다.

"어디에 세워줄까요?"

목적지에 다다라 택시 기사가 물었지만, 그는 우물쭈물 대답하지 못했다.

"그냥, 입구에 내려주세요."

"그니까 입구 어디요? 수성못 어디 가시는데요?"

그는 억양이 센 경상도 사투리가 영 낯설어서 주눅이 들었다.

"여기 세워주면 돼요?"

"네, 네."

그는 서둘러 택시에서 내렸다. 앞서 택시를 탔던 그녀는 보이지 않았다. 그녀가 시야에 들어오지 않자, 마음이 조급해졌다. 그가 두리번거리며 그녀에게 전화를 걸었다.

"놓쳤어요. 어디예요?"

"걷고 있죠."

"호숫가 산책로?"

그가 걸음을 바삐 걸으며 물었다.

"네에. 저 보여요?"

100미터쯤 앞에 교복을 입고 머리 위로 손을 흔드는 그녀가 보였다.

"찾았어요."

"네에."

그는 조금씩 속도를 높여 그녀 뒤로 따라붙었다. 그녀는 신경 쓰지 않고 들고 있는 쇼핑 가방을 털레털레 흔들며 한가로이 호숫가를 산책했다. 그는 CCTV 위치를 확인하며 천천히 그녀와 보조를 맞추었다. 한낮 산책하는 사람들이 제법 되어서 그는 앞뒤로 사람들이 오가는지 연신 확인하며 걸었다. 같은 방향으로 걷는 사람이 많아서 두 사람은 걸음을 늦추었다. 틈틈이 SNS를 확인했으나 메시지는 더 온 게 없었다. 입구 쪽 유흥가를 벗어나 한참을 걷다 보니 비교적 한적해졌다. 2차선 도로를 사이에 두고 산책로 반대쪽에 대형 프

랜차이즈 카페가 멀찍이 떨어져 있었다. 카페에서 호수를 바라보는 사람들이 신경 쓰였다. 그는 고개를 푹 숙이고 걸었다. 마지막 카페를 지나치자 길이 끊기며 산책로가 호수 위로 이어졌다. 그녀는 걷는 동안 한 번도 뒤를 돌아보지 않았다. 곧 시야가 훤히 뚫린 전망대가 나왔다. 마주 오는 사람이 아무도 없었다. 그가 뒤를 돌아보니 뒤쪽에도 사람이 없었다.

"현선아."

그는 얼떨결에 그녀의 이름을 불렀다. 그녀가 멈춰 서서 돌아보았다. 다행히 주변에 아무도 없었다. 그가 잰걸음으로 얼른 그녀에게 다가갔다.

"저기에 놓아요."

그가 긴장한 듯 연신 앞뒤를 살폈다. 그녀가 천천히 쇼핑백에서 상자를 꺼내 전망대 바닥에 내려놓았다. 그 모습을 보자마자 이미 그는 걸음을 떼고 있었다. 그녀는 쪼그려 앉아 상자를 열었다.

"뭐예요? 빨리 가요."

그녀는 아무 대답을 하지 않고 상자 안을 가만히 내려다보고 있었다.

"악, 이게 뭐야."

그가 다가가 살짝 상자 안을 보더니 짧은 비명을 질렀다. 그녀가 상자를 닫은 뒤 전망대 한가운데 놓았다. 그는 얼굴이 벌게져서 주위를 두리번거렸다.

"아니, 이게 뭐래요, 정말."

그가 물었지만, 그녀는 무표정한 얼굴로 그를 지나쳐 앞서갔다. 빈 쇼핑백을 털레털레 흔들며 그녀는 걸었다. 그는 너무 놀라서 다시 비명을 지를 뻔했다. 다행히 주변에 사람이 없었다. 그가 마음을 가라앉히며 멀찍이 떨어져 그녀의 뒤를 따랐다. 마음이 진정되지 않았다.

수성못엔 많은 사람이 있었지만 아무도 그들이 수성못에 다녀간 것을 본 사람은 없었다. 호숫가를 완전히 빠져나온 뒤에야 그는 놀랐던 마음이 수그러들었다.

상자는 다음 날 새벽에 발견되었다. 양발은 신발처럼 상자에 담겨, 두 사람이 대구를 떠나 서울에 도착하고, 서로의 집에서 깊은 잠에 빠져 있을 때까지도 그대로 그 자리에 있었다.

정훈석과의 대면 조사가 다시 시작되었다. 2차 참고인 조사는 차세영과 김세영이 맡기로 했다. 차세영이 먼저 조사실로 들어갔다.

"다시 시작해볼까요? 하루 잘 보내셨어요?"

"저는 괜찮은데 반장님은 좀 어떠세요? 많이 지친 것 같던데. 차 형사님 대구는 잘 다녀오셨어요?"

정훈석이 빙긋이 웃으며 반투명 창을 쳐다보았다.

"제가 대구에 간다고 했던가요?"

창 쪽을 바라보던 정훈석이 차세영 쪽으로 천천히 고개를 돌렸다.

"제가 지금 여기에 있는 이유가 그것 때문 아닙니까? 종일 보이지 않기에 여쭤봤습니다. 거기에 가셨나 해서."

"추리가 좋네요? 원래 치밀한 성격인가 봐요."

차세영의 말을 듣더니 정훈석이 살포시 잘린 손목을 책상 위에 얹었다. 차세영의 시선이 그쪽으로 옮겨갔다. 정훈석이 오른손으로 잘린 왼 손목을 살살 매만졌다.

"맞아요, 대구에 다녀왔어요. 가서 잘린 발을 보고 왔어요. 아주 예쁘게 생겼더라고요. 물론 언론이며 지역민들은 충격에 난리가 났고요."

정훈석의 대꾸가 없자 차세영이 말을 이었다.

"그래서 발 주인은 찾았습니까?"

"찾은 거 같습니다. 아직 확인은 못했지만."

"저 같은 사람이 또 있나 보죠?"

정훈석이 말하며 피식 웃음을 터뜨렸다. 속을 알 수 없는 사람이었다. 차세영은 그런 그의 행동에 동요하지 않았다. 밖에서는 팀원들이 두 사람이 대화하는 모습을 보고 있었다. 한채연은 책상에 엎드려 있었고 케이와 정 형사는 내내 서서 그들을 지켜보고 있었다. 김세영은 둘의 대화를 들으면서 뭔가를 기록했다.

"별로 웃긴 얘기가 아닌데 웃으시네요."

"사람이 꼭 웃겨서 웃지는 않잖아요."

차세영이 가만히 그를 바라보았다. 정훈석도 차세영을 물끄러미 쳐다보았다.

"이번에도 발을 스스로 잘랐을까요? 그것도 두 발을 다요?"

정훈석이 바로 대답하지 않고 뜸을 들였다.

"글쎄요. 모두가 같지는 않으니까. 참회할 게 많은 사람이라면 그럴 수도 있겠지요. 목숨을 내놓아도 죄가 씻어지지 않는 사람들도 많은데, 발 정도로 삶이 구원받을 수 있다면 양호한 사람이겠네요."

"꼭 그런 사람처럼 얘기하네요? 그럼, 당신도 구원이나 참회의 의미로 손을 자른 거군요."

정훈석의 눈꼬리가 살짝 올라갔다. 무슨 말을 하려다가 참았다. 잠시 그렇게 있다가 말을 이었다.

"여러 가지 의미가 있을 수 있죠. 종교적인 의미도 있을 수 있고, 어떤 신념을 확인하는 것일 수도 있고, 누군가에게 보내는 메시지일 수도 있고요."

"당신의 경우, 그런 건 말 안 해주겠죠? 진짜 궁금한데."

"그런 걸 스스로 알아내는 것이 형사의 일 아니겠습니까?"

"점점 상상력이 빈곤해져요."

"아는 것만 상상하지 말고 알지 못하는 것을 상상해보면 어떻습니까."

"그럼, 이건 어때요? 제가 사실을 물어보면 거짓말하지 않기로 하는 거예요. 빈곤한 상상력에 대한 보상이라도 있어야지요."

"저는 처음부터 사실만 얘기하고 있습니다."

정훈석은 시선을 다른 곳으로 돌리는 법이 없었다. 그는 오로지 마주 앉은 사람의 눈을 똑바로 바라보았다.

"보통 범인은 조사받을 때 형사를 똑바로 바라보지 않거든요. 꼭 범인이 아니라도 그러기가 쉽지 않잖아요. 정훈석 씨는 특이한 것 같습니다."

"제가 그런 편견을 이기고자 노력하는 것일 수도 있지 않겠습니까? 단둘이 대화하는데 다른 곳에 시선을 둘 이유가 없지요."

차세영이 그의 말에 동의한다는 듯이 고개를 크게 끄덕였다. 정훈석은 말을 마치고 잠깐 창 쪽을 다시 바라보았다.

"먼저 하나 물을게요. 본인 손을 스스로 잘랐다고 했는데, 도끼로 잘랐습니까?"

정훈석이 의미를 알 수 없는 웃음을 지었다.

"드디어 올바른 상상력이 빛을 발하는군요. 맞아요. 제 손이 제 손을 도끼로 내려쳤습니다."

정훈석이 흐뭇한 표정을 지으며 말했다.

"그리고 그것을 아는 사람들에게 주었고요?"

정훈석의 표정에서 순간 웃음기가 사라졌다.

"올바른 질문을 한다면 사실대로 말해주기로 했잖습니까."

차세영이 대답 없는 정훈석을 재차 다그쳤다.

"네, 맞아요. 제가 고민하는 것이 아닌 것을 물었을 때의 대답을 어떻게 해야 하나 생각 중이었어요. 그렇다고 질문에 대한 답을 말하는 것은 아니고요. 반대쪽을 충분히 유추할 수 있으니까 말입니다. 제가 사실이 아닌 것을 사실이라고 말하면, 형사님을 굉장히 속이기 쉽다고 생각했습니다. 형사님을 속일지 말지, 잠시 고민했어요. '사람들'이라는 복수형의 표현도 그렇고요. 아까 형사님이 물었던 손을 자른 도구처럼 하나를 선택해야지, 둘 중 하나를 말하거나 두루뭉술 떠보면, 제가 당신을 너무 속이기 쉬운 것 같아서 잠시 고민을 좀 했습니다. 질문의 형태가 '손을 가져간 사람이 누구누구 맞죠?' 같은 질문을 해야 하지 않겠습니까?"

차세영은 그와의 대화에서 얻은 게 별로 없었다. 시간이 지날수록 대화의 우위가 누구에게 있는지 확연히 드러났다. 그의 대답은 모호했고 그것은 차세영의 질문이 잘못됐다는 것을 의미했다. 일반적인 범인의 경우처럼 스스로 만든 알리바이의 모순에 갇혀 말의 막다른 골목에 들어서 자포자기하는 사람들과는 달랐다. 정훈석은 절대로 그 막다른 길로 들어서지 않았다. 그의 말법의 특징이라면 그랬다. 이미 묻는 사람이 원하는 것을 꿰뚫고 말의 미로가 빠져나오는 곳에 일찌감치 가서 기다리고 있는 모양이었다. 그렇다고 잔머리 같은 것을 굴리는 법도 없었다. 형사들이 애를 먹는 이유가 거기에 있었다. 차세영도 케이가 그랬던 것처럼 시간이 지날수록 지쳐갔다.

"잠깐 쉴까요?"

"저는 괜찮습니다만."

정훈석은 여전히 흐트러짐이 없었다. 금세 몇 시간이 지나가 있었다. 이미 밤은 깊어 아침에 가까운 새벽으로 가고 있었다. 차세영이 창 쪽을 보자 조사실 안 등이 점멸했다. 차세영도 별 소득 없이 조사를 마무리 지었다. 밖에서 둘의 대화를 지켜보던 케이를 비롯한 팀원들도 모두 진이 빠졌다. 차세영이 조사실을 나오기도 전에 김세영이 조사실 안으로 들어왔다. 차세영이 김세영을 막아섰다.

"김 형사, 천천히 해. 나랑 차도 한잔하고. 목사님도 차 한 잔 드릴까요?"

차세영이 김세영을 앞세워 방을 나서며 물었지만, 정훈석은 천천히 고개를 가로저었다.

밖으로 나온 차세영이 털썩 자리에 앉았다. 케이와 팀원들이 그 주변에 모였다. 정 형사가 음료를 건넸다.

"저런 스타일 정말 밥맛인데. 아, 구려. 선배, 대단해요. 나 같으면 저렇게 말 돌리면 못 참을 것 같은데."

한채연이 볼멘소리를 했다.

"범인이 아니잖아."

"잠정적 범인이죠. 패거리가 하는 짓이라면서요. 저 사람도 그중 하나인 게 틀림없잖아요."

차세영은 긴장이 풀어지며 맥이 풀리는지 의자에 눕다시피 허리를 젖혔다.

"어떠니? 만만치 않지?"

"무슨 말을 했는지 잘 기억나질 않아요. 말을 듣다 보면 늪 같은 데 빠지는 기분이에요. ……녹음은 잘됐죠? 선배님, 그거 제게 좀 보내주세요. 대구 내려가면서 들어볼게요."

"너, 이제 좀 가서 자라."

케이가 안쓰러운 듯 그를 바라보았다.

"그래요, 선배, 좀 쉬어요."

한채연도 그를 다독였다.

"그런데 하나는 확실해졌어요."

김세영이 중간에 끼어들며 말했다.

"토막사건도 아니고 사람이 죽은 것도 아닌데, 우리가 너무 과민하게 접근하는 게 아닌가 싶어요. 그걸 정훈석이 이용하고 있는 거고요. 그러니 저 사람에게 계속 끌려다니는 거예요."

케이가 김세영의 말을 듣더니 고개를 끄덕였다.

"김 형사 말이 맞아. 시체도 없잖아. 자기들 스스로 손발을 잘라냈다고 하면 적용할 법도 없으니 말이야."

케이가 김세영의 말에 동의하며 팀원들에게 말했다.

"그렇죠, 적용할 법이 없다는 것은 죄가 아니라는 얘기잖아요."

한채연도 거들었다.

"우리가 왜 이렇게 된 걸까요? 생각해보면 계속 같은 물음에 함몰된 거 같습니다. 혹시, 저들이 이런 우리를 보고 즐기려고 그런 것은 아닐까요?"

정 형사가 말했다.

"제 말이 그거예요. 저 사람 풀어줘야 해요. 정훈석 풀어줘도 되죠?"

김세영이 케이를 보며 말했다. 팀원들도 모두 케이를 바라보았다.

"그래, 김 형사 말이 맞아. 정훈석이 풀어놓자."

"질 거면 확실하게 우위를 줘야 실수하죠."

차세영이 맞장구를 쳤다. 김세영이 급하게 조사실로 들어갔다.

"우리 막내, 다 컸어. 똑똑해졌다."

한채연이 흐뭇하게 김세영의 뒷모습을 바라보며 말했다.

"우리가 엉뚱한 것을 쫓고 있었나 봐요. 범인 잡는 데 '왜'가 중요하잖아요. 그건 '언제, 어디서, 누가'를 찾기 위해 꼭 필요한 조건인데 우리가 잊고 있었어요."

차세영이 말했다.

"그들이 원하는 미끼들을 우리가 충실하게 물고 있었네. 그럼, 발이나 손 정도는 내줘서 바꿔 물어야지. 일단, 왜는 미뤄두고 어디와 누구를 잡아서 왜를 찾아보자. 모두, 정 선배 쪽으로 방향 틀도록 해."

케이의 말에 모두 고개를 끄덕였다. 그사이 김세영은 정훈석을 데리고 조사실에서 나오고 있었다. 분명 정훈석의 얼굴엔 승리감과 자신감 가득한 희열이 어려 있었다. 정훈석의 등 뒤에서 김세영이 팀원들을 바라보며 얼굴을 찡긋하며 엄지손가락을 세워 보였다. 케이를 비롯한 팀원들이 순간 들뜬 표정을 감추었다. 모두가 지치고 열패감 가득한 얼굴로 사무실을 나서는 정훈석을 배웅했다.

5.

　김현원은 대구에 다녀온 뒤 혼란스러웠다. 그들이 자신에게 비밀스럽게 접근해온 것과, 오랫동안 자신을 지켜봐왔다는 사실을 알고 난 뒤 그들이 벌이는 일이 심상치 않을 거란 것을 짐작했음에도 대구에서 맡은 일로 적잖은 충격을 받았다. 그는 다짐하고 결심한 상태였지만, 갑자기 찾아온 잊고 있었던 아버지에 대한 트라우마가 도져 대구를 다녀온 뒤부터 쉽사리 잠도 자지 못하고 있었다. 이현선에게서 문자도 뚝 끊겼다. 아마 그녀도 그와 마찬가지로 큰 충격을 받았을 거라고 그는 짐작했다. 개그맨에게서도 아무 연락이 없었다. 그는 잠자코 기다렸으나 갑자기 두 사람에게서 문자나 연락이 없자, 혹시 자신이 이용만 당하고 버려진 것이 아닌가 하는 두려움에 휩싸였다. 아버지가 그랬던 것처럼 자신이 모든 것을 뒤집어쓰고 교도소에 갇히는 상상을 하며 하루를 보내는 중이었다. '우리'가 되어가는 과정이 그에게 쉽지 않았다.

뉴스를 찾아보니 대구에서 있었던 일은 하루이틀 비중 있게 뉴스에서 다루더니 곧 사라져버렸다. 토막살인사건으로 주변을 수색하며 나머지 몸을 찾고 있다는 것이 주된 내용이었다. 그는 CCTV가 신경이 쓰였다. 나름 지시받은 대로 움직였으나 자신이 실수한 것은 없는지, 되새기고 또 복기했다. 그러면 그럴수록 김현원은 두려움과 마주했다. 생각이 거기에 미치자, 그는 의지할 곳이 그들밖에는 없다는 결론에 도달했다. 그들이 자신을 버리지 않는 한 자신이 먼저 그들을 버리는 일은 없을 거라고 스스로 다시 다짐했지만, 불안한 마음은 어쩔 수 없었다. 걱정과 지난한 시간이 흐르고 있었다.

대구에 다녀온 지 열흘이 지나고 개그맨이 그를 찾아왔다.

"첫 번째 일은 잘한 거 같아요. 넷 중 첫째가 고생했다고 전해달랍니다."

김현원은 개그맨을 대하는 자신의 태도가 대구를 다녀오기 전과 다르다는 것을 깨달았다.

"뭘요, 제가 한 게 뭐 있다고요. 그 상자 안에 들어 있는 게 저는 뭔지도 몰라요."

김현원의 말을 듣고 개그맨이 웃음을 터뜨렸다.

"다 아니까 그런 말을 하는 것 같은데요. 이러면 좀 곤란한데."

개그맨이 계속 웃었다. 김현원은 그게 조금 기분 상해서 표정이 일그러졌다.

"제가 무슨 일을 하고 있는지는 알아야겠어요. 아무것도 말해주지 않으니, 아무것도 할 수가 없습니다."

김현원이 말했지만, 개그맨은 여전히 웃으며 대답은 하지 않았다. 개그맨은 김현원에게 대신 돈 봉투를 내밀었다. 그는 선뜻 지난번과는 달리 그것을 받을 수 없었다. 마치 그 돈이 이번 일에 대해 모든 죄를 뒤집어써달라는 요구처럼 느껴졌기 때문이었다.

"뭐 해요. 받지 않고."

개그맨이 재차 봉투를 내밀었다.

"이 돈으로 뭘 하든 상관없지만 은행에 넣지는 말아요. 앞으로 받게 될 뭐든 은행에 맡기지 마세요."

김현원은 개그맨이 내미는 돈을 내려다보기만 한 채 받지는 않았다.

"이게 꼭 제 인생값처럼 느껴져서 선뜻 받기가 그렇네요. 우리 아버지가 얼마 되지 않는 돈에 누명을 쓰고 평생 감옥에서 인생을 썩혔던 터여서요. 저는 살면서 오로지 인생의 목표가 하나뿐이었어요. 바로 아버지처럼 살지 않겠다는 것이요. 아버지처럼 죽지 않겠다는 것이요. 그런데 제 삶이 점점 아버지의 모습을 닮아가고 있어요. 그 끝이 그와 닮았을 것 같아서 불안해요."

그 말을 듣고 개그맨이 손을 거두어들이려던 순간 김현원이 그의 손을 덥석 잡았다.

"그래서 이 돈으로 저는 다른 인생을 계획할 생각입니다. 준비한 것보다 더 많이 주세요. 지금보다, 앞으로 줄 돈보다, 더 많은 돈을 주세요."

개그맨이 처음엔 당황하더니 소리 내어 웃기 시작했다.

"좋아요. 알겠어요. 그렇게 할게요. 어차피 당신 몫을 조금씩 찾는 거니, 그렇게 하세요."

김현원은 봉투에서 돈을 꺼내어 세기 시작했다. 개그맨은 여전히 얼굴에 옅은 웃음을 띤 채 돈을 세는 김현원을 바라보았다.

정훈석은 특별한 움직임이 없었다. 그는 풀려난 뒤 며칠째 집에서 꼼짝도 하지 않았다. 그는 경찰서에서 나온 뒤에 종로에서 한 남자를 만나고선 포천 그의 집으로 돌아왔다. 분명 경찰이 자신의 뒤를 밟고 있다는 것을 알고 있었을 테지만 아랑곳하지 않았다. 정훈석은 종로5가역에서 한 남자를 만나 잠시 얘기를 나누고 서로 정반대 방향으로 멀어졌다. 김세영은 당황했다. 누구를 따라갈 것인지 고민됐다. 그는 정훈석을 따라갔다. 그는 미처 혼자 정훈석의 뒤를 밟은 것을 내내 후회했다.

그는 잠시 차를 가져오기 위해 경찰서에 다녀온 것을 빼곤 줄곧 정훈석의 교회 앞을 지켰다. 김세영은 틈날 때마다 김현수를 찾아갔다. 하지만 처음 만났을 때보다 더 이상의 진전은 없었다. 실종된 아버지에 대한 정보나 이야기도 반복되는 것들뿐이었다. 김세영은 낮에는 동네를 어슬렁거리다가 해 지기 전 차로 돌아와 숨죽이며 정훈석의 동태를 살폈다. 잠복근무도 두 사람이 해야 했지만, 팀 규모를 볼 때 불가능한 일이었다. 매일 사무실과 통화를 하고 있었지만 대구로 간 차 형사도, 사무실에서 정보를 취합하고 있는 정 형사도, 한 형사도 의미 있는 진전은 없었다.

정훈석은 이른 새벽 긴 산책을 하는 것 말고는 외출하는 경우도 거의 없었다. 그는 교회에 딸린 사택에 살고 있었다. 문 닫은 교회는 십자가마저 없어서 저택 같았다. 여기저기 세월의 흔적을 안고 서 있는 교회는 밤이 되면 거대한 울음을 토해낼 것만 같은 거대한 괴물처럼 보이기도 했다.

김세영은 무작정 그렇게 집 앞을 지킨다고 해서 어떤 성과가 있을지 의문이었으나 당장은 달리 방법이 없었다. 그는 점점 지쳐가고 있었다. 집에도 들어가지 못한 지 나흘이었다. 이런저런 생각 끝에 잠깐 잠이 들었다. 꿈속에서 그는 알지 못하는 길을 헤매고 있었다. 사람들을 붙잡고 길을 물었으나 누구도 그에게 말을 받아주는 사람이 없이 모두가 그를 외면했다. 꿈속에서 그는 난감함에 어쩔 줄 모르고 있었다. 소란스러움이 그를 깨웠다. 잠에서 깨어보니 그새 큰비가 내리고 있었다. 굵은 빗줄기가 차를 때렸다. 기지개를 켜다 그는 흠칫 놀라서 눈이 휘둥그레졌다. 어둠 속에서 조용히 존재를 드러내고 있던 교회에서 불빛이 흘러나오고 있었기 때문이었다. 며칠 만에 일어난 변화는 그것이 유일했다. 그가 천천히 문손잡이에 손을 가져가던 순간 다시 그는 깜짝 놀랐다. 누군가 차창을 두드리고 있었기 때문이었다. 그는 짐짓 놀라서 창밖을 바라보았지만, 비옷을 입고 서 있는 시커먼 형체는 어딘지 모르게 위압감을 뿜어내고 있었다. 어두워서 얼굴을 볼 수 없었다. 그가 창문을 조금 내리자, 빗물이 창문 사이로 들이쳤다. 그는 눈을 가늘게 뜨고 창을 두드리는 사람을 노려보았다.

"누구세요? 무슨 일이요?"

김세영의 목소리가 세차게 쏟아지는 빗소리에 잠겼다.

"그건 제가 물으려던 말입니다. 여기서 며칠째 뭐 하시는 겁니까?"

남자의 음성은 낮게 가라앉아 있었다. 소란스러운 빗소리를 뚫고 남자의 음성이 또박또박 울렸다.

"그건 알 거 없고, 대체 누구요?"

김세영이 건장한 남자가 뿜어내는 위압감에 움찔했다. 남자의 표정에 슬쩍 웃음이 번지는 것을 알아차렸다. 그는 조수석에 놓여 있던 호신용 삼단봉을 가만히 움켜쥐었다.

"김 형사님, 여름이지만 날씨도 쌀쌀한데 잠깐 들어오시죠. 목사님이 형사님을 모시고 오랍니다. 다른 분들 모두 기다리고 있습니다."

자신이 교회 근처에 진을 치고 있을 거라는 것을 정훈석이 알고 있을 기라고 짐작은 했지만 이렇게 직접적으로 다가올 줄은 예상치 못한 일이었다.

"도대체 당신은 누구요? 모두 기다리고 있다니."

"교인이라고 해두죠. 하지만 생각해보면 잘 알 수 있는 관계지요. 저는 셋 중 둘째입니다. 김 형사님은 하나의 하나고요."

"지금 무슨 말을 하는 거요?"

남자를 때린 빗물이 창문 사이로 들어와 그에게 튀었다. 그는 눈을 똑바로 뜰 수 없었다.

"그리하면 네 오른손이 너를 구원할 수 있다고 내가 인정하리라, 잘 받으셨습니까?"

김세영은 놀랐다. 그가 차에서 천천히 내리자, 남자는 한 걸음 뒤로 물러섰다. 김세영은 퍼붓는 비를 맞으며 남자 앞에 섰다. 두 사람은 말없이 한동안 서로를 바라보았다.

"아, 당신, 그때 종로5가에서, 맞죠?"

김세영은 그가 정훈석이 종로5가에서 만났던 사람이라는 것을 기억해냈다. 남자가 대답 없이 돌아서 교회로 발걸음을 옮겼다. 김세영은 앞서는 남자를 조용히 따라갔다.

김세영이 교회 안으로 들어간 것은 처음이었다. 교회 안은 짐작했던 것과 달랐다. 그는 입구에 서서 교회 안을 둘러보았다. 곳곳에 스탠드 등이 켜져 있었고 천장이 높았다. 넓은 본당은 어두컴컴했다. 의자나 강대상 같은 것은 없었고, 십자가는 내려져 한쪽 벽에 비스듬하게 기대어져 있었다. 강대상이 있었던 자리에 거대한 오디오 장비와 스피커가 자리하고 있었고 클래식 음악이 흘러나오고 있었다. 홀 가운데에는 소파가 놓여 있었다. 그는 입구에서 움직이지 않고 그대로 서 있었다. 김세영을 데려온 남자가 비옷을 벗고 소파에 앉았다.

"거기 서 있지 말고 이리 와서 앉아요. 비 오는 밤 와인 모임을 시작하려던 참입니다."

정훈석이 일어서서 김세영에게 다가왔다. 정훈석은 취조실에서 보았던 그가 아니었다. 얼굴에 가득 미소를 머금고 있었고 냉정하던 말투도 아니었다.

"이런 날을 오랫동안 준비하고 기다려왔습니다. 혹시 김 형사님이 저를 찾아오지 않으면 어쩌나 걱정도 했고요. 지금까지는 우리가 준비하고 계획한 대로예요. 그래서 예상했던 일정보다 더 빠르게 모임을 준비했어요."

김세영은 긴장감에 몸이 떨리는 것을 다스릴 수 없었다. 그는 허리춤에 꽂았던 삼단봉을 꺼내 손에 쥐었다. 채찍질하듯 휘두르자, 삼단봉이 차르륵 펴지는 소리가 본당에 울렸다. 김세영은 정훈석 너머로 소파에 앉은 사람들을 바라보았지만, 그들 중 누구도 돌아보지 않았다. 그곳에 세 명의 남자와 한 명의 여자가 앉아 있었다. 그들은 소파에 푹 잠겨 머리만 겨우 솟아 있었다.

"그러지 말고 잠깐 앉아보세요. 김 형사님이 궁금해하는 걸 모두 들을 수 있을 테니."

정훈석이 그렇게 말하고 소파로 돌아가 앉았다. 정훈석만이 맞은편 소파에 앉아 김세영을 바라보았다. 정훈석이 김세영을 향해 잔을 들어 보였다. 김세영은 삼단봉을 꼭 움켜쥐며 천천히 그들이 앉은 곳으로 향했다. 당황한 나머지 휴대전화를 차에 두고 온 것을 깨달았다. 그들에게 다가갈수록 다리가 후들거렸다. 오랫동안 잠복해 있다가 범인을 마주했을 때의 느낌이었다. 긴장과 설렘과 두려움이 복합된, 말로는 표현하기 힘든 감정이었다. 소파까지 다가가는 그 짧은 몇 걸음이 길고 긴 터널을 지나는 기분이었다. 김세영은 다가가서 소파에 앉은 사람들 뒤편에 섰다.

"음악 좋아해요? 바그너를 듣고 있었어요."

김세영은 본당 정면의 벽을 모두 차지하고 있는 거대한 스피커와 그 앞에 놓인 오디오를 바라보았다.

"히틀러가 사랑했던 클랑필름의 유로노어랍니다. 구하는 데 애를 조금 먹었습니다. 십자가가 있던 곳에 스피커를 설치했더니 모든 음악이 꼭 신의 음성처럼 들리지 뭡니까."

정훈석이 처음으로 소리 내어 웃었지만, 다른 사람들은 웃지 않았다.

"이리 와서 앉아요. 소개할 사람들이 많습니다."

정훈석이 자신의 옆자리를 그에게 권했다. 김세영은 잠깐 망설이다 그의 옆에 앉았다. 김세영은 자리에 앉으려다 너무 놀라서 심장이 멎는 듯했다.

한채연 형사가 맞은편 소파에 앉아서 김세영을 바라보며 미소 짓고 있었기 때문이었다.

"선배가 여기 어떻게."

한채연은 살짝 미소를 머금은 채 와인을 한 모금 마실 뿐 다른 말은 하지 않았다. 김세영은 주위에 앉은 다른 남자들도 바라보았다. 그중 두 사람은 김세영이 이미 아는 사람들이었다. 한채연 옆에는 김현수가 앉아 있었다.

"많이 놀랐지요? 보고 싶었어요."

한 남자가 일어나 손을 내밀었다. 김세영은 김현수에게 시선이 가 있는 바람에 조금 놀랐다. 김세영이 점점 다가오는 남자가 내민 손을 바라보았다. 남자의 목소리와 말투는 부드러웠다. 김세영은 다가온 남자를 올려다보았다. 마르고 키가 큰 중년의 남성은 어딘지 모르게 낯이 익었지만, 기억이 나지 않았다. 김세영은 남자가 내민 손과 얼굴을 번갈아 바라보았다. 남자의 등 뒤로 한채연이 김세영을 바라보며 와인을 홀짝였다. 김현수는 시선을 돌렸다. 김세영을 데리러 왔던 남자는 김세영에게 눈인사를 하더니 정훈석과 함께 멀찍이 떨어졌다.

"저는 K라고 해요."

김세영이 천천히 일어나서 남자가 내민 손을 잡았다.

"본명은 김지윤이에요."

"김지윤?"

김세영은 머리가 하얘졌고 몸은 통제가 되지 않았다. 남자를 붙잡은 손이 덜덜 떨렸다.

"생각하는 그 사람 맞아요. 형이 김성윤이니까."

중년의 남자가 더 음성이 떨렸다. 김세영은 어렸을 적 실종된, 아버지보다 먼저 사라졌던 삼촌을 떠올렸고, 자기 앞에 서 있는 사람이 그가 분명하다는 것을 몸이 이미 알아보았다.

케이는 오랜만에 아이들을 만나러 가는 중이었다. 미리 약속을 한 것이 아니어서 아이들을 만날 수 있을지 알 수 없는 일이었다. 얼굴을 본 지 1년이나 되었고 반년 넘게 서로 연락하지 않았다. 해결되지 않는 사건에 벌써 반년 넘게 몰두하고 있었다. 케이는 가끔 SNS에 들어가서 아이들 근황을 살피곤 했다. 행복한 생활을 하는 듯했다. 이제는 아이들에게 자신이 불필요한 사람이라는 것을 느낄 때면 잘 자라주고 있는 아이들을 위해서 이대로 이렇게 지내는 것이 최선이라는 생각이 들었다. 케이의 딸아이는 올해 대학 입시를 준비 중이었다. 마지막으로 본 게 언제였는지 떠오르자 너무 아련해서 지나간 시간이 아예 존재하지 않는 것 같았다. 그는 쓸쓸한 마음을 지나치는 풍경 뒤로 밀어냈다.

케이는 아이들이 사는 강남에 가기 위해 전철을 타고 한강을 건너면서 그간의 시간이 멈춘 듯한 느낌에 사로잡혔다. 전철을 타고 강남에 가는 것이 너무 오랜만이어서 많은 것이 낯설었다. 술로 인생을 허비한 시간, 이혼 뒤 더욱 심각해진 알코올의존증을 약으로 겨우 버티고 있는 몇 년과 해결할 수 없는 사건에 매달려온 지난 1년이 덧없게 느껴졌다.

케이는 계획없이 강남으로 향했지만, 꼭 아이들을 만나야겠다는 마음이 절실하지 않았다. 그는 무작정 아이들이 다니는 학교를 찾아가고 있었다. 하지만 아이들이 하루를 어떻게 보내는지 알지 못했으므로 단지 아이들을 보러 가고 있다는 것에 대한 자기 위로가 큰 충동적인 하루였다. 그는 양재역 밖으로 나오고 보니 어디로 가야 하나 막막해졌다. 그는 딸이 다니는 학교 안으로 들어가지 못하고 주변을 서성이다가 결국 이혼한 아내에게 전화를 걸었다.

"당신이 거길 왜 간 거야?"

그녀는 으레 묻던 안부도 없이 그에게 물었다.

"왜 오긴, 은지, 은수 보러 왔지. 본 지 너무 오래됐잖아. 요즘 마음이 복잡해서 나도 머리도 좀 식히려고 왔어. 애들하고 맛있는 것도 같이 먹고 용돈도 좀 주고 그러려고……."

전화기 너머 그녀가 길게 내쉬는 한숨 소리가 그의 말을 막았다.

"일단 알았으니 나 먼저 잠깐 봐. 상의할 게 있어. 애들 만나는 건 나하고 얘기한 다음 봐도 되는 거면 보고."

케이는 전 아내가 진지하게 말하는 통에 수긍할 수밖에 없었다. 불길한 마음에 그는 그녀가 시키는 대로 순순히 그녀의 말을 따랐다.

약속한 카페에 도착해보니 전 아내는 이미 나와서 그를

기다리고 있었다. 급하게 나온 듯 그녀는 화장기 없는 얼굴에 집에서 입는 편한 옷차림이었다.

"무슨 일이 있는 거야?"

두 사람이 단둘이 마주 앉은 것은 이혼 후 처음이었다. 케이는 심각한 표정으로 마주 앉은 그녀를 바라보았다. 이제는 완연한 중년의 흔적이 보였다. 마흔 넘어 늦은 나이에 만나 결혼 생활까지 25여 년을 함께한 그녀가 이제는 중년의 한 중턱에 서 있다는 것을 깨닫자, 그는 마음이 씁쓸해졌다.

"무슨 일 있어?"

케이는 재차 물었지만, 그녀는 한참이나 망설이며 뜸을 들였다.

"무슨 일이 있지."

그녀가 휴대폰 사진 한 장을 그에게 내밀었다. 큰딸의 SNS를 캡처한 것이었다. 사진 속에서 은지는 벚꽃 아래서 볼 바람을 분 채 한쪽 눈을 찡긋하며 손으로는 V를 그리고 있었다.

"사진이 왜?"

케이는 이제는 부쩍 큰 은지가 조금 낯설게 느껴져서 마음이 짠했다.

"사진 말고 댓글을 봐."

전 아내의 말에 케이는 그제야 맨 위에 달린 댓글을 보고 깜짝 놀랐다. '살인자의 딸! 독재자 앞잡이의 딸, 은지!' 케이는 떨리는 마음을 부여잡으려 노력했지만 허사였다. 몸이 먼저 반응해서 다리부터 머리끝까지 부들부들 떨리는 것을 주체할 수 없었다.

"누구야?"

케이가 낮은 음성으로 말했다.

"그건 내가 묻고 싶은 거야."

그녀가 말했고 케이는 침묵했다. 케이는 누가 어떤 일을 벌이고 있는 것인가, 머릿속이 복잡해졌다.

"언제야?"

"두 달쯤 전이야. 은지한테 메시지로 같은 내용이 여러 번 왔었대. 너, 이제 어떡할래?"

"어떡하긴, 이놈 잡아야지."

케이가 휴대폰을 돌려주며 말했다.

"잡아서 뭐 하려고? 협박이라도 할 거야? 아니면 죄라도 만들어서 처넣을 거야?"

케이는 아무 말도 할 수가 없었다.

"은지는 미국으로 보낼 거야. 유학 알아보는 중이야. 은수도 같이 보낼 거야. 나도, 남편도 가능하면 여기 정리되는 대로 떠나려고 해."

케이는 혼란스러워서 그녀에게 대꾸를 할 여력이 없었다. 지난 세월이 한순간 머릿속에서 빠르게 지나갔다. 무엇이 잘못되었는지 그는 알고 있었지만, 정확히 무엇부터 바로잡아야만 하는 것인지는 알지 못했다. 그런 혼란으로 그는 수십 년을 망설이고 있었다. 어떤 일에건 적극적으로 가담하지 않았다고 하더라고 잘못된 일을 바로잡기 위해 아무것도 하지 않았으니 이런 날이 도래한 것임을 그는 알고 있었다. 하지만 어쩔 도리가 없었다. 자신이 한 행동이 틀렸지만 반항하는 수밖에, 저항할 수밖에 없다고 그는 언제나 그래왔듯 스스로 다짐했다. 이제껏 지난 세월을 모른 척 견뎌왔으므로 앞으로도 그렇게 버틸 것임을 그는 이미 알고 있었다.

"어때, 은지는 만나지 않는 게 좋겠지? 당신이 무섭대."

케이는 말없이 고개를 끄덕였다.

"건강 잘 챙겨."

전 부인이 무심하게 말하며 일어섰다. 케이는 그녀에게 잘 지내라는 말도 하지 못했다. 그저 고개를 떨구었다. 전 부인이 자리를 뜬 뒤에도 그는 한참 그 자리에 앉아 있었다. 무슨 일이든지 해야겠다는 생각이 들었지만 무엇을 해야 할지 알 수 없었다. 그는 그저 멍하니 창밖을 바라보며 마음속에 있는 못난 자신에게 지금이라도 용기를 내라고 외치고 있었다. 하지만 몸은 그저 창밖을 바라보며 무기력하게 앉아 있었다.

케이는 사무실로 돌아가지 못하고 쉽사리 강남에서 발을

떼지 못했다. 그는 결국 참았던 술을 마시고 엉망으로 취했다. 그가 할 수 있는 일이라는 게 술을 마시고 지금을 잊는 것뿐이었다. 그는 전 부인에게 전화를 걸어서 아이들이 보고 싶다고 떼를 썼다. 이젠 정말 마지막이라는 생각이 들자, 그는 취한 자신을 통제하지 못했다.

"마지막으로 꼭 한 번만 아이들을 만나게 해줘."

그가 울면서 말했지만, 그녀는 그럴수록 더 차분했다.

"미안해. 미안해, 정말."

케이가 울먹이며 말했다.

"우리에게 미안할 건 없어. 넌 그게 잘못됐어. 네가 미안해 할 사람은 우리가 아니잖아. 잘 생각해봐. 그렇게 해선 아무것도 해결되는 일이 없을 거야. 제발, 좀 잘 살아봐. 한 번이라도 제대로 말이야."

그녀는 조용하고 냉정하게 말했다.

"우리를 위한다면 우리를 그냥 좀 내버려둬. 미안한 말이지만 우리는 너 없이 좋아졌어. 너도 우리 없이 좋아졌으면 좋겠어."

그녀가 낮은 음성으로 냉정하게 말했다. 케이는 정신이 번쩍 들었다. 그녀가 하는 말이 전화기 너머 들려오는 것이 아니라 마치 자신의 마음속 저 깊은 곳에서 올라오는 것 같았다. 그는 울음을 그쳤다.

"그럼, 아이들에게 안부라도 전해줘."

"……나중에, 나중에 그럴게."

그는 더 이상 아무 말도 하지 못하고 조용히 전화를 끊었다. 그는 천천히 발걸음을 돌렸다.

택시에서 바라본 서울은 아름다웠다. 택시를 타고 한강을 건너며 바라본 풍경은 언제나 익숙한 그것이었지만 여느 때와는 달랐다. 뒤로 밀리는 풍경이 넘어서는 안 되는, 이제는 돌아갈 수 없는 국경을 넘는 것처럼 막막하게 느껴졌다.

케이가 사는 광화문 근처 오피스텔에 다다랐을 무렵, 전 아내에게서 사진과 문자가 하나 도착했다. 어디선가 본 적 있는 화학구조였는데 그가 알고 있는 것보다 복잡했다.

'벤조디아제핀이란 약의 화학구조야. 그 사람이 남긴 글마다 그 심볼이 남겨져 있었어.'

케이는 그녀의 문자를 받고서야 아주 오래전 있었던 한 사건이 떠올랐다. 당시에 함께했던 동료를 떠올렸다. 몇몇은 승승장구하며 지금도 요직에 있는 사람도 있었고, 몇은 경찰을 그만두고 뭘 하며 지내는지 알지 못했다. 오랜 시간 자신의 인생을 조금씩 갉아먹었던 이유가 자신의 과오로 얼룩진 과거라는 것을 다시 깨달았다.

'나쁜 자식들.'

케이는 택시에서 내리며 대상이 누구랄 것이 원망의 말을 뱉었다. 그는 비틀거리며 오피스텔로 향했다. 몸은 흔들렸지만, 머리는 오히려 더 맑아지는 것 같았다. 그러면서 졸음이 몰려들었다. 막 오피스텔 입구에 들어서려는데 누군가 그를 불러세웠다.

"형사님, 케이 형사님 맞으시지요?"

케이는 고개를 돌려 그를 바라보았다. 눈을 가늘게 뜨고 남자를 바라보았지만, 자꾸 남자의 형상이 흔들리며 눈이 감겼다.

"우리를 너무 오래 기다리게 하지 마세요. 예전에 꽤 총명하다고 생각했는데, 이건 너무 실망스럽지 뭡니까."

케이가 자기를 부른 남자를 바라보는데 옆에서 누군가 나타나 말하더니 사라졌다. 케이는 남자의 말을 끝까지 듣지 못하고 바닥에 철퍼덕 주저앉았다. 술에 취한 한 무리의 남자들이 그들 사이를 가로질러 지나갔다. 케이가 겨우 일어섰을 때 남자는 이미 어딘가로 사라지고 없었다. 그는 흔들리는 시선을 붙잡으려 애썼지만 마음대로 되지 않았다. 술에 너무 취해서 그런 것이라곤 믿기지 않을 만큼 정신이 몽롱해졌다. 케이는 막, 아주 깊은 잠에 빠져들고 있었다.

차세영은 김성도를 쫓고 있었다. 수사를 하면서 가장 어려운 일을 꼽자면 흔히 말하는 상류층 사회를 파고드는 것이었다. 재벌, 법조인, 정치인 같은 부류를 수사하는 일에는 제약이 많았다. 그냥 돈이 많은 부자들은 이 사회에서 숨어들 곳이 많지 않고 생활의 흔적이 남기 마련이었지만 세 부류는 어떤 권력을 형성하고 있어 그들의 실체는 손이 닿지 않는 곳에 항상 숨어 있었다. 그들 옆에는 언제나 그들을 비호하는 세력이 있었고, 그들은 삶의 대부분을 다른 사람의 명의로 사는 부류였다. 발로 뛰어서 그들에게 다가가는 것은 정말이지 힘든 일이었다. 그들은 너무 많은 사람으로 둘러싸여 있어서 차세영이 한 단계, 한 단계 다가갈수록 더욱 멀어지는 느낌이 들었다.

차세영은 대구에 기반을 둔 김성도의 주변을 차근차근 밟았다. 시간은 더디고 효과도 적었으나 달리 방법이 없었다. 재선 국회의원에 고검장 출신의 김성도는 지역에서의 활동이나 영향력은 예전 같지 않고 그 위세를 잃은 듯했다. 실제로 그에 대해 잘 알거나 근래에 만났다는 사람은 드물었다. 의원직을 잃은 지 이미 10년이나 지나서 그를 따르던 사람들도 흩어지고 사라진 터라 차세영은 김성도를 찾는 데 애를 먹었다. 오랜 탐문 중에 그의 최근 흔적을 찾을 수 있었는데 과장이 너무 심한 소문에 불과한 것들이었다. 그중에서 김성도가 자는 동안 누군가 한쪽 발을 잘라가서 목발을 짚고 다닌다는 얘기가 있었는데 근래에 떠돌던 것이 아니라 오래전부터 사람들 사이를 떠돌던 것이었고, 재산을 자식들에게 넘 겨주지 않아서 김성도의 자식들이 그를 집 안에 가두고 학대 하고 심지어는 죽여서 아마 묻었을 거라는 흉흉한 소문도 있 었다.

국회의원을 두 번이나 했지만 그에 대한 기억이나 인상은 사람들에게 그리 좋은 이미지로 남아 있지 않았다. 사람들은 그가 인정머리 없고 욕심 많은 사람이라고 말했다. 국회의원 이었던 8년 동안 대부분 자기 배를 불리는 데 혈안이 되어 개발을 일삼고, 부정과 비리에 얼룩진 탐욕스러운 인간이었 다고 지역 사람들은 입을 모았다. 하지만 어떤 이유에선지 기소되거나 법의 심판을 받은 적은 없었다. 아마도 그가 전 직 검사여서 그런 것일지도, 혹은 그가 전직 국회의원이어서 그런 것일 수도 있을 테지만, 그런 말들은 사람들의 추측에 불과한 것이었다. 그간 차세영은 김성도에 관해 어떤 것도 실체를 확인할 수 없었다. 그렇게 꼭 유령처럼 있는 듯 없고, 없는 듯 존재했던 김성도와 차세영이 결국 마주 앉았다.

"정말 만나기 힘든 분이네요."

김성도는 생각했던 것보다 더 훨씬 늙고 병든 노인의 모 습을 하고 있었다.

김성도가 머무는 곳은 제주 한림에서 중산간으로 한참을 가야 하는 외진 곳이었다. 주변에는 마을도 없었다. 더 이상

차가 들어갈 수 없는 작은 길이 나왔다. 차세영은 작은 도로에 차를 세우고 한참 이면도로를 따라 걸어 들어갔다. 끝없이 이어진 귤밭 사이를 걸었다. 반 시간을 걸은 후에야 우거지고 울창한 숲에 둘러싸인 한 저택에 도착했다. 한 남자가 이미 차세영을 기다리고 있었다.

"제가 전화한 사람입니다."

남자는 체격이 우람하고 피부가 검어서 이국적인 인상을 풍겼다.

"차세영이에요. 이렇게 외진 곳이 다 있네요."

차세영이 말했고 남자는 대답 없이 가볍게 목례하고 앞서 걸었다. 남자는 차세영을 김성도가 있는 곳으로 안내했다. 차세영은 뒤따라가며 이것저것 가볍게 남자에게 물었으나 그는 어떤 대꾸도 하지 않았으며, 돌아보지도 않았다. 대문에서 건물까지도 꽤 먼 거리였다. 차세영은 김성도가 이렇게 외진 곳에 머무는 이유가 언뜻 이해가 가지 않았다.

고풍스러운 집 안의 풍경은 어쩐지 그로테스크하게 느껴졌다. 사람들이 생활하는 집이라고 보기엔 괴기하고 어울리지 않는 물건들이 많았다.

"이곳은 원래 사냥하기 위한 별장으로 지었나 봅니다."

차세영이 남자를 따라 계단을 오르며 말했지만 남자는 여전히 아무 말도 해주지 않았다. 2층에는 긴 복도를 따라 여러 개의 방이 마주 보고 있었고 남자는 복도 끝 방으로 그를 안내했다.

남자가 문을 열자, 김성도가 휠체어에 앉아 있었다.

"먼 길도 아닌데 늦었구랴."

그는 창을 등지고 앉아서 차세영을 기다리고 있었다. 80년대 공안 검사로, 이후 정치인으로서 강하고 호락호락하지 않던 이미지는 어디에서도 찾아볼 수 없었다. 약하고 무기력한 백발의 노인이 차세영 앞에 다소곳하게 앉아 있었다.

"나를 찾고 있다는 소문이 들리던데, 무슨 일 때문인가 궁금해서 참을 수가 있어야지. 내가 먼저 좀 불러봤수다."

김성도가 느릿느릿 말을 꺼냈다.

김성도의 비서라는 남자가 차세영에게 연락을 한 것은 지난 날 아침이었다. 차세영은 상륙 중이던 태풍 때문에 그가 있다는 제주로 바로 내려오지 못하고 이튿날 새벽에야 비행기에 오를 수 있었다.

"어르신이 기다리신다길래 서두른다고 서둘렀는데 이렇게 됐어요. 죄송합니다."

차세영은 방 안을 빙 둘러보았다. 회의용 테이블과 소파 말고는 아무것도 없었다. 다만 넓은 벽에 줄지어 인상적인 그림 세 점이 걸려 있었는데, 그것은 전직 대통령들의 초상화였다.

"정말 존경하는 분들이었나 봅니다."

차세영이 그림을 바라보며 말했다.

"나와는 상관없는 그림이오."

김성도가 불쾌한 듯 말했다.

"이곳에서 저런 그림하고만 지내시려면 적적하시겠어요. 왜 이런 곳까지 들어와 사는지 이해가 잘 안 갑니다."

차세영은 김성도의 말에는 귀 기울이지 않고 꼿꼿하게 허리를 세우고 앉은 김성도의 다리를 보기 위해 핸드폰을 탁자 밑으로 툭 떨어뜨렸다. 탁자 밑으로 슬쩍 바라본 김성도의 다리는 꼬고 앉은 모양새로 보아서는 멀쩡해 보였다. 그간 김성도를 찾기 위해서 애썼던 시간에 대해 낭패감이 몰려들었다. 차세영은 긴장이 풀리며 발끝에서 뭔가 쑤욱 빠져나가는 것 같았다. 차세영이 천천히 몸을 일으켜 핸드폰을 탁자 위에 가만히 올려놓았다. 창밖으로 보이는 한라산을 넋 나간 사람처럼 멍하니 바라보았다.

"아마도 당신은 나를 보러 온 게 아닌 모양이오."

김성도가 비아냥거리며 웃었다. 그의 웃음에는 웃음이 없었고 어떤 분노나 경멸 같은 것이 어려 있었다.

"내가 경찰 니들을 싫어하는 이유가 바로 이런 것 때문이야. 계획이란 게 없거든. 목표가 없으니까 매번 그렇게 헤매는 거라고. 목표나 목적은 찾는 게 아니야. 만드는 거지."

김성도가 갑자기 주먹까지 쥐어가며 목소리를 높였다. 차세영은 다른 생각을 하던 차여서 깜짝 놀랐다.

"어르신, 약 드실 시간입니다."

차세영 뒤에 서 있던 비서가 조용히 말하자 김성도의 눈빛이 흔들리더니 금세 진정되었다. 차세영이 뒤돌아 비서를 바라보았지만, 그는 허공 먼 곳을 바라보며 눈길을 주지 않았다.

"집 안이 참 조용하네요. 그런데 이곳에는 두 분뿐인가요?"

차세영이 물었고 남자도 김성도도 대답하지 않았다.

"차 형사는 나보다 저 사람에게 관심이 많은가 봐요. 어쩌면 이제 올바른 지점으로 돌아온 기분이군. 어차피 나와는 상관없이 둘이 만나기 위해 나를 이용한 것이니 대화들 잘 나누어봐요."

차세영이 남자를 바라보며 돌아앉았다.

"그런데 왜 이런 곳까지 내려와서 살고 있는 겁니까? 두 분 모두 이런 곳에서 조용히 살 사람처럼 보이지는 않는데 말이에요."

차세영은 여전히 남자를 바라보며 묻고 있었다.

김성도와 마주 앉은 순간부터 들던 의문이었다. 무엇인가 이상한 분위기를 느꼈는데, 그것은 상상했던 것과는 달리 힘의 균형에서 김성도가 남자를 압도한다고 보기 어려웠기 때문이었다. 순전히 감이었고 느낌이었다. 차세영은 등 뒤에 서 있는 남자가 이 방의 주도권을 쥐고 있다는 것을 김성도 의 행동과 시선을 통해 눈치챘다.

남자는 차세영의 물음에 아무 말도 하지 않았다. 방 안에 는 정적이 흘렀다. 김성도가 가쁘게 내뱉는 숨소리가 방 안 의 침묵을 깼다. 긴장된 분위기가 더욱 무거운 공기로 가라 앉았다.

"내가 나서서 할 말이 아니니 두 분이 말씀 나누시지요."

한참 후에야 남자가 말문을 뗐다.

"그럼, 자리를 좀 비켜주시겠습니까?"

차세영이 말하고는 김성도를 바라보았다. 김성도는 당황 한 표정이었지만 이내 기대감 큰 얼굴로 고개를 끄덕였다.

"그러지, 그게 좋겠어."

비서가 잠시 생각에 잠긴 듯 창밖을 바라보았다. 장엄한 한라산의 자태가 절경이었다. 남자가 천천히 다가오더니 탁 자 위에 올려두었던 전화기를 재빠르게 집었다. 차세영이 손 을 쓸 새 없이 순식간에 벌어진 일이었다. 차세영이 천천히 허리춤에 차고 있던 삼단봉으로 손을 가져갔다.

"저라면 대화를 택하겠습니다."

비서는 말하더니 아랑곳하지 않고 김성도에게 성큼성큼 다가갔다. 그가 앉아 있던 의자를 손으로 밀어 탁자에서 멀찍이 떨어뜨렸다. 그리고 의자를 가져와 김성도가 앉아 있던 자리에 놓고 차세영과 마주 앉았다.

"이제 우리가 대화를 해야겠군요."

남자가 고개를 돌려 김성도를 바라보자, 그는 남자의 눈을 피했다. 차세영은 접혀 있는 삼단봉을 꺼내 무릎 위에서 놓고 가만히 움켜쥐었다.

"어렸을 적 보았던 영화가 있어요. 살인을 하고 감옥에 갇히게 된 한 남자의 이야기인데. 뭐 뻔하지요. 탈옥을 오랫동안 준비하고 성공하는 스토리인데 아마 차 형사님도 잘 아는 영화일 겁니다. 치밀하고 신중하게 19년 동안 감옥 안에 동굴을 조금씩 파서 탈옥을 준비하는, 뭐 그저 그런 내용이었어요. 그런데 가장 인상적이었던 것은 그런 영화 내용보다도 탈옥을 준비하는 것을 눈치챈 다른 죄수가 했던 말이었습니다. 희망은 위험한 것이다. 희망이 생기면 사람이 미치기 때문이다, 뭐 그런 말이었던 것 같아요. 그런데 말입니다. 그 말이 꼭 제 상황이나 저를 위한 것처럼 느껴졌지 뭡니까. 당시에도 이후에도 꽤 오랫동안 말입니다."

차세영은 잠자코 남자가 말을 들었다. 남자는 차세영을 똑바로 쳐다보며 흔들림이 없었다.

"저한테 그 무렵 어떤 희망이 생겼는데, 그 영화의 대사처럼 희망이라는 것이 점점 저를 미치게 만들기 시작했으니까요. 벌써 30년 가까이 됐는데 아직도 그런 상태이니, 미치지 않고서는 정말 견디기 힘든 지경에 이르렀단 말입니다. 희망에도 인계점이 있고, 인내가 필요한 시점이 되었다는 말인데, 그런데 말이에요. 당시 어떤 희망을 품었던, 십대였던 내가 이제 오십을 바라보는 지금이 되어보니, 그건 잘못된 말이었다는 것을 어슴푸레 알게 되었다는 겁니다. 희망은 혼자에겐 위험한 것이지만 같은 희망을 품은 여럿에게는 위험한 게 아니라는 것이지요. 혼자서 희망의 인계점에 다다랐을 때 나 같은 사람이 많다는 것을 알게 되었거든요. 그러다 보니 그건 희망이 아니라, 그러니까 오지 않는 것을 기다리는 것이 희망이 아니라, 필연이었다는 것을 알게 된 거예요. 꼭 있어야 했던 것을 오지 않을 희망으로 알고 30년을 살았다는 것 아닙니까, 차 형사님."

남자가 말을 마치더니 천천히 일어섰다. 차 형사는 긴장했다. 동료 누구에게도 제주행을 알리지 않은 것을 후회했다. 믿을 것은 삼단봉이 전부여서 그는 그것을 꽉 움켜쥐었다. 남자는 획 돌아서 김성도에게 다가가더니 바지춤을 들어올렸다. 발목 아래 의족 두 쪽이 가지런히 놓여 있었다.

"이걸 확인하러 온 거지요?"

차세영은 놀랐지만, 표정을 숨기려 애썼다. 남자가 김성도 뒤편으로 가더니 양손으로 김성도의 어깨를 살포시 감쌌다.

"뭐 하는 거야. 그에게서 떨어져."

차세영이 일어서며 소리쳤다.

"차 형사님, 걱정하지 마세요. 저는 아무 짓도 하지 않을 겁니다. 이제까지 어떤 일도 하지 않았어요. 형사님이 어떤 생각을 하는지 모르지만 김성도는 저의 보배입니다. 제 보배를 왜 해하겠습니까. 저 사람은 제가 오랜 시간 희망으로 알고 살았던, 저의, 아니 우리의 필연이거든요. 제 도움 없이는 이제 이분은 살 수가 없는 지경에 이르렀습니다. 그게 좀 행복합니다. 내가 품은 희망이 현실이 된 거죠. 하지만 이제 이분의 희망은 오로지 제가 사라지는 거지요. 제가 제거되길 간절히 바라는 거겠지요. 그런 제가 만약에 잘못되더라도 다른 사람이 이 사람을 케어하게 될 겁니다. 이게 이분의 필연이 될 겁니다."

남자가 두려움에 떨고 있는 김성도를 지그시 바라보았다.

"나약하기만 한 이 남자를 보세요."

남자가 김성도의 턱을 잡고 들어 올렸다.

"저런 나약함이 세상을 망치고 있었던 겁니다. 저런 사람들이 패거리를 만들고, 권력에 빌붙어 멀쩡한 사람들의 삶을 망치고 있었던 거란 말입니다."

남자가 김성도의 귀에 대고 소곤거렸다.

"차 형사님도 저들이 망가뜨린 삶의 일부분이지 않습니

까? 차 형사님, 지난여름 우리가 제안했던 것을 왜 받아들이지 않았습니까?"

차세영은 적잖게 당황했고 놀란 표정을 숨길 수 없었다. 청계천에서 사건이 발생하고 얼마 지나지 않아서 있었던 일이 떠올랐다. 비가 엄청나게 쏟아졌던 어느 날 자신을 찾아왔던 한 남자가 생각났다.

"우리는 아직도 당신이 우리와 함께할 거라고 믿고 있습니다. 당장은 아닐지 몰라도 언젠가는, 아니 곧 그렇게 할 거라고요."

차세영은 남자가 했던 말이 떠올랐다. 듣고 흘려버렸지만, 한 번도 잊은 적 없었다. 주된 내용은 케이와 정 형사에 관한 것이었다. 가족들 말고는 누구도 알지 못하고 자신조차 없었던 일처럼 여기고 살았던 가족의 비밀을 그 남자는 알고 있었다. 그 일에 케이와 정 형사가 관련되어 있다는 것을 남자가 알려주었다. 그가 누구인지도 알지 못하고 그 뒤로 연락이 온 적이 없었다. 채 말을 마치기 전에 갑자기 그곳에 케이가 나타났기 때문이었다.

"지금 나를 협박하는 거요?"

차세영이 말하며 김성도를 바라보았다.

"저 사람은 신경 쓰지 않아도 됩니다. 나약한 사람들은 나쁜 짓을 하기 위해 실재하지 않는 두려운 존재를 스스로 만들고, 진실을 그곳에 감추잖아요. 그런 왜곡은 일정한 시간 성공한 것처럼 보이지만 결국 실패합니다. 그 과정으로 저 같은 사람들이 실재하게 하니까요. 지금 저 사람은 상상으로만 있었던 가장 두려운 존재 아래 붙잡혀 있는 것이고, 앞으로도 자기를 가만두지 않을 것을 알고 있어요."

차세영은 김성도를 바라보았다. 김성도는 간절한 눈으로 차세영에게 도움을 청하고 있었다. 남자는 차세영을 바라보았다.

"연민은 바르게 사용되어야 하는 것을 차 형사님은 누구보다 잘 알 거라고 믿습니다."

차세영이 가만히 고개를 끄덕이며 꼭 쥐고 있던 삼단봉에서 힘을 풀었다.

"저런 사람에게는 연민도 과분하다?"

남자가 고개를 끄덕였다. 차세영이 남자를 바라보며 다음 이어질 이야기는 무엇인지 눈으로 묻고 있었다. 김성도의 표정이 일그러졌다. 그런 모습을 차세영과 남자가 물끄러미 바라보았다.

"저런 사람들의 특징이 있지요. 나약함으로 채운 것들은 지키는 게 힘들다는 것을 알고 있지요. 그 불안함이 저들에게는 가장 두려운 존재인 것을 누가 알려주지 않아도 본능으로 느껴요."

남자는 말하며 차세영에게 핸드폰을 돌려주었다.

"SNS 계정을 열어보세요. 메시지가 하나 도착해 있을 겁니다."

남자의 말대로 알지 못하는 사람으로부터 메시지가 도착해 있었다. 그 밑으로 케이에게서 온 메시지에 눈길이 잠시 멈추었다. 차세영은 케이의 메시지를 확인하지 않고 남자가 말한 메시지를 열었다. 영상이 도착해 있었다. 영상에는 끔찍한 장면이 찍혀 있었다.

"저들이 어떤 부류인지 보여주죠. 알량한 것들을 지키기 위해 자기 발도 서슴없이 자를 수 있는 자들입니다."

김성도가 울부짖으며 스스로 자기의 양쪽 발을 자르고 있었다.

"처음 한쪽을 자를 땐 두려움과 고통이 어느 정도인지 모르니 그럴 수 있다고 생각했습니다만, 두 번째는 다르지요. 우리도 정말 가능할까, 싶었는데 대단한 의지를 가진 부류들이에요. 저런 의지로 그런 일들을 저질렀으니, 우리가 당할 수밖에 없었던 겁니다."

김성도는 바닥에 털썩 주저앉아 작두에 번갈아 발을 올려놓고 망설이지 않고 싹뚝, 자신의 발을 연달아 잘랐다. 그 모습은 정말 기괴해서 현실감이 전혀 없었다.

"저들이 정말 두려운 것은 진실을 인정하고 참회하고 반성하는 것입니다. 그러니 발악하며 저러고 사는 겁니다."

차세영이 머뭇거리며 케이의 메시지를 열었다.

"다음 이야기가 더 궁금해지네요."

차세영이 무심히 말했다. 케이가 보낸 메시지에는 김세영, 한채연과 연락이 닿지 않는다는 것과 차세영의 안부를 묻는 내용이 들어 있었다.

"저 사람이 나약함으로 두려운 진실과 맞서 얻어낸 자산이 꽤 있습니다. 그걸 좀 맡아주시지요."

"재산을 말하는 거예요? 제가 경찰인 걸 잊으셨나 봅니다."

"경찰이니까 부탁드리는 겁니다. 자산은 부채도 포함되지 않습니까."

차세영이 고개를 끄덕였다.

"저 사람 가족들은 그런데 왜 가만히 있는 겁니까?"

"잘 아시지 않습니까. 저런 부류에게 가족의 의미는 우리와 다르다는 것을요. 아마 찾지 않을 테고, 오히려 지금이 낫다고 생각하고 있을 겁니다. 가족들도 저 사람과 크게 다르지 않을 테니까요."

"제 가족사 때문에 저를 고려하고 택했다는 말로 들립니다."

"고려한 게 아니라 당신은 또 다른 우리의 희망이었다는 거지요."

"결국 필연이라는 말처럼 들리는군요."

차세영은 마치 이런 순간이 자신에게 다가올 거라고 미리 알고 있던 사람처럼 차분했다. 두 사람의 대화를 멀찍이서 듣고 있던 김성도가 낙담한 듯 고개를 떨구었다.

케이가 깨어났을 때 어쩐 일인지 눈을 뜰 수가 없었다. 몸을 움직일 수도 없었다. 한참 후에야 눈은 가려졌고 손과 발은 묶여 있다는 것을 깨달을 수 있었다. 납치당했다는 사실만으로 엄청난 공포가 몰려왔다. 머리가 깨질 것처럼 아팠다. 목이 타들어갈 듯 갈증이 일었다. 얼마나 이렇게 있었던 것인지 알 수 없었다. 케이는 발버둥 쳤다. 하지만 그러면 그럴수록 손과 발을 더 옥죄며 통증이 심해졌다. 발악하는 케이를 김현원이 멀찍이 떨어져서 우두커니 바라보고 있었다.

"누구야? 도대체 너희들 누구야?"

케이가 화를 냈다가 도와달라고 소리쳤다, 애원하기를 반복했다. 김현원은 케이가 그렇게 하도록 내버려두었다. 그렇게 하기로 되어 있었다. 그는 케이가 '너희들'이라는 복수형을 쓴 것이 그저 신기할 따름이었다. 김현원은 그가 지칠 때까지 기다렸지만, 케이의 몸부림은 시간이 지날수록 더욱 심해졌다. 김현원이 그런 케이를 무심히 바라보았다.

김현원은 지난밤 케이를 이곳으로 데려왔다. 온종일 케이를 따라다녔지만, 케이는 김현원의 존재를 전혀 눈치채지 못했다. 케이가 경찰서에서 나와 지하철을 타고 강남으로 이동하는 내내 김현원은 케이의 등 뒤에 바짝 붙어 있었다. 한 카페에서 이혼한 아내와 나누는 얘기를 뒤에서 엿들었다. 그는 술집에서 술 마시는 케이 옆에 앉아 술 마시는 척했지만, 케이는 그를 알아보지 못했다. 케이는 술집에서 나와 전 부인에게 전화를 걸어 주정을 부렸는데, 너무 큰 소리로 얘기해서 지나가는 사람이 모두 알아들을 수 있을 정도였다. 자정이 될 무렵 인사불성으로 취해버린 케이를 자신의 차에 태운 것은 하루 중 가장 손쉬웠던 일이었다.

"정신 차리자. 지금부터라도 잘 살아보자."

뒷좌석에서 중얼거리는 케이를 백미러로 바라볼 때도 목적지에 다다랐을 때도 케이는 전혀 의심을 하지 않았다.

김현원은 그게 조금 서운하게 느껴졌다. 그렇게 애타게 만나고 싶었던 사람이었는데 막상 이렇게 마주치자 조금 실망스러웠다. 작년 잠깐 만났을 때보다 케이는 얼굴이 많이 상해 있었다. 얼굴에 어린 검은빛이 유독 더 누렇고 탁하게 느껴졌다. 꼭 죽기 전 아버지의 색깔을 닮았다고 생각했다. 김현원은 아버지가 유언처럼 남겼던, 힘들거나 어려운 일이 닥쳤을 때 케이를 찾아가라던 말을 아직도 이해하지 못하고 있었다. 왜, 케이를 찾으라 했을까. 아버지는 믿으면 안 되는 것을 평생 믿고 살아서 인생이 망가진 것이라고 김현원은 생각했다.

차 안에서 케이는 계속해서 무슨 말인가를 중얼거렸다. 자정 무렵 도로는 한산했다. 두 사람이 탄 차는 한남대교를 지나 터널을 순식간에 빠져나왔다. 남산터널을 지난 뒤 을지로에 접어들자, 김현원은 창문을 닫고 방독마스크를 썼다. 그리고 에어컨을 켰다. 무색무취의 이산화질소가 에어컨 방풍구를 통해 흘러나왔다. 케이의 오피스텔에 도착할 무렵이면 그가 정신을 잃을 게 분명했다. 개그맨이 5분 이상 흡입하면 안 된다고 당부하던 말이 떠올라 김현원은 시간을 확인했다.

개그맨과 얘기를 나눈 뒤로 김현원은 자기가 무슨 일을 하고 있고 해야 할 일이 무엇인지 알게 되었다. 그 뒤 김현원은 어떤 사명감 같은 것이 생겼다. 처음으로 자기의 인생에 어떤 책임감 같은 것도 갖게 되었다.

몇 주가 지나고 그에게 해야 할 일이 부여됐다. 그것은 케이를 납치하는 것이었다. 일주일 넘게 조용히 케이의 뒤를 밟아오던 그였다. 케이의 삶은 단조로웠다. 집과 사무실 말고 어떤 틈도 보이지 않았다. 시간은 금세 흘렀고 기회는 영오지 않을 것만 같았다. 케이가 집과 사무실 말고 다른 곳에 외출한 것은 처음이었다. 그는 개그맨에게 연락하고 케이의 뒤를 따랐다. 굉장히 긴장했던 하루였다. 하지만 케이의 뒤를 조용히 밟으며 김현원은 그런 마음이 사라졌다. 케이에게서 친숙함을 느껴서 그런 것이기도 했지만, 무엇보다 케이는 치밀함과는 거리가 있는 허술한 사람이었다. 목적지 근처에 다다르자, 차 창문을 활짝 열었다.

"사장님, 목적지 도착했습니다."

광화문 근처 케이의 오피스텔 근처에 도착해서 김현원이 말했다. 눈을 감고 있는 케이를 바라보았다. 대답 없는 케이를 기대했다. 하지만 그의 바람과는 달리 케이가 비틀거리며 차에서 내렸다. 김현원은 멀쩡한 케이를 보자 당황했다. 정신을 잃은 케이를 그대로 싣고 약속한 장소로 데려가는 것이 목표였는데 낭패였다.

"사장님 건강 잘 챙기세요."

김현원이 다급하게 케이에게 말을 건넸지만, 케이는 그의 말을 듣지 못하고 그대로 차 문을 힘주어 닫았다. 김현원이 차에서 내려 비틀거리는 케이를 따라갔다. 케이는 인도 끝에서 끝을 오가며 걸었다. 술에 취한 한 무리의 직장인들이 맞은편에서 걸어오고 있었다. 김현원은 행여 마주 오는 사람들과 시비라도 붙을까 마음이 다급해졌다.

"형사님, 케이 형사님 맞으시지요?"

오피스텔에 막 들어서려던 케이를 김현원이 불러세웠다.

김현원은 그를 붙잡기 위해 뭐라도 해야겠다는 생각이 들었다. 생각하자마자 순간 말이 튀어나왔다. 케이가 걸음을 멈추었다. 천천히 고개를 돌려 눈을 가늘게 뜨고 김현원을 바라보았다. 김현원은 케이와 막상 눈이 마주치자 움찔했다. 1년 만이었다.

"케이 형사님, 우리를 너무 오래 기다리게 하지 마세요. 예전에 꽤 총명하다고 생각했는데, 이건 너무 실망스럽지 뭡니까. 이렇게 더딜 수가 있어야지 말입니다."

그 순간 어디선가 개그맨이 나타나서 케이에게 말을 건넸다. 케이보다 김현원이 더 놀랐다. 케이가 개그맨을 바라보는 순간 마주 오던 한 무리의 직장인들 속에 개그맨은 섞여 사라졌다. 그사이 김현원도 차도로 움직이며 케이의 시선을 피했다. 주저앉았던 케이가 일어서서 주변을 두리번거렸다. 김현원은 그때까지도 차도에 우두커니 서 있었다. 찰나 케이가 바닥에 쓰러지며 정신을 잃었다.

"형, 일어나. 많이 취했다."

개그맨이 다시 나타났다. 김현원이 얼른 다가가 케이를 개그맨과 함께 부축했다. 거리에 누구도 셋을 신경 쓰는 사람이 없었다. 두 사람은 케이를 김현원이 몰고 왔던 차에 실었다. 거리의 누구도 케이가 납치당하는 것을 본 사람이 없었다. 차에 탄 뒤 두 사람은 별말을 나누지 않았다. 조용히 내쉬는 긴장감 넘치는 숨소리가 차 안에 정적을 더 정적이게 만들었다. 두 사람은 한참을 달려 H대학교 주차장에 도착했다. 그곳에서 개그맨의 차로 바꿔 탔다.

"대학교만큼 안전한 곳이 없어요. CCTV가 꼼꼼하게 설치되어 있지 않기도 하고요."

김현원이 차에서 내려 불안한 듯 주위를 두리번거리자, 개그맨이 말했다. 김현원은 고개를 끄덕였다.

"얼마나 이렇게 있을까요?"

"내일? 아니, 어쩌면 이렇게 자다가 안 깨어날 수도 있고요."

"네?"

김현원이 순간 목소리를 높였다. 개그맨이 웃음을 터뜨렸다. 두 사람은 서둘러 H대학교를 빠져나와 강변북로를 탔다. 세 사람이 탄 차는 천천히 서울을 벗어나 양평으로 향했다.

케이가 뒤로 묶인 손을 풀기 위해 안간힘을 쓰다가 멈췄다.

"거기 누구야?"

케이가 갑자기 김현원 쪽을 바라보며 소리쳤다. 생각에 빠져 있던 김현원이 깜짝 놀랐다. 지난밤 일을 곱씹다 문득 고향 집이 떠오르던 차였다. 할머니와 아버지 유골함을 묻은 마당에 풀이 많이도 자랐겠다, 생각하던 중이었다. 벌써 집을 떠나온 지 반년이 흘러가고 있었다. 문득 어쩌면 다시는 그곳으로 돌아가지 못할 것 같다는 생각이 들자 죽은 두 사람이 그리워졌다. 이번 일이 마무리되고 난 뒤 한 번도 찾은 적 없는 엄마를 찾아 베트남에 가볼까 고민하던 순간이었다. 김현원이 안간힘을 쓰는 케이를 바라보며 그런 생각을 하던 중 케이가 힘겹게 일어나 무릎을 꿇고 앉았다.

"나 경찰인 거 알고 있잖아. 경찰에게 이런 짓 하면 어떻게 되는지 잘 알잖아. 지금 여기서 멈춘다면 없던 일로 해줄게. 얼른 이거 풀어."

케이는 공포에 절어서 고개를 좌우로 연신 흔들며 말했다. 김현원은 가만히 케이를 바라보기만 했다. 케이의 그런 모습은 마치 연극 속 배우의 독백처럼 공허함만 불러왔다.

김현원은 지난밤 이현선의 조부모를 처음 보았다. 늦은 새벽 김현원과 개그맨이 이현선의 집에 도착했을 때 조부모는 마당에서 그들을 기다리고 있었다.

"많이 변했네요. 어렸을 때 본 적 있는데, 그동안 잘 지냈어요?"

이현선의 할아버지는 반갑게 김현원을 맞았다. 김현원은 그의 음성을 듣자 소름이 돋았다. 어렸을 적 자신을 찾아왔었던, 치킨을 들고 그의 집을 찾아온 이가 이현선의 할아버지라는 것을 단번에 알아차렸기 때문이다. 오랜 시간 틈틈이 지원을 해준 키다리 아저씨가 그라는 것을 몸으로 느낄 수 있었다.

"안녕하세요, 아저씨."

개그맨이 꾸벅 고개를 숙였다. 김현원도 말없이 꾸벅 인
사를 했다. 이현선의 조부모는 점잖은 사람들이었다. 노인들
이었지만 두 사람 모두 자태가 꼿꼿하고 피부가 고왔다. 늦
은 시간이어서 그런지 이현선은 보이지 않았다.

"배 안 고파요? 뭐 좀 차려줄까요?"

이현선의 할머니가 물었다. 김현원은 괜찮다고 사양했지
만, 개그맨은 잘 먹겠다고 너스레를 떨었다.

"온다고 해서 이 사람이 초저녁부터 준비했어. 늦었어도
성의를 봐서 간단하게 해요."

할아버지가 말하자 김현원도 고개를 끄덕였다. 케이를 지
하실로 옮긴 그 새벽, 두 사람은 근사한 밥상을 받았다. 이현
선의 조부모는 오랜만에 집에 들른 자식을 맞이하는 부모처
럼 들떠 있었다. 밥을 먹는 두 사람을 한참 지켜보았다. 두
사람이 밥을 다 먹자, 이현선의 조부모는 새벽기도회에 가기
위해 집을 나섰다.

"내일 점심 전에 올 거예요. 아침은 현선이 일어나면 준비
할 거고."

할머니가 개그맨에게 말하며 돌아섰다.

"저는 돌아갈 거예요. 이분이 앞으로 여기서 지내게 될 거

예요. 잘 부탁드려요."

"아참, 방을 알려줘야지."

할아버지가 김현원을 방으로 안내했다.

"언제까지나 편하게 잘 지내요."

할아버지가 김현원을 바라보며 말했다.

"현선이는 저 방에서 지내요."

김현원은 가만히 고개를 끄덕였다. 두 사람은 집을 나서는 노인들에게 잘 다녀오시라 마당까지 나와 배웅했다. 김현원은 지하실로 내려와 한숨도 자지 않고 케이를 지켜보았다.

케이는 힘겹게 일어서더니 두 발로 총총 다가왔다. 김현원이 놀라서 뒤로 슬쩍 물러섰다. 케이의 손과 발에 수갑과 족쇄가 채워져 있었다.

"부탁해. 나랑 협상하자구. 무슨 이유인지 모르겠지만, 내가 당신이 원하는 거 들어줄 수 있어."

케이가 간절하게 말했지만, 김현원은 케이를 바라보기만 했다. 새벽에 개그맨이 돌아가며 절대로 아무 얘기도 하지 말라고 단단히 일러두었기 때문이었다. 개그맨은 행여 케이가 김현원의 존재를 알아차리기라도 한다면 계획에 차질이 있을 거라며 여러 번 다짐을 받은 뒤, 차에 올랐다. 김현원은 슬며시 움직이며 케이와 거리를 두었다.

케이가 감금된 지하실은 침대와 소파, 책상이 전부였고

꽤 널찍했다. 김현원이 어떤 반응도 하지 않으니 케이도 조금 기운이 빠진 모양이었다. 케이가 힘없이 무릎을 꿇고 앉았다.

"나, 당신이 누군지 알아. 어젯밤에 기억을 더듬으며 하루를 복기했더니 네가 누군지 기억났어. 최철민, 너 맞지? 내게 이런 짓을 할 사람은 너밖에 없어. 그 일은 미안하게 됐다. 항상 미안하게 생각하고 있었다고."

케이의 말에 김현원은 반응하지 않았다. 시간은 어느새 점심을 향해 가고 있었다. 김현원은 조용히 움직여 방을 빠져나왔다. 문 안쪽에서 울부짖는 케이의 목소리가 들려왔다.

"너, 누구야? 김동석? 오호연? 도대체 누구야?"

김현원은 가만히 문 앞에 한동안 서 있었다. 케이의 울부짖음은 멈추지 않았다. 김현원은 천천히 계단을 올랐다. 계단 끝에 오르자, 서서 밑을 내려다보았다. 지난밤에는 몰랐는데 지하실이 꽤 깊은 곳에 있다는 것을 깨달았다. 계단 끝에 올라섰을 때 케이의 목소리는 귀를 기울여야만 아주 조그맣게 들려왔다. 김현원은 밖으로 나와 문을 닫았다. 평온한 한낮이 그를 맞았다.

폭풍우가 몰아치던 밤이 잠잠해졌고 새벽이 왔다. 은성교회에서의 회합은 밤새 이루어졌다. 김세영을 둘러싼 사람들은 그가 혼란에서 잠잠해지기를 기다렸다. K는 김세영에게 자신이 행방불명자로 남게 된 이유와 다른 사람의 명의로 살게 된 것이 김성윤의 도움 때문이었다는 것을 설명했다.

"며칠이나 거기에 있었는지는 나중에 그곳에서 나온 뒤에야 알게 됐어. 아마 한 달은 누워 있었을 거야, 몸도 정신도 온전치 못했지."

K가 쓸쓸한 미소를 지었다. 김세영은 작은아버지를 앞에 두고 앉은 현실이 비현실적으로 느껴졌다. 자신을 둘러싼 사람들을 빙 둘러보았다. 한채연이 다가와 김세영의 어깨를 다독였다.

"그때만 해도 팀별로 사건을 조작해서 만들어내다 보니, 어느 팀에서 무슨 일을 벌이고 있는지 알 수 없었던 모양이야. 형은 누구보다 잘 알고 있었겠지. 사방팔방으로 내 행방을 수소문하고 다니고, 그래도 알아낼 수 없으니까 이제 동료를 협박하게 된 거지. 지금까지 자기가 저지른 일, 함께 조작하고 고문한 거 다 까발리겠다고 말이야. 동생 내놓으라고 말이야. 일단 잠잠하게 하려고 나를 잠시 풀어줬는데 형이 그 뒤로 사라졌어."

"그런데 지금까지 왜 이렇게 숨어 있었던 거예요?"

김세영이 K를 원망하듯 다그쳤다.

"그러기로 했으니까 그랬던 거지 다른 이유는 없어. 넌 세상이 바뀌었다고 생각하니?"

김세영은 대답할 수 없었다.

"경찰에서 하던 일을 검찰에서 하고, 정치권에서 하던 일을 언론에서 하고 있잖아."

김세영이 고개를 끄덕였다.

"그래도 너무 힘들었어요. 저도, 가족들도."

K가 바짝 다가와 앉았다.

"더 이상 가족을 잃고 싶지 않았던 것뿐이야. 나 때문에 형이 사라졌다는 것을 알리고 싶지 않았다. 내 욕심이 그랬던 거지. 그리고 그 뒤엔 여기 모인 사람들이 너와 가족을 지키기 위해 애쓰는 걸 알게 되었으니, 그럴 필요 없었고."

김세영은 아무 말도 할 수 없었다.

"아버지는 찾았어요?"

김세영이 오래 참았던 물음을 던졌다. K가 우물쭈물 한참 말을 잇지 못했다.

"저기 김현수 씨가 경찰을 그만둔 뒤 나를 찾아왔단다."

K가 말을 하고선 한동안 채 말을 잇지 못했다.

"서해에 던졌다고 하더라."

김세영이 김현수를 바라보았다. 김현수는 눈길을 피하고 밖으로 나갔다. 김세영은 머리를 감싸 쥐었다.

"당시 김현수 씨는 팀의 막내였어. 누구나 그랬듯 어쩔 수 없었을 거다. 형이 부탁했대. 나와 너를 잘 숨겨달라고. 김현수 씨는 약속을 지켰다."

"서해 어디래요?"

김세영이 고개를 푹 숙인 채 물었다.

"잘 기억은 안 난다고 해. 당진인가 보령에서 배를 타고 한참 갔다고 하더라. 죽일 생각까지 없었다는데, 회유해도 소용없었단다."

김세영은 울고 있었다. 아버지와 K가 사라진 뒤 그의 가족들이 겪었던 상처와 혼란이 되살아났다.

"그런데, ……그 자리에 케이가 있었다."

김세영이 눈을 부릅뜨고 K를 노려보았다. 그는 순식간에 놀란 마음은 물러가고 분노가 치밀었다. 김세영이 한채연을 쳐다보자, 그녀는 가만히 고개를 끄덕였다.

"케이가 소속되어 있던 팀이 나를 잡았거든."

김세영은 하루 만에 자신을 둘러싼 일에 대해 너무 많은 것을 알게 되어 생각을 정리할 시간이 필요했다. 자기를 둘러싸고 있었던 많은 사람들이 존재할 수밖에 없었던 이유가 있었음에도 자신만 그것을 모르고 있었다는 사실에 화가 났다. 아니, 정확히는 무엇에 화가 나고 있는지 스스로 잘 알지 못했다. 아버지의 죽음을 확인해서 그런지, 케이가 아버지의 죽음과 연관이 있어서 그런지, 이제야 나타난 K가 원망스러

271

워서 그런 것인지, 처음부터 모든 것을 알고 있었던 한채연이 지금까지 아무런 내색도 하지 않아서 그런지, 그는 자신의 마음을 알 수가 없었다. 화가 나는 이유를 정확히 알 수 없었다.

"그러면 갑자기 이 모든 사실을 갑자기 내게 알려주는 이유가 뭐예요? 왜 지금까지 기다렸다가 오늘에서야 알려주는 겁니까? 내가 얼마나 힘들어하는지 다 알고 있었으면서."

김세영이 분노에 찬 목소리로 말하자, 교회 안에 흩어져 있던 시선들이 한군데로 모였다.

"네가 합류하는 것을 내가 끝까지 반대해서……."

"아니, 그보다 우리의 계획이 좀 급해졌기 때문이에요. 아직 죽으면 안 될 사람이 죽어가고 있거든요."

정훈석이 K의 말을 끊고 말했다.

"그냥 죽게 두어서는 안 되는 사람이 죽어가고 있어서 계획이 앞당겨졌어요."

"죽어가고 있다는 사람이 누구인데요?"

"그 사람은 우리 계획의 시작이에요."

정훈석이 의수를 만지며 잠깐 망설였다.

"아직, 그게 누구인지 말해줄 수는 없어요. 금방 알게 될 거예요."

"저를 못 믿는군요."

"아니, 정반대지요. 믿음은 오래전부터 시작되었으니까. 다만 순서가 있을 뿐이에요."

한채연이 다가와 자신이 설명하겠다는 듯 옆에 앉았다. 김세영이 그녀의 손을 뿌리치고 일어나서 맞은편에 앉았다.

김세영과 한채연은 마주 앉았다. 자기에게 메시지를 보낸 사람이 한채연이라는 것에 화가 났다. 그녀가 낯선 사람처럼 느껴졌다.

"선배는 어떤 사연이 있는 거야?"

김세영이 한채연을 똑바로 바라보지 못했다. 김세영은 무엇이든 결정해야만 했다. 한채연은 평소와 다르게 말하지 못하고 우물쭈물했다.

"당연히 그럴 만한 사명감이 있는 분이에요."

정훈석이 대신 대답했다. 한채연은 말없이 고개를 숙였다. 김세영은 자기가 지키고자 하는 것이 무엇인지 혼란스러웠다. 망설여지는 이유를 스스로 알지 못했다.

"여기에는 피해자의 울분만 모인 것은 아닙니다. 가해자의 참회도 함께합니다."

정훈석이 의수를 만지며 말했다.

"선배, 겨우 케이 반장 잡으려고 여러 사람이 이렇게 큰일을 벌이고 있다는 거야?"

김세영이 한채연에게 거듭 물었다.

"케이는 그저 미끼야. 미끼가 큰 물고기를 잡도록 할 거야. 하지만 물고기를 물 밖으로 올리지 않으면 물고기는 미끼를 문 채 서서히 죽어가겠지. 입안에 가득 찬 미끼 때문에 말이야. 그게 현재 우리의 계획이야."

한채연이 평소 모습과는 다르게 차분히 말했다.

날이 밝았다. 교회 안은 스테인드글라스로 천천히 빛이 스며들더니 금세 훤해졌고, 높은 천장 때문에 엄숙함과 경건함이 더해졌다.

김현원은 대부분 케이를 지켜보며 하루를 보냈다. 그것은 여간 곤혹스러운 일이 아니었다. 이틀이 지나자, 케이는 잠잠해졌다.

"여보세요. 뭐라고 말이라도 좀 해봐요."

케이가 진이 다 빠진 목소리로 말했다. 그의 입술은 갈증으로 타들어갔다. 김현원은 그저 케이를 물끄러미 바라보았다. 그는 케이에게 지난 이틀 동안 물도 음식도 주지 않았다. 케이에겐 화장실에 가는 것도 허락되지 않았다. 소변으로 바지는 젖었고 지린내가 진동했다. 케이는 옆으로 쓰러져서 다시 일어나지 못했다. 김현원은 그런 케이가 안타까웠으나 어쩔 수 없는 일이었다. 개그맨이 3일을 넘기지 않을 거라고 했으니 이제 시간이 얼마 남지 않은 셈이었다. 그도 케이도 조금만 참으면 되었다. 오로지 케이를 지켜보는 일은 김현원의 몫이었다. 케이가 깊은 잠에 빠지면 김현원은 위층으로 올라왔다.

이현선과 조부모는 지하실에 내려오지 않았다. 그녀의 조부모는 김현원을 가족처럼 대해주었다. 매 끼니 정성 가득한 음식을 함께 먹었고 이런저런 그간 살아온 얘기를 들려주기도 했다. 김현원은 개그맨이 가진 사연이나, 이현선과 그녀의 조부모가 이 일을 시작하게 된 연유, 자신에게 왜 도움을 주었는지 알기를 원했으나 그런 것은 말해주지 않았다. 조심스럽게 물을 때마다 곧 알게 될 거라는 대답뿐이었다.

"오빠랑 비슷한 이유 아닐까요?"

이현선이 오빠라고 부를 때마다 김현원은 어딘지 간지러운 느낌이 들었다. 나이가 열 살이나 차이 나기 때문인지 불릴 때마다 어색했다. 이현선은 어린 나이임에도 당찬 친구였다. 나이에 비해 판단도 빠르고, 생각도 성숙했다.

"다음 하게 될 일은 무엇일까요?"

김현원이 머쓱해져서 물었다.

"아마 다음 일은 지금 지하에 있는 사람이 하게 될 거예요."

"케이 형사가요? 그럼, 그를 포섭하기 위해 납치했다는 말인가요?"

이현선의 조부가 말했고 이어서 김현원이 물었다.

"아니, 그 사람은 우리하고는 달라요. 더 특별한 과정이 있겠죠. 1막이 끝나고 있어요. 전 2막의 주인공이 될 거예요."

이현선이 말하자 김현원은 그녀도 뭔가 알고 있는 것을 자기만 모르고 있는 것 같아 마음이 상했다.

"그럼, 저는 1막의 주변 인물 정도 되는 걸까요?"

김현원이 쓸쓸하게 말했다.

"아니요. 저는 시간이 좀 필요하다는 말이고요. 당연히 오빠는 1막의 주인공 중 한 명이죠."

이현선이 김현원에게 달래듯 말했다.

"저는 잘 모르겠는데."

김현원은 정말 영문을 모르겠다는 표정이었다.

"이제 곧 알게 되지 않을까요?"

그때까지 아무 말도 하지 않던 이현선의 조모가 말하더니 조용히 자리를 떴다. 김현원이 가만히 생각에 잠겼다.

"케이 반장이 한계에 다다른 거 같아요. 굉장히 힘들어합니다. 화장실에도 데려가지 않는 것은 너무한 일 같아요."

김현원의 조부가 괴로워하는 김현원을 다독였다.

"조금 있다가 대화하려고 해요. 다른 뜻은 없고 아마 그에게도 어떤 경험치를 주기 위한 것이니 지켜보는 게 힘들어도 조금만 참아요. 이제 얼마 남지 않았습니다."

김현원이 고개를 가로저었다.

"우리는 모두 가족을 잃은 사람들이에요. 그래서 우리는 새로운 가족이 되었고요. 그게 다예요. 현원 씨가 어떤 상실 감이나 소외감 같은 것이 있을 수도 있는데, 당장은 서로 믿 자는 말밖에는 할 수가 없을 거 같아요. 조금 쉬었다가 일을 잘 마무리합시다."

조부가 말하자 김현원이 고개를 끄덕였다.

"그런데 케이 반장이 사라진 것을 알고 난리가 났을 거 같 은데, 왜 이렇게 조용한 거죠?"

"그럴 만한 이유가 있을 거예요. 그건 걱정하지 않아도 됩 니다."

케이가 양평으로 납치되어 온 지 사흘이 지나고 있었다. 해가 지자 양평 가족들은 부지런히 움직였다. 개그맨이 도착 했고, 이현선의 조모를 뺀 네 사람이 지하실로 내려갔다.

"아, 냄새."

개그맨이 코를 움켜쥐며 말했지만, 나머지 세 사람은 어 떤 반응도 하지 않았다. 김현원은 쓰러져 있는 케이를 일으 켜 앉혔다. 이현선은 여러 개의 밝은 조명을 케이를 향해 비 추고 녹화 준비를 했다. 그런 뒤 세 사람은 나란히 탁자 앞에 앉았고, 김현원이 케이를 흔들어 깨웠다. 케이는 좀체 몸을 가누지 못했다. 김현원이 조명으로 눈이 부셔 잔뜩 찡그린 채 세 사람을 바라보았다.

"수갑을 좀……."

김현원이 강한 조명 빛을 손으로 가리며 말했다.

"그렇게 합시다."

이현선의 조부가 한참 만에 말했고 김현원은 케이의 손과 발에서 수갑과 족쇄를 풀었다. 케이는 그럼에도 몸을 가누지 못했다.

"당신이 누군지 기억났어. 이름은 기억나지 않는데 말이야. 김정민의 아들 맞지?"

케이가 힘없는 목소리로 말했고, 그를 일으켜 세우던 김현원은 움찔했다.

"반장님 하는 거에 달렸어요. 그러니 기운 내봐요."

김현원이 억지로 케이를 일으켜 세워 탁자 앞에 앉혔다.

"물, 물을 좀 줘."

김현원이 케이에게 물을 건네자 그는 단숨에 물을 들이키고 남은 물을 자신의 머리 위에 부었다. 케이가 안대를 풀려 하자 김현원이 그의 손을 잡았다.

"반장님, 그러지 않는 게 좋을 거예요. 느껴지는지 모르겠지만 엄청난 조명이 비추고 있어요. 안대를 하는 게 나을 겁니다."

케이가 손을 거두었다.

"내게 이렇게 하는 이유를 내가 모르는 바 아니지만, 여기까지만 합시다."

케이가 김현원이 서 있는 쪽으로 고개를 돌려 말했다.

"그건 안 됩니다. 지금 일어나고 있는 일은 결과가 아닙니다. 이제 시작입니다."

이현선의 조부가 느릿느릿하지만 단호하게 말했다. 케이가 이번에는 소리 나는 조부 쪽으로 고개를 돌렸다.

"당신은 누구요?"

"그런 것은 중요하지 않소. 물음이 틀렸습니다. 당신이 여기 왜 있는지 물어야지요."

"그건, 김정민 씨에게 누명을 씌워서 그런 거잖아요."

케이가 안대를 한 채 김현원이 서 있는 쪽을 바라보며 말했다.

"그것도 하나의 이유이긴 하지요. 김정민 씨 사건은 조금 다릅니다. 시키지 않고 하지 않아도 되는 일을 꾸민, 몸에 밴 습관이 만들어낸 결과니까요. 그 일은 나중에 다시 묻도록 하고, 오늘은 그 이전으로 돌아가는 겁니다."

"그 이전이라니요?"

케이가 물었고 마주 앉은 세 사람이 어둠 속의 김현원을 바라보았다. 김현원은 조명 가장자리에 서 있어서 몸은 빛을 받고 있었고 얼굴은 어둠 속에 묻혀 있었다. 드러나진 않았지만, 그의 표정이 참혹하게 일그러졌다는 것을 모두 알 수 있었다.

"그 일만 이유가 아닌 것을 알고 있잖습니까. 우리는 케이 반장에게 기회를 주기 위해 모였습니다. 지난 며칠 물론 불편하고 힘들었겠지만, 예전에 케이 반장이 다른 사람들에게 했던 일에 비하면 말 그대로 좀 불편한 정도이니 이해할 거라 믿어요."

"나도 시킨 대로 한 거뿐인 걸 알잖아요. 나는 겨우 스물한 살이었어요."

"물론 알지요. 그런데 후에도 자신이 잘못을 저지르는 것을 알고 있으면서도 당신은 멈추지 않았어요."

케이는 속으로 김정민 사건이 언제였는지 떠올려보았다. 그 밖에 다른 수많은 일들도 기억하려 애썼다. 결국 당시 함께했던, 만나고 헤어졌던 많은 동료는 그런 일들이 공로로 인정받아 특진도 하고 퇴직 후 값진 노후를 보장받은 사람들이 대부분이었다. 하지만 케이에게는 그런 일들이 트라우마로 남았다. 술과 약에 의존하게 되었고 변변치 않은 인생을 살게 된 것이 억울했다.

"복수를 하려면 대상이 잘못되었다는 거요. 난 억울해."

케이가 언성을 높였다.

"그러니까 말이오. 다들 아무 일 없었다는 듯이 잘 사는데 왜 나한테 이러나 싶은 거지요? 그래서 기회를 드리려는 거요. 지금이라도 바로잡아야 하지 않겠어요? 아이들을 위해서라도 말입니다."

케이는 숨이 멎는 것 같았다.

"당신이 우리 은지에게 무슨 짓을 하든 배로 갚아줄 거야. 내가 맹세할 수 있어."

케이가 분노에 찬 목소리로 말했다. 기력이 다 소진되었던 조금 전과 달랐다.

"좋아요. 그런 분노가 우리에게 필요한 거예요. 당신 같은 부류에겐 분노라는 게 없거든요. 자기의 안위나 돈 같은 것 말고는 좀체 우리가 활용할 수 있는 감정이 남아 있지 않은 사람이란 거예요. 그래서 우리는 당신을 택한 거예요. 아직 기회가 남았어요. 당신에겐 말이에요."

"뭐가 달라질 줄 아는 모양인데 헛수고요. 나도, 세상도. 그저 운명이라 여겨야만 해요."

케이의 말에 가까스로 참고 있던 개그맨이 자리를 박차고 일어섰다. 조부가 가만히 개그맨을 만류했다. 개그맨이 의자에 다시 앉았다. 케이는 조금 놀란 듯 이는 소리에 집중했다.

"여기에 여러 사람이 있나 봅니다."

케이가 안대를 풀기 위해 천천히 손을 올리자, 김현원이 다가가서 그를 말렸다.

"안대를 풀게 되면 이제 선택은 간결해집니다. 우리를 본다 한들 어차피 선택지는 하나밖에 없을 테지만, 원한다면 그렇게 하세요."

케이가 말을 듣고 손을 내렸다.

"우리를 본다 한들 찾을 수도, 앞으로 다시 만날 수도 없을 거예요. 제 말을 믿어요."

김현원이 말했다.

"그러니까 나한테 원하는 게 뭐요? 구체적으로 말해봐요."

"우리가 원하는 건 간단해요. 반성과 참회를 하면 됩니다."

"그러니까 그걸 어떻게 증명하냐구요. 난 이미 수십 년 동안 반성과 참회를 반복하고 있었다고요."

"아니, 당신은 그런 적 없어. 반성과 참회는 말로 하는 게 아니야. 행동으로 하는 것이지."

결국 개그맨이 참지 못하고 한마디 뱉었다. 케이는 소리 난 쪽으로 고개를 획 돌렸다.

"여기, 세 사람 말고 더 있는 거요?"

이현선은 끝내 침묵을 지켰다.

"내 동료들이 당신들을 가만두지 않을 거요. 내가 없어진 걸 알고 아마 난리가 났을 테고. 찾고 있을 거요."

"그건 지금, 우리를 걱정하는 거야, 아니면 기대감을 말하는 거야?"

개그맨이 비아냥거렸다.

"당신, 나와 만난 적 있지? 목소리가 귀에 익어."

케이가 말하고 곰곰 생각에 잠겨 말했다.

"당연히 만난 적 있지. 여러 번 만났어. 그런데 아마 넌 기억하지 못할 거야. 왜냐하면 나는 곳곳에 있거든. 나와 같은 사람 말이야. 너를 잊지 않고 기억하는 사람들 말이야."

김현원이 조용히 케이 옆으로 다가가 앉았다.

"반장님, 힘든 줄 알지만, 감정을 좀 누그러뜨리세요. 흥분한 상태에선 언제나 올바른 판단을 할 수 없어요."

케이가 입술을 바르르 떨었다.

"너에겐 미안하게 됐다. 진심이야. 정말, 미안해. 그런데 정말, 당시에는 어쩔 수 없었다."

케이가 수갑을 찼던 자리를 매만지며 말했다.

"어쩔 수 없다는 말은 겁쟁이들이 하는 얘기지."

개그맨이 두 사람 사이에 끼어들며 말했다. 이현선의 조부가 가만히 손을 들어 그를 말렸다.

"알아요. 아버지가 미련하게 반장님을 믿은 게 잘못된 거요. 그러니 이제 과거에서 벗어나서 미래를 생각해보자는 거예요."

김현원이 이어 말했다.

"작년에 네가 다녀가고 난 뒤에, 나도 괴로웠어. 그런 자책감을 가지고 있는 사람이 나밖에 없었다. 어느 순간 깨달았을 때 나는 이미 그런 사람이 되어 있었어."

케이가 힘없는 목소리로 말했다.

"다 알아요. 아버지도 그걸 아니까 반장님을 만나보라고 한 거겠죠."

케이는 마음이 좀 진정되었는지 차분해졌다.

"여기 앞에 계신 분들이 저와 비슷한 사연을 가졌어요. 그러니, 제게 그러듯이 이분들께도 그렇게 대해주세요."

케이가 머리를 감싸 쥐었다. 눈에서 눈물이 흘렀다. 그는 그 모습을 들키지 않기 위해 고개를 숙이고 안대를 손으로 가만히 쥐었다.

"내가 뭘 하면 되겠어요?"

케이가 안대를 풀며 말했다.

"내가 어떻게 행동하면 되는 거예요?"

안대를 벗자 강렬하게 쏘아대는 조명에 눈을 뜨지 못하고 그가 고개를 돌리며 말했다. 케이의 순간적인 행동 때문에 사람들은 당황했다. 케이는 손으로 얼굴을 가렸다. 케이는 강렬한 빛 때문에 전혀 앞을 볼 수 없었다. 벽에 비친 케이의 몸부림치는 그림자가 울부짖는 거대한 괴물 같았다. 김현원이 다가가 그를 뒤돌아 벽을 보고 앉게 했다.

"안대를 벗어도 달라지는 것은 없을 거예요. 눈을 감아야 잘 보이는 것들이 있잖아요."

　김현원이 작게 속삭였다. 케이는 김현원의 말을 듣고 한참 동안 눈을 감고 있었다.

　"눈을 뜨고 싶으면 뒤를 보고 있는 편이 훨씬 편할 겁니다."

　케이가 눈을 가늘게 뜨고 앞을 바라보았다. 그리고 그는 벽에 웅크리고 앉은 거대한 동물의 그림자를 보았다. 자신의 실체와 마주한 기분이 들었다. 강한 빛과 어둠에 눈이 적응할 때까지 그는 가만히 벽을 바라보았다. 참으로 슬펐다. 그는 자신의 그림자를 오래도록 바라보았다.

　"그림자 안을 봐요. 당신 내면 아래를 보세요."

　조부가 말했다. 케이가 시선을 떨어뜨리자, 그림자 안에는 알 수 없는 물건이 놓여 있었다. 그 광경은 꼭 자신의 그림자가 그 물건을 꼭 품고 있는 것처럼 보였다. 케이는 순간 그게 무엇인지 알아보지 못했다. 처음에 그의 눈에 들어온 것은 긴 칼 같은 것이었다.

　"작두?"

　"맞아요. 작두. 뭔가를 자를 때 쓰는 그것 말이오."

　케이는 순간 지난 1년 동안의 시간이 머릿속에 꽉 차는 기분이 들었다. 청계천에서 발견된 손으로부터 모든 일이 시작되었다는 것을 새삼 깨달았다.

"이걸로 뭘 하란 거요."

케이가 당황하며 겁먹은 목소리로 말했다.

"뭘 하긴, 작두 몰라요? 잘라내라는 거지."

개그맨이 말했는데, 김현원은 항상 친절하기만 했던 평소와는 달리 거친 말을 쏟아내는 개그맨이 낯설게 느껴졌다. 또 이런 상황에서 있는지 없는지 모르게 어둠 속에 숨죽이고 앉아 있는 이현선의 존재를 새삼 깨달았다. 김현원은 강한 빛 뒤에 숨어 있는 이현선 쪽을 무심히 바라보았다. 어둠 속에서는 어둠 속에 있는 것이 훤히 보였다. 그녀는 할아버지 옆에 찰싹 붙어서 한순간도 놓치지 않으려는 듯 케이를 노려보고 있었다.

"내, 내 손을 말이요?"

케이가 떨리는 음성으로 물었다.

"어쩌면 그래야 할 수도 있겠지만, 아직 선택은 남았어요."

조부가 낮은 음성으로 케이의 물음에 답했다. 김현원이 다가가 케이에게 안대를 다시 채워주었다. 케이에게 다가가는 김현원의 그림자가 케이의 그림자를 먹어 삼켰다. 그 모습이 꼼짝달싹할 수 없는 케이의 운명처럼 보였다. 케이는 다시 깜깜한 어둠 속에 갇혔다. 케이는 다시 뒤돌아 앉았다.

"당장은, 말했듯이 참회의 행동이 필요해요. 우리에게 보여주시오. 당신이 개선의 여지가 있다는 의지를 말이오."

케이가 소매를 걷고 왼손을 내밀었다.

"당신의 손은 당신이 행동하지 못했을 때나 필요해요."

김현원이 케이에게 다가가 귓속말로 속삭였다.

"그건 불가능해요."

케이가 깜짝 놀란 듯 고개를 좌우로 흔들었다.

"가능하게 될 거요. 우리가 도울 테니까."

케이는 여전히 고개를 절레절레 흔들었다.

"그게 어떻게 가능해. 누구도 그들에게, 그곳에 닿을 수 없다는 것을 알잖아."

"이제. 가능해졌어요. 반장님, 침착하세요."

"아무도 알 수 없을 겁니다. 우리 말고는 말이죠."

조부의 말을 자르고 김현원이 말했다.

"그러지 말고 차라리 내 손을 가져가요."

케이가 소리치며 손을 내밀었다.

"아무것도 걱정하지 말아요. 당신의 행동할 수 있는 의지만 보이면 됩니다. 의지가 행동하게 할 테니."

케이가 절망한 듯 고개를 숙였다. 김현원이 천천히 다가가 케이의 입과 코를 손수건으로 막았다. 케이가 놀라서 발버둥 쳤다.

"반장님 가만히 계세요. 집에 데려다줄게요."

케이가 놀란 마음을 진정하고 크게 심호흡했다. 천천히

287

그의 의식이 쓰러졌다. 그의 몸이 바닥으로 처지며 허물어졌다. 그가 정신을 잃으며 마지막으로 보았던 것은 웅크려 앉은 자신의 거대한 그림자였다. 영혼 없는 괴물이 천천히 사그라지는 것을 그는 눈이 감기는 순간까지 노려보았다.

차세영은 서울로 올라온 뒤 많은 고민에 휩싸였다. 제주에서 있었던 일이 아주 오래전의 기억 속에만 남은 일처럼 아득했다. 김성도는 스스로 제주에 있는 것이 아닌 것을 확인했지만, 차세영은 그를 외면하고 남자의 편에 섰다. 남자와의 만남은 그에게 적잖은 충격을 주었다. 무엇보다 숨기며 살았던 자신의 가족사와 남자가 겪었던 일이 비슷했기 때문이었다.

"아버지는 경상도의 한 시골에서 중학생들에게 기술 과목을 가르치던 선생님이었습니다. 동화나 동시를 쓰던 작가이기도 했고요."

남자는 노정현이라는 사람으로 원래 직업은 텍스타일 디자이너였다. 경북 영양 출신으로 대구에서 성장했다. 대학과 군대를 다녀온 시절을 빼곤 주로 대구를 떠난 적이 없었다. 대구에서 작은 사업체를 최근까지 운영하다 모두 정리하고 제주에 온 지 1년이 되었다.

"아버지는 문학을 좋아했는데 할아버지께서 반대했어요.

글 쓰면 안 된다고요. 책 읽으면 인생이 괴로워진다고 말입니다. 아버지는 할아버지 바람대로 공대에 진학했지만, 결국 학교 선생님이 되었습니다. 그리고 선생이 된 후에는 자기가 평소에 하고 싶었던 글을 쓰게 되었습니다. 생각하게 된 거죠. 그게 불행의 시작이었다고 했습니다."

차세영은 노정현의 말을 듣자, 잊고 살았던 잊으려 애썼던 자기의 고향, 전주를 떠올렸다.

"어느 날 아버지가 갑자기 사라졌습니다. 보름 만에 집으로 돌아온 아버지는 이전의 아버지가 아니었습니다. 아버지만 그런 게 아니었어요. 어머니는 물론이고 할아버지, 할머니도 그렇고요. 친척들은 행여 자기들에게 피해가 올까 모두 연을 끊었습니다. 나중에 알았지만, 아버지는 간첩 혐의를 받고 있었습니다. 결국 혐의가 인정되지 않았지만, 우리 가족은 예전으로 돌아갈 수 없었습니다."

차세영은 그가 전부 다 말하지 않아도 공감이 갔다. 다음 얘기를 듣지 않아도 모두 알 수 있었다. 자기 가족이 겪었던 일과 하나도 다르지 않았을 것임을 그는 알았다. 차세영은 그의 이야기를 들으며 이젠 망각 너머에 잠든 자기의 가족들, 친척을 떠올렸다.

"전라도 어디에서 비슷한 일이 있었고 그곳에선 성공했던 모양입니다. 한 고등학교에서 있었던 선생님들의 시 읽기 모임이 간첩단으로 둔갑되었던 사건 말입니다."

차세영은 가만히 고개를 끄덕였다. 그것은 누구보다 더 그가 잘 아는 일이었다.

"형사들이 고문해서 사건을 만들고 기소까지 했는데, 1심에서 무죄가 나오고 사건이 더 커졌죠, 아마."

이미 잊힌 사건이 되었지만, 차세영은 모든 내용을 또렷하게 기억하고 있었다. 한 고등학생이 버스에 당시 금지 서적이었던 월북 시인의 시집 복사본을 놓고 내리면서 일이 벌어졌다. 버스 안내양이 놀라서 경찰에 신고했고, 복사본 앞표지로 쓰인 학교 상장이 단서가 되어 한 고등학교의 젊고 비판적인 선생님들을 경찰이 시국 사범으로 몰아 처벌한 대표적 조작 사건이었다. 당시 대통령이 1심 판결을 두고 격노했다. 담당 판사는 뒤로 옷을 벗었고 2심에서는 피고 대부분이 중형을 선고받았다가 후에 재심이 받아들여져 무죄 선고되었다.

"제 고향에서도 형사들이 비슷한 일을 꾸몄던 모양인데 아버지가 첫 희생자였습니다. 그들 뜻대로 되지 않았는데 아버지는 후에 자살했습니다."

노정현은 차세영에게 덤덤히 아버지의 얘기를 했다.

"저는 규모는 크지 않았지만, 회사를 운영하며 꽤 잘 살아왔습니다. 그런데 시간이 지나도 해소되지 않고 해결되지 않는 마음속 불화가 저를 가만히 두지 않았습니다. 가족들을 외국에 보내고 저는 이제라도 그것들을 물리치려고 마음먹었습니다. 김성도는 당시 담당 검사였어요. 저 사람과 함께 하는 삶이 제 희망의 시작입니다."

노정현이 구석에 얌전하게 앉아 있는 김성도를 바라보았다. 차세영도 그를 바라보았다.

"같은 팀에 정 형사라고 있지요. 당시에 김성도와 함께 대구에서 일했습니다."

차세영은 많이 놀랐다.

"그 사람은 중요한 사람이 아닙니다. 제주까지 차 형사님을 오게 한 것은 다른 부탁 때문입니다."

차세영은 김성도와 관련된 일이라고 생각해서 고개를 끄덕였다.

"그 팀에서 앞으로 일어날 일에 대해 모른 척 부탁합니다. 본 것을 못 본 척, 아는 것을 모른 척해주십사 말입니다."

"앞으로 일어날 일이라뇨?"

차세영이 물었고 노정현은 알 듯 모를 듯한 미소를 지었다.

"곧 알게 될 겁니다. 이제 시작할 겁니다. 예전에 그랬던 것처럼 우리가 차 형사님을 찾아가겠습니다. 저처럼 차 형사님도 마음속 불화를 언제까지 잊으려고만 하겠습니까. 우리는 기다릴 겁니다."

"방금, 우리라고 했습니까?"

노정현이 고개를 끄덕였다.

차세영은 서울로 돌아온 뒤 노정현과 나누었던 말을 반복해서 복기했다. 무엇이 함정인지, 어떤 면이 진심인지 판단하기 위해 애썼다. 너머에 앉아 있는 정 형사를 바라볼 때면 마음이 더 복잡해졌다. 박해를 받아온 사람에게 저항과 용기는 필수적인 것 같지만 실제는 그렇지 않았다. 차세영은 어떤 일에건 휘말리고 싶지 않았지만 그렇게 살아온 인생이 편치도 않다는 것을 지난 세월을 통해 깨달았다. 노정현의 말대로 가만히 있으면 된다는 것이 그에게는 그나마 다행이었다.

"정 형사님, 반장님과 팀원들은 언제 들어온답니까?"

정 형사가 코에 걸치고 있던 안경을 벗으며 차세영을 건너보았다.

"어제부터 모두 보이질 않습니다. 반장은 연락해도 답도 없고요."

차세영은 케이를 하대하는 정 형사가 새롭게 보였다. 정 형사는 나이도 연차도 낮은 케이 앞에서는 깍듯하지만, 없는 곳에서는 무심코 진심이 나온 듯했다. 매사에 신중한 사람이라고 여겼는데 의외였다. 노정현이 정 형사에 대해 말했던 것이 순간 다시 떠올랐다. 미처 자신이 깨닫지 못하고 있던 단면을 일러주는 것 같았다.

"항상 궁금했던 건데 정 형사님은 저희 팀에 어떻게 오시게 된 거예요? 곧 퇴직이라면서요."

차세영은 궁금했던 것을 물었다.

"그야, 뭐. 형사가 다 그렇죠, 뭐."

정 형사가 말을 얼버무렸다.

"팀원들은 다들 뭐 하는 걸까요?"

"왜, 말씀 나눌 새로운 단서라도 생겼습니까?"

차세영이 고개를 끄덕였다.

"형사가 다 그렇죠, 뭐."

차세영이 말하며 웃자 정 형사도 따라 웃었다. 차세영은 케이가 전화를 받지 않자 김세영과 한채연에게 전화를 걸었지만, 마찬가지로 통화가 되지 않았다. 그는 속으로 자기 팀에게 닥칠 일이라는 게 뭘까 궁금해졌다.

길고 길었던 한 밤이 지나고 김세영과 한채연은 포천에서 서울로 함께 향했다. 두 사람은 차 안에서 아무 말도 하지 않았다. 김세영은 여러 생각에 잠겼지만 시간이 지날수록 고민은 명징해졌다.

의정부를 지나 서울 초입에 이르러서야 한채연이 겨우 말문을 열었다.

"미리 말하지 못한 거 미안하다."

한채연은 어느새 본래의 한 형사로 돌아와 있었다. 김세영은 그녀의 말에 대꾸하지 않았다. 앞만 주시한 채 차를 몰았다. 출근 시간에 접어들며 두 사람이 탄 차는 가다 서기를 반복했다. 피곤이 몰려올 만했으나 김세영은 지칠 틈이 없었다. 수십 년 동안 자신을 괴롭혔던 아버지의 실종으로 인한 의문은 어느 정도 해소되었으나 분노는 가라앉지 않았다.

"됐고. 지금 우리가 하려는 일이 가능하긴 해?"

"우리니까 가능하지."

"차 선배는 어쩌고."

"아마, 우리와 함께할 거야. 아니, 적어도 알아도 모른 척해줄 거야."

김세영이 길게 한숨을 내쉬었다.

"그런 말은 필요 없고. 내게 해야 할 말을 해줘. 내가 알아야 하고 해야만 하는 일 말이야."

김세영이 생각 끝에 그녀에게 말했다.

"에이, 그런 게 어디 있어? 그냥 하던 대로 하면 되는 거지. 넌 아버지를 찾고 관련된 사람들을 찾아."

김세영이 가만히 한채연을 돌아보았다.

"선배는 무슨 사연이 있는 거야?"

한채연이 머뭇거리며 대답하지 않았다. 두 사람이 탄 차는 북부간선도로를 타고 남쪽으로 향했다.

"곧 알게 될 거야. 당장은 김 형사 아버지와 관련된 일이 먼저야. 우리는 차근차근 복수할 거다. 그보다 우리 모두 이런 인생을 살 수밖에 없게 만든 두목이 죽어가고 있어. 죽지 못하게 지켜야 돼. 이제 알지? 시간이 많지 않아."

김세영은 다른 생각에 빠져 있었다.

"케이 반장이 항상 의심스러웠어. 지나치게 내게 친절했거든."

한채연이 가만히 고개를 끄덕였다.

"어쨌든 넌 하나 중 하나야. 난 너를 위해 존재해. 넌 이제 혼자가 아니야."

두 사람의 대화는 겉돌고 있었지만 서로가 하는 말을 마음속에 잘 새기고 있었다.

"궁금한 게 있어, 선배. 지난번 천에서 선배가 발견한 시체. 그건 누구야?"

"……."

한채연은 답하지 않았다.

"우리에게 필요했던 사람이야."

"죽인 거야?"

"내가? 아니야. 누가 그랬는지 그건 나도 몰라. 그건 내 일이 아니거든."

두 사람이 탄 차는 출근 시간 정체를 뚫고 신촌의 한 대학병원으로 향했다. 그곳에 두 사람이 지켜야 할 사람이 있었다.

"사무실로 안 가도 될까?"

"아마 지금쯤 모두 병원에 모여 있을 거야. 정 형사가 문자 보낸 거 봤지?"

김세영이 고개를 가만히 끄덕였다.

"그래도 마음에 걸려."

"이제 겨우 시작이야. 우리 담대해지자."

"다른 방법이 있지 않을까? 식민지 시대 의혈단도 아니고 이건 너무 좀 그렇잖아."

"정치로는 세상 안 바뀌는 거 잘 알잖아."

김세영이 한채연의 말에 입을 다물었다.

"정치로는 모든 문제를 해결하지 못하지."

김세영이 한참 후에 자조적인 말투로 그녀의 말을 받았다. 두 사람이 탄 차가 내부순환로를 타고 홍제동 나들목으로 빠져나왔다. 여느 때와 같은 평범한 하루의 시작으로 도시는 분주했다. 폭풍이 지나가고 난 뒤 하늘은 맑았고 모처럼 텁텁하고 찐득한 공기가 한결 정화된 느낌이었다.

정 형사에게 온 호출이 간단한 메시지와 함께 새벽에 도착해 있었다. '팀원들 모두 S병원으로 집결. 전 VIP에 대한 위해 정보. 대구 사건과 연관성.' 한채연은 정 형사가 보낸 간결한 메시지를 다시 확인했다. 한채연은 지난밤, 여러 개

의 SNS 계정을 통해 주고받았던 메시지를 삭제했다. 그녀는
가지고 있던 여러 개의 휴대폰에서 유심칩을 모두 빼냈다.
창문을 내리자 막 달아오르기 시작한 공기가 훅 차 안으로
들이쳤다.

"진짜 가을이네, 이제."

한채연이 창문 밖으로 시간차를 두고 유심칩을 차례차례
던졌다.

"뭐야. 뭘 버린 거야? 그 많은 전화기는 또 뭐야."

한채연이 여러 개의 휴대폰을 조수석 콘솔박스에 넣었다.

"아무것도 아니야. 요즘 SNS 좀 하느라. 수사 중이에요, 형
사님."

두 사람은 무악재 고개를 넘어 독립문역사거리에 들어섰
다. 우회전해서 금화터널을 지났다.

"그런데, 선배 옷 안 갈아입어도 되겠어?"

한채연은 김세영의 말이 채 끝나기 전에 입고 있던 원피
스를 벗었다.

"궁금하면 봐도 된다."

김세영은 금세 얼굴이 불그레해졌다. 한채연은 달리는 차
안에서 청바지에 헐렁한 푸른색 셔츠로 금세 갈아입었다.

"선배는 내가 정말 아무렇지 않은가 보네. 내가 진짜 친동
생 같은가 봐."

김세영은 당황한 기색이 역력했다. 얼굴이 상기된 채 한채연 쪽을 쳐다보지 못하고 앞만 보면서 말했다. 한채연이 웃음을 터뜨렸다.

"김 형사, 내가 신경이 쓰이긴 하나 보다. 다 왔어. 정신 차려."

어느새 차는 S병원에 도착했다. 병원 건물 입구에 정 형사와 차세영이 서 있었다. 한채연이 창문을 내리고 그들을 불렀다.

"우리 많이 안 늦었죠?"

"어떻게 같이 와?"

차세영이 좀 놀란 듯 물었다.

"김 형사가 잠복 요청을 해서요. 일 없는 제가 얼른 다녀왔지요."

차세영이 차창 안으로 고개를 들이밀어 운전석의 김세영을 바라보았다.

"김 형사, 잘 있었어? 너무 오랜만이야."

"그럼요."

김세영은 억지로 웃어 보이며 겨우 대답했다.

"나 먼저 내려도 되지? 주차하고 와, 김 형사."

김세영이 고개를 끄덕였다.

"김 형사, 왜 그래? 넋이 나갔는데?"

차세영이 웃으며 말했다.

"그럴 일이 있지요."

한채연이 웃으며 말했고, 김세영은 멀찍이 떨어져 있던 정 형사를 물끄러미 바라보았다. 정 형사는 주변을 두리번거리며 그들에겐 관심이 없었다.

"팀장님은요?"

한채연이 물었고 차세영은 고개를 가로저었다.

"정 선배 말로는 사흘째라는데, 연락이 없대. 어디 박혀서 술 먹나, 또."

"설마요."

"중독자들은 잘 지내다가도 한순간, 알 수 없어."

정 형사는 두 사람이 한참 얘기를 나누는 중에도 주변을 두리번거리며 오가는 사람들을 유심히 바라보았다.

"정 선배 말로는 오늘 여기에 그들이 올 거라는데?"

"그들이요?"

한채연이 놀라서 물었다.

"손 자르고 발 자르는 사람들 말이야. 아니, 스스로 잘랐다고 했으니, 그들은 아닌가?"

차세영이 실없는 농담을 하곤 멋쩍게 웃었다.

"그 사람들 조금 전까지 포천에 얌전히 있는 거 확인하고 왔는데."

"그 사람들? 정훈석이 혼자가 아니야?"

차세영이 정색하고 묻는 통에 한채연은 조금 당황했다.

"아니, 정훈석이요. 실은 잘 모르겠어요. 교회 안에 또 여러 사람이 있었을 수도 있으니까."

한참 수다를 떨고 있던 두 사람 앞으로 택시가 섰고, 막 케이가 차에서 내렸다.

"깜짝이야. 누군가 했네."

차세영이 말했다.

"아니, 반장님. 얼굴이 왜 그러세요?"

한채연이 케이의 얼굴을 보고 깜짝 놀라서 물었다. 사흘 만에 나타난 케이의 몰골은 말이 아니었다.

"왜, 많이 이상해?"

케이가 얼굴을 매만지며 물었다.

"정말, 괜찮으세요? 엄청 안 좋아 보여요."

차세영이 걱정 가득한 얼굴로 말했다.

"괜찮아. 그냥 좀, 그럴 일이 있었어."

"반장님, 술 마신 거 아니에요? 얼굴이 새까매요."

차세영이 계속 다그쳤다. 케이는 귀찮다는 듯이 대꾸하지 않고 손사래를 쳤다.

"선배님, 그래서 뭐가 어떻게 됐다고요?"

케이가 묻자, 정 형사가 다가와 그간 있었던 일을 장황하

게 설명했다. 케이는 짐짓 심각한 표정으로 정 형사가 하는
말을 들었다.

"다른 팀 지원은 혹시 말해보셨어요?"

"그게, 아직은 일어나지 않은 일이기도 하고요. 병실에 있
으니, 우리만 있어도 충분할 거 같아요. 경호도 붙어 있고
요."

정 형사가 더듬더듬 말했다.

"그런데 이렇게 개방적이고, CCTV도 많은 곳에서 무슨
일이 날까요?"

한채연이 정 형사의 말을 이어서 물었다. 그때 김세영이
돌아왔다. 고개를 푹 숙여 케이에게 인사를 했다. 케이가 가
만히 고개를 끄덕였다.

"별일 없었어?"

김세영이 케이의 눈길을 피하며 대답을 망설였다.

"별일은요."

김세영이 겨우 말하고선 시선을 돌렸다.

"진전된 내용 있으면 간단히 말해봐. 김성도는?"

"별거 없어요."

차세영에게 물었고 대답했다.

"정훈석은?"

김세영이 이번에도 대답을 회피했다.

"별일 없어요."

망설이는 김세영을 대신해서 한채연이 말했다. 케이가 한채연에게 무슨 일이냐는 듯 눈으로 물었다.

"어제부터 포천에 같이 있었어요."

케이가 고개를 끄덕였다. 김세영의 행동이 석연치 않았는지 말을 하면서도 시선을 김세영에게서 떼지 않았다.

"그런데 그분 몇 살이지?"

"29년생이니까 올해 96세죠."

차세영이 대답했다.

"늙은이 참, 오래 살았네."

"생각보다 나이가 많지 않죠. 느낌으로는 백 살도 넘은 거 같은데."

김세영은 팀원들이 나누는 얘기를 피해서 멀찍이 떨어졌다. 흡연구역으로 가서 담배를 피웠다.

"그런데 갑자기 이게 말이 되는 거예요? 정훈석하고 아무 관련도 없잖아요."

한채연이 이해되지 않는 듯 말했다.

"대한민국 사람 누구도 그 사람과 아무 관련이 없는 사람은 없겠죠."

정 형사가 말했다.

"그건 그런가? 김 형사, 너 정말 괜찮아?"

흡연구역에서 담배를 피우고 있는 김세영을 향해 케이가
소리쳤다.

"그냥 두세요."

한채연이 눈을 찡긋거리며 말했다.

케이가 잠시 생각에 잠겼다. 한참 만에 케이는 팀원들에
게 각자 할 일을 배분했다. 정 형사는 사무실로 돌려보내 계
속해서 정보를 분석하게 했고 차세영과 한채연은 병실 앞을,
김세영은 병원 보안실과 입구를 맡도록 했다. 김세영이 말없
이 자기가 맡은 구역으로 사라졌다.

"반장님은 어디 계실 건데요?"

"나야, 뭐."

케이가 김세영의 뒷모습을 바라보며 건성으로 대답했다.

"세정이 진짜 괜찮은 거지?"

"저는 괜찮죠, 완전."

차세영이 실없는 농담을 했다. 그의 말에 아무도 웃지 않
았다.

"포천에서 정말 아무 일도 없었어?"

"저랑 있는 동안은 없었어요."

한채연이 큰 눈을 끔벅이며 케이에게 말했다. 팀원들이
각자 맡은 곳으로 흩어지고 난 뒤 케이는 흡연구역에서 담배
를 피웠다. 지난 며칠 동안의 일이 꿈처럼 아득했다.

케이는 자신의 오피스텔에서 깨어났다. 지난밤 아무런 기억이 없었다. 그가 마지막으로 기억하는 것은 벽에 비친 거대한 자신의 그림자였다. 방 안을 둘러보니 오피스텔은 평소와는 다르게 말끔하게 치워져 있었다. 심지어 밀린 빨래도 세탁되어 가지런하게 개어 있었다. 케이는 잠에서 깬 뒤 정신이 바로 돌아오지 않아 멀뚱히 자신의 오피스텔을 둘러보았다. 집이 낯설게 느껴졌다. 얼마나 잔 것인지 가늠이 되지 않았다. 몸은 한결 가벼웠다. 팔에는 링거를 맞은 자국이 남아 있었다. 그는 정신을 차리고 집을 나섰다. 곧바로 관리실을 찾아가 지난밤 CCTV 영상을 보며 분석했다.

한 새벽 케이가 멀쩡하게 집으로 돌아오는 장면이 고스란히 찍혀 있었다. 그는 납득이 가지 않았다.

"혼자 멀쩡히 들어가시는데요. 형사라고 하셨죠? 원래는 영장 없이 이렇게 보여주면 안 되는데."

관리소 직원이 의심스러운 눈빛으로 케이를 바라보며 말했다. 영상은 케이가 오피스텔 로비에서부터 동선을 따라가며 재생되었다. 엘리베이터 안, 복도를 따라 자기의 집으로 들어가는 것까지 돌려보아도 특이점이 없었다.

"잠시만요."

케이가 집으로 들어간 뒤 수 분 후, 빈 복도를 비추고 있는 영상을 가리키며 말했다. 관리소 직원은 영문을 몰라서 어리둥절해했고 케이는 스스로 해당 영상을 반복해서 재생했다. 영상에는 케이가 집으로 들어간 후 20여 분이 흐른 뒤, 한 남자가 케이의 오피스텔 안으로 들어가는 장면이 찍혀 있었다. CCTV는 복도 끝에서 촬영된 것으로 남자의 정체는 흐릿했다. 케이는 역으로 엘리베이터, 로비 등에 찍힌 영상을 재생했다. 거기에는 김현원이 있었다. 케이는 분명 알아볼 수 있었다. 영상에서 김현원은 두 시간 정도의 꽤 긴 시간을 케이의 집에서 머물다 나왔다. 케이는 영상 복사를 부탁하고 밖으로 나와 영상에서 김현원이 걸어간 방향을 따라 근처 빌딩에 협조를 구했지만, 성과는 없었다.

집으로 다시 돌아온 케이는 어딘가에 있을 단서를 찾기 시작했다. 잘 정돈되어 있던 집 안은 금세 어수선해졌다. 김현원을 잡아들이면 실마리를 잡을 수 있을 것이었다. 자기가 처한 난처한 상황을 반격할 수 있는 기회라고 생각했다. 정신없이 방을 뒤지던 차에 냉장고 문에 버젓이 붙어 있는 메모를 발견했다.

'반장님, 식사 좀 잘 챙기세요. 큰일 하려면 먼저 잘 먹어야죠. 그리고 이거 읽으면 얼른 S병원으로 오세요. 시간이 별로 없어요.'

케이는 낙담한 채 맥없이 냉장고 문을 열었다. 냉장고 안은 여러 음식과 재료들로 채워져 있었다. 확인한 영상에서 김현원이 장바구니 같은 것을 들고 있었던 것이 기억났다. 이렇게 대놓고 자기의 신분을 밝히는 데엔 그만한 자신감이 있다는 말이었으니 케이는 다른 방법을 찾아야만 했다. 메모에 적힌 내용대로 서둘러야 했다. 그는 급하게 병원으로 향했다. 무슨 일이 일어나고 있는지 그는 알지 못했다. 다만 김현원이 그에게 속삭였던 말이 자꾸 신경이 쓰였다.

"반장님, 특기를 살려서 마지막으로 사건을 잘 만들어보세요. 주인공은……."

케이는 김현원의 말이 떠오르자 고개를 절레절레 흔들었다.

케이의 팀원 모두가 하루 종일 병원에서 대기했으나 아무 일도 일어나지 않았다. 노인이 위독하다는 소식에 기자들이 모여들어 병원에 진을 치며 하루 종일 뉴스를 중계했다. 시민들의 관심은 그의 죽음보다 그가 이 국가와 사회에 끼친 과오를 다시 짚는 데 할애되었다. 그럼에도 불구하고 경제적 상황을 이롭게 했다며 옹호하는 사람들과 그가 민간인을 학살하고 자신을 반대하는 사람들을 경찰과 검찰을 동원해서 고문과 조작으로 개인의 인생을 파멸에 이르게 한 죄과는 절대로 용서할 수 없다는 사람들로 나뉘었다.

죽어가는 사람은 말이 없었다. 그의 가족들도 매스컴을 피해 병원에 나타나지 않았다. 화려한 영화 속에 살아온 사람이라기엔 말년에 그를 따르는 사람도 거의 없었고, 그와 함께 권력을 나누어 승승장구했던 동료도 이미 죽어 이 세상에 없거나 남은 사람도 늙고 병든 노인뿐이었다. 그는 쓸쓸히 죽음을 맞고 있었다. 뉴스에서는 외국에 나가 있는 자식들이 급하게 한국으로 들어오고 있다는 속보가 전해졌다.

케이와 팀원들은 겉으로는 온종일 정 형사가 입수한 정보에 근거해서 혹시 일어날지 모를 일에 대해 대비하느라 분주한 모습이었다. 하지만 각자 겪었던 근래의 일과 혼란스러운 생각을 정리하며 하루를 보내고 있었다. 밤이 익어가고 있었다.

해가 지고 외래진료 업무가 종료되자 병원은 눈에 띄게 한산해졌다. 장례식장에만 낮보다 더 많은 사람들이 분주하게 오갔다. 케이는 무전으로 시간마다 각 장소를 확인했지만, 어떤 의심스러운 움직임이나 징조는 없었다.

밤이 되고 입원실도 엄격히 통제가 시작되자 병원은 고요해졌다. 케이는 로비 벤치에 앉아 조용히 생각에 잠겼다. 김세영의 아버지와 관련된 일이 떠올랐다. 그간 단 한 번, 한순간도 잊은 적 없었던 그날의 그 일을 다시 복기했다. 그는 이후 수십 년 동안, 거의 매일 술잔을 앞에 놓고 참회의 시간을 가졌다. 김성윤 형사의 명복을 빌었다. 하지만 반성과 참회는 행동이어야 한다는 그들의 말에 그는 자신을 스스로 위로

하던 지난 시간에 대해 되돌아보았다. 아버지에 대한 트라우마와 당시 정보를 얻기 위해 애쓰는 김세영의 상황을 뻔히 알면서도 그는 모른 척해왔다. 김세영이 혹여 자기가 아버지의 실종과 관련되어 있다는 것을 알게 될까 두려워 전전긍긍했다. 그는 지나간 일을, 이미 벌어진 일은 다시 바로잡을 수 없다고 믿었다. 어쩔 수 없는 일이었다고 스스로 자위했다.

몇몇 입원 환자들과 가족들이 로비에 내려와 음소거된 TV를 조용히 시청하며 저녁을 보내고 있었다. TV에서는 병원에 입원한 P에 대한 뉴스가 계속해서 나오고 있었다. 케이는 병원의 고요한 풍경을 멀찍이서 바라보았다. 고요한 정적을 깨고 귀에 낀 무선 이어폰에서 무전이 흘러나왔다.

"10시 30분. 방금 경호팀 교체되었습니다."

한채연의 목소리였다.

"반장님, 오늘 밤 계속 이렇게 있을 건가요?"

차세영이 물었다.

"나도 모르겠다. 조금만 더 있어보고 별일 없으면 철수하자. 보안실 이상 없지?"

김세영은 대답이 없었다.

"김 형사?"

"……이상 없습니다."

김세영이 한참 후에 답신을 보냈다. 케이는 김세영을 볼 때마다 그의 아버지가 떠올랐다. 겉으론 티를 내지 않으려고 애썼지만, 이미 김세영은 눈치채고 있을지 모른다고 그는 생각했다. 케이에게 김세영을 자연스럽게 마주하는 게 여간 곤혹스러운 일이 아니었다. 그럼에도 벌써 몇 년 동안 이렇게 저렇게 진실을 피하며 지내고 있었다. 다른 지역이나 팀으로 전출시키기 위해 노력했으나 쉽지 않았다.

케이는 정 형사에게 전화를 걸어 변화된 상황이 있는지 물었다.

"사용된 전화가 모두 대포폰이라고 합니다. 그것만으로도 어느 정도 사건과 연관성을 추측할 수 있을 거 같습니다."

정 형사가 케이에게 말했다.

"그렇다고 계속해서 여기에 있기도 그런 거 같고요."

"그분 돌아가실 때까지만이라도 기다려보지요."

케이는 생각에 잠겼다. 그들이 자신에게 요구했던 행동이 무엇을 의미하는 것인지 그로서는 당장 알 수 없었다. 자신의 과오와 죄를 씻을 수 있는 행동이란 무엇일 수 있을까 곰곰 생각했지만 전혀 감이 오지 않았다.

"참 그리고, 이들이 모의하는 이 일을 '아콰마린'으로 부르고 있습니다."

"아콰마린? 그게 뭐죠?"

"보석이기도 하고 색깔을 뜻하기도 하잖아요. 안 그래도 찾아보니 의미하는 바가 좀 있더라고요. 광명을 뜻하기도 하고요. 바다의 신을 뜻하기도 하고. 용맹을 상징하기도 한답니다. 그걸 입에 물면 영혼이 정화된다는 속설도 있다고 합니다."

케이는 정 형사의 말을 듣고 신체 절단을 통해 그런 일이 정말 이루어진다면 그들이 벌이는 일의 '왜'가 설명이 될 것도 같았다. 전화를 끊고 그는 밖으로 담배를 피우러 나갔다. 그는 팔에 주사 맞은 자국을 손으로 만지작거렸다. 그들이 자신에게 무엇을 놓은 줄 몰라도 종일 피곤함이 덜하고 머리도 맑은 느낌이었다. 종일 아무것도 먹지 않았음에도 배고프지 않았다. 그는 담배를 피우며 김현원의 아버지 김정민을 떠올렸다. 그 일은 정말 하지 말았어야 하는 일이었다. 다른 사건은 시국과 관련된 어쩔 수 없는 분위기에서 자행된 것이라면, 김정민 사건은 순전히 승진에 욕심이 나 벌인 범죄였다. 그에 관한 한 그들의 말이 옳았다. 몸에 밴 나쁜 습관이 만든 최악의 경우였다. 케이는 고개를 가로저었다.

담배에 불을 붙이는데 김세영이 흡연실로 들어왔다. 케이를 발견한 김세영이 멈칫했다.

"진짜 별일 없어?"

케이가 재차 물었다.

"반장님, 제가 걱정되어서 묻는 거예요, 아니면 별일이 그

낭 궁금한 거예요?"

김세영이 그런 반응을 보일 때마다 케이는 마음속으로 움 찔했다. 케이는 담배 연기를 폐 깊숙이 빨아들였다.

"실은 별일 있었어요. 아버지를 안다는 사람을 찾았거든 요. 아직 만나진 못했지만, 곧 만날 수 있을 거 같아요."

케이는 깜짝 놀라서 대꾸도 하지 못했다.

"그것참 다행이다, 정말."

케이가 겨우 말했다.

"그렇죠. 아버지 있는 곳에 가보려 해요. 뭐가 있는지 가서 보려고요."

케이가 고개를 끄덕였다. 놀란 마음을 진정하기 어려웠다. 그때 이어폰에서 무전이 흘러나왔다.

"반장님, 행동할 때예요. 왜 망설이고 있습니까."

케이는 너무 놀라서 짧은 비명을 내뱉었다. 김세영이 무 슨 일이냐는 듯 눈으로 물었다. 케이는 김세영이 꽂고 있던 이어폰을 빼서 자신의 귀에 꽂았다.

"반장님에게만 말하고 있어요."

케이는 주변을 두리번거렸다.

"왜 그러세요?"

김세영이 물었다.

"아무 일도 아니야. 넌, 얼른 보안실로 돌아가라."

케이가 급하게 자리를 떴다. 흡연실을 나서며 김세영을 향해 손짓으로 자리로 돌아가라는 제스처를 취했다. 케이는 입원실로 향했다. 병원은 고요했다. 병원 밖에 진을 치고 있던 기자들도 하나둘 철수하고 겨우 몇 사람만 남아 있었다.

"뭘 어쩌겠다는 거야?"

케이가 말하고 가만히 귀를 기울였다. 팀원들과 소통하던 것에서 변경된 주파수에서 김현원의 목소리가 흘러나왔다.

"저는 이제야 아버지가 반장님을 찾아가보라던 얘기를 진심으로 이해하게 되었어요."

"아버지 일은 정말 미안하게 됐다. 어제도 말했지만 말이야."

"반장님, 시간이 별로 없어요. 아주 잠깐일 거예요. 반장님은 결정해야만 해요. 이전과 같은 삶을 살 것인가, 아니면 바꿀 것인가. 빨리 병실로 가보셔야 해요."

뒤로 무전은 끊겼고 원래 주파수로 돌아왔다.

"병실?"

케이가 무전으로 병실을 지키고 있는 팀원을 불렀다.

"네에."

한채연이 대답했다.

"별일 없어?"

"없어요."

"잠깐 올라갈게. 모두 각자 자리 지켜. 움직이지 말고. 티

내지 말고."

케이가 발걸음을 바쁘게 옮겼다. 20층까지 오르는 엘리베이터 안 케이는 거울에 비친 자신을 바라보았다. 거기엔 초조하고 겁에 잔뜩 질린 장년의 초라한 남자가 서 있었다.

엘리베이터 앞 데스크에서 간호사 둘이 피곤한 얼굴로 차트를 정리하고 있었다. 복도를 따라 코너를 돌아 병실 앞에 도착해보니 경호원들은 없고 한채연 혼자 자리를 지키고 있었다.

"왜 너 혼자야?"

"차 선배는 저와 교대하기로 해서 잠깐 쉬러 갔고요. 경호원은 잘 모르겠어요. 화장실에 갔나? 하여튼 조금 전까진 있었어요. 반장님, 왜요. 무슨 일 있어요?"

케이의 눈빛이 흔들렸다.

"아니, 아니야. 아무 일도. 우리도 이제 철수할까, 하고."

케이는 아무 말로 얼버무렸다.

"잠깐 들어가봐도 되나?"

"그럼요."

케이가 문손잡이를 쥐고 가만히 있었다.

"그냥 병든 노인이더라고요. 이렇게 공평하게 끝을 맞이할 텐데, 왜 그랬을까요."

케이가 문을 열고 병실 안으로 들어갔다. 창가 옆 침대에 한 노인이 누워 있었다. 케이가 넓은 거실을 지나쳐 그에게 천천히 다가갔다. 병실 안은 특별한 것이 없었다. 다만 케이가 침대 곁에 다다랐을 때 바닥에 놓여 있는 한 물건이 발에 차였다. 작두가 그곳에 놓여 있었다. 그때 변기 물 내리는 소리가 들렸고 동시에 누군가 화장실에서 나왔다. 케이는 놀라서 한 걸음 뒤로 물러섰다. 김현원이었다. 말쑥하게 검은 정장을 차려입고 있었다. 눈이 마주치자, 김현원이 엷은 미소를 얼굴에 띄웠다. 순간, 불이 나갔다. 정전이었다. 병실 밖이 소란스러웠다. 케이는 가만히 어둠 속 김현원이 서 있던 자리를 노려보았다. 식은땀 한 줄기가 등에서 흘러내렸다. 케이는 고개를 돌려 침대에 누운 노인을 바라보았다. 어둠에 익숙해지자, 노인의 형상이 또렷해졌다. 노인이 내쉬는 고된 숨소리가 조용히 병실 안 정적을 깨우고 있었다.

케이가 작두를 집어 들고 순식간에 노인의 양발을 싹둑 잘라냈다. 깜깜해서 아무것도 보이지 않았고 아무도 케이를 볼 수 없었다. 케이는 잘라낸 노인의 발을 움켜쥐었다. 따뜻한 나무토막을 쥔 느낌이었다. 그때 김현원이 다가와 케이의 손에서 발을 빼냈다. 케이는 그대로 몸이 굳은 듯 가만히 서 있었다. 얼마나 그렇게 서 있었는지 알지 못했다. 불이 들어왔을 땐 김현원은 없었다. 자른 양쪽 발도, 작두도 없었다. 모든 일이 케이의 상상 속에 있었던 일인 듯싶었다. 하지만 피로 흥건히 물든 침대를 보자 케이는 꿈에서 막 깨어난 기분이 들었다.

케이가 터덜터덜 병실 밖으로 나왔다. 문 앞을 지키고 있던 한채연이 병실 안을 들여다보았다. 그때 경호원들이 허겁지겁 달려왔다. 한채연이 케이를 바라보며 외쳤다.

"어떻게 된 거죠? 내내 여기를 떠나지 않았는데."

케이는 정신이 번쩍 들었다.

"누군가, 발을 잘라갔어. 한 형사, 빨리, 지원 요청해."

케이가 큰 소리로 외쳤고, 여러 명의 경호원이 케이를 지나쳐 병실 안으로 뛰어들어 갔다. 케이와 본부에 지원 요청을 하는 한채연, 어디선가 그새 나타난 차세영, 모두 함께 병실 안으로 들어갔다. 경호원들이 잘린 발을 찾았지만 물론 그것은 거기에 없었다. 작두가 놓여 있던 곳엔 검붉은 피가 고여 있었다. 한채연이 경호원들에게 어떻게 된 거냐고 물었다. 경호원들은 당황해서 우왕좌왕했다.

노인은 자기의 발이 잘려나간 것도 모른 채 고운 숨소리를 뱉으며 고요히 잠들어 있었다. ■

작가의 말

소설을 쓴다는 것은 과거를 사는 일입니다. 문학의 관점에서 이제 막 도착한 현재는 과거의 진행이고 아직 오지 않은 미래는 현재의 진행이지요. 고로 과거는 미래입니다. 반복되고 재현되는 세계에 깃든 개인의 삶도 마찬가지일 것입니다. 결국 한 국가의 역사란 곧 개인에게 당도할 미래의 한 지점이 될 거란 말은 과장일까요. 이 소설은 결국 미래의 한 지점이 되길 바라는 마음에서 출발했습니다.

소설의 모티프는 한 가지를 꼽기 그렇지만 내 아버지 세대에서 내게로 넘어오는 어느 길목이었음을 밝힙니다. 소설을 준비하며 주인공들의 나이를 셈하다가 더 미룰 수 없는 어떤 조바심에서 소설은 시작되었습니다.

소설이 할 수 있는 일과 할 수 없는 일에 대해 생각합니다. 소설은 무엇인가, 세계에 어떤 존재로 남을 수 있는가. 좀체 해결되지 않은 의문은 작가가 된 지 20년이 넘었어도 여전합니다. 이 시대에 문학 같은 것이 필요한가, 문학을 해야 하나 고민하던 학생들의 질문에 선뜻 답을 줄 수 없었던 난감함에 내놓은 궁색한 답이 떠오릅니다. '이미 우린 문학 함으로 세상에 이로운 사람이 아닌가. 그러니 한번 믿어보자.' 문학이 개인의 삶을 구원할 수 없겠지만 위안과 위로의 영역 안에 있는 분명한 사실임을 믿습니다. 바람이 있다면 한 사람에게게라도 그런 존재로 이 소설이 남았으면 좋겠습니다.

열 번째 소설책이고 네 번째 장편소설입니다. 수가 많지 않지만, 소설의 이력은 나름 성실하게 점점 쌓여가는데 작가로서 스스로 불신은 여전합니다. 삶은 젊었을 적보다 안정되고 윤택해지는데 불안은 더욱 큽니다. 어찌 된 일인가 반문하며 하루를 시작합니다. 문학 하는 일에 매력이 이런 것인가, 자답하며 하루를 마칩니다. 다만 가르치는 학생들, 이런 세상에서 문학을 하겠다고 강의실에 앉아 있는 학생들을 바라볼 때면 그 존재 자체로 하루하루의 위안이 큽니다. 고마운 마음 크지요. 그리하여 내게 문학은 너희들이다, 속으로 다짐합니다.

은행나무출판사와 주연선 대표님께 그간 받은 애정과 배려에 마음속 깊이 감사드립니다. 원고를 맡아준 김민주 편집자님께 위로와 축복을 빕니다. 근사한 표지 글을 써주신 배상훈 선생님께 존경과 고마운 마음을 전합니다. 그리고 미지의 독자들께도 심심한 위로와 감사를 보냅니다.

2024년 6월 대구
백가흠

아콰마린

1판 1쇄 발행 2024년 6월 30일

지은이 · 백가흠
펴낸이 · 주연선

(주)은행나무
04035 서울특별시 마포구 양화로11길 54
전화 · 02)3143-0651~3 │ 팩스 · 02)3143-0654
신고번호 · 제 1997—000168호(1997. 12. 12)
www.ehbook.co.kr
ehbook@ehbook.co.kr

ISBN 979-11-6737-445-5 (03810)